太平廣記鈔

태평광기초 5

〈지식을만드는지식 고전선집〉은
인류의 유산으로 남을 만한 작품만을 선정합니다.
읽을 수 없는 고전이 없도록 세상의 모든 고전을 출판합니다.
오랜 시간 그 작품을 연구한 전문가가
정확한 번역, 전문적인 해설, 풍부한 작가 소개, 친절한 주석을
제공합니다.

태평광기초 15

엮은이 풍몽룡
옮긴이 김장환
펴낸이 박영률

초판 1쇄 펴낸날 2024년 11월 28일

커뮤니케이션북스(주)
출판등록 제313-2007-000166호(2007년 8월 17일)
02880 서울시 성북구 성북로 5-11
전화 (02) 7474 001, 팩스 (02) 736 5047
commbooks@commbooks.com
www.commbooks.com

ⓒ 김장환, 2024

지식을만드는지식은
커뮤니케이션북스(주)의 고전 출판 브랜드입니다.
이 책은 저작권자와 계약해 발행했으므로, 본사의 서면 허락 없이는
어떠한 형태나 수단으로도 이 책의 내용을 이용할 수 없습니다.

ISBN 979-11-7307-043-3 94820
979-11-7307-000-6 94820 (세트)

책값은 뒤표지에 있습니다.

太平廣記鈔
태평광기초 5

풍몽룡(馮夢龍) 엮음
김장환(金長煥) 옮김

대한민국, 서울, 지식을만드는지식, 2024

편집자 일러두기

- 이 책은 명나라 천계(天啓) 간본을 저본으로 교점한 배인본 중에서 번체자본(繁體字本)인 웨이퉁셴(魏同賢)의 교점본[2책, 《풍몽룡전집(馮夢龍全集)》 8·9, 펑황출판사(鳳凰出版社), 2007]을 바탕으로 하고 기타 배인본을 참고했습니다. 아울러 《태평광기》와의 대조를 통해 교감이 필요한 원문에 한해 해당 부분에 교감문을 붙이고, 풍몽룡의 비주(批注)와 평어(評語)까지 포함해 80권 2584조 전체를 완역하고 주석을 달았습니다. 《태평광기》는 왕샤오잉(汪紹楹)의 점교본[베이징중화수쥐(中華書局), 1961]을 사용했습니다.
- 《태평광기초》는 총 80권으로 되어 있습니다. 이 번역본에는 편의상 한 권에 원서 5권씩을 묶었습니다. 마지막권인 16권에는 전체 편목·고사명 찾아보기, 해설, 엮은이 소개, 옮긴이 소개를 수록했습니다.
  제5권은 전체 80권 중 권21~권25를 실었습니다.
- 국내에서 처음으로 소개됩니다.
- 해설 및 주석은 독자들의 이해를 돕기 위해 모두 옮긴이가 붙인 것입니다.
- 옮긴이는 독자들이 이해하기 쉽도록 각 고사에는 맨 위에 번역 제목을 붙였고 그 아래에 연구자들이 작품을 찾아보기 쉽도록 원제를 한자 독음과 함께 제시했습니다. 주석이나 해설 등에서 작품을 언급할 때는 원제의 한자 독음으로 지칭했습니다.
- 옮긴이는 원전에서 제시한 작품의 출전을 원제 아래에 "출《신선전(神仙傳)》"과 같이 밝혔습니다. 또한 원문 뒤에는 해당 작품이 《태평광기》의 어느 부분에 실려 있는지도 밝혀 《태평광기》와 비교 연구할 수 있도록 했습니다.
- 본문에서 "미 : "로 표기한 것은 엮은이 풍몽룡이 본문 문장 위쪽에 단 미주(眉注)이고 "협 : "으로 표기한 것은 문장과 문장

사이에 단 협주(夾注)입니다. "평 : "으로 표기한 것은 풍몽룡이 본문을 읽고 자신의 평을 추가한 것입니다.
• 한글에 한자를 병기할 때 괄호 안의 말과 바깥 말의 독음이 다르면 [ ]를 사용하고, 번역어의 원문을 표시할 때는 ( )를 사용했습니다. 또 괄호가 중복될 때에도 [ ]를 사용했습니다.
• 고대 인명과 지명은 한자 독음으로 표기하고 현대 인명과 현대 지명은 국립국어원의 중국어 표기법에 따라 표기했습니다.

차 례

권21 정수부(定數部)

정수(定數) 2

21-1(0482) 배주선(裴伷先) · · · · · · · · · · · · · 1905

21-2(0483) 유선(劉宣) · · · · · · · · · · · · · · · 1913

21-3(0484) 마거(馬擧) · · · · · · · · · · · · · · · 1915

21-4(0485) 최원(崔圓) · · · · · · · · · · · · · · · 1917

21-5(0486) 유인궤(劉仁軌) · · · · · · · · · · · · 1922

21-6(0487) 왕목과 서원겸(王沐·舒元謙) · · · · · 1924

21-7(0488) 종친(宗子) · · · · · · · · · · · · · · · 1927

21-8(0489) 위씨(韋氏) · · · · · · · · · · · · · · · 1929

21-9(0490) 방관(房琯) · · · · · · · · · · · · · · · 1931

21-10(0491) 이덕유(李德裕) · · · · · · · · · · · · 1934

21-11(0492) 마조(馬朝) · · · · · · · · · · · · · · 1937

21-12(0493) 원효숙(袁孝叔) · · · · · · · · · · · · 1940

21-13(0494) 혼인을 정해 주는 객점(定婚店) · · · · 1944

21-14(0495) 노생(盧生) · · · · · · · · · · · · · · 1951

21-15(0496) 후계도(侯繼圖) · · · · · · · · · · · · 1955

21-16(0497) 이인균(李仁鈞) · · · · · · · · · · · 1957

21-17(0498) 이행수(李行修) · · · · · · · · · · · · 1963
21-18(0499) 배유창(裵有敞) · · · · · · · · · · · · 1971
21-19(0500) 장문관(張文瓘) · · · · · · · · · · · · 1973
21-20(0501) 이서균(李棲筠) · · · · · · · · · · · · 1974
21-21(0502) 이 공(李公) · · · · · · · · · · · · · · 1977
21-22(0503) 최결(崔潔) · · · · · · · · · · · · · · 1980
21-23(0504) 허생(許生) · · · · · · · · · · · · · · 1984

권22 명현부(明賢部) 고일부(高逸部) 염검부(廉儉部) 기량부(器量部)

명현(明賢)

22-1(0505) 견빈(甄彬) · · · · · · · · · · · · · · · 1989
22-2(0506) 중정예(仲庭預) · · · · · · · · · · · · 1991
22-3(0507) 이경양(李景讓) · · · · · · · · · · · · 1993
22-4(0508) 고계보(高季輔) · · · · · · · · · · · · 1995
22-5(0509) 원반천(員半千) · · · · · · · · · · · · 1996
22-6(0510) 이응(李膺) · · · · · · · · · · · · · · · 1998
22-7(0511) 장문관(張文瓘) · · · · · · · · · · · · 1999
22-8(0512) 엄안지(嚴安之) · · · · · · · · · · · · 2001
22-9(0513) 범단(范丹) · · · · · · · · · · · · · · · 2003
22-10(0514) 채옹(蔡邕) · · · · · · · · · · · · · · 2005
22-11(0515) 설하(薛夏) · · · · · · · · · · · · · · 2006

22-12(0516) 우세남(虞世南) ············2007

고일(高逸)

22-13(0517) 공치규(孔稚珪) ···········2011

22-14(0518) 이원성(李元誠) ··········2012

22-15(0519) 도현(陶峴) ············2014

22-16(0520) 주도추(朱桃椎) ··········2016

22-17(0521) 원결(元結) ············2018

22-18(0522) 하지장(賀知章) ··········2020

22-19(0523) 진숙(陳叔) ············2021

22-20(0524) 공증(孔拯) ············2023

22-21(0525) 노홍(盧鴻) ············2025

염검(廉儉)

22-22(0526) 육적(陸績) ···········2029

22-23(0527) 최광(崔光) ············2030

22-24(0528) 이이(李廙) ············2032

22-25(0529) 두황상(杜黃裳) ··········2033

22-26(0530) 정여경(鄭餘慶) ··········2035

22-27(0531) 양성(陽城) ············2037

22-28(0532) 당 현종(唐玄宗) ·········2039

22-29(0533) 이적과 왕비(李勣·王羆) ·······2040

22-30(0534) 하후자(夏侯孜) ･･･････････2042

22-31(0535) 방관(房琯) ･･･････････････2044

기량(器量)

22-32(0536) 유인궤(劉仁軌) ･･･････････2047

22-33(0537) 누사덕(婁師德) ･･･････････2049

22-34(0538) 당임(唐臨) ･･･････････････2054

22-35(0539) 이회(李晦) ･･･････････････2055

22-36(0540) 이일지(李日知) ･･･････････2056

22-37(0541) 곽자의(郭子儀) ･･･････････2058

22-38(0542) 육상선(陸象先) ･･･････････2065

22-39(0543) 엄진(嚴震) ･･･････････････2071

22-40(0544) 우적(于頔) ･･･････････････2073

22-41(0545) 무원형(武元衡) ･･･････････2079

22-42(0546) 귀숭경(歸崇敬) ･･･････････2080

22-43(0547) 하후자(夏侯孜) ･･･････････2081

22-44(0548) 갈주(葛周) ･･･････････････2083

권23 정찰부(精察部)

정찰(精察)

23-1(0549) 엄준(嚴遵) ･･･････････････2089

23-2(0550) 장항(蔣恒) ･･･････････････2091

23-3(0551) 왕경(王璥) · · · · · · · · · · · · · 2094

23-4(0552) 이걸(李傑) · · · · · · · · · · · · · 2097

23-5(0553) 최갈(崔碣) · · · · · · · · · · · · · 2099

23-6(0554) 장초금(張楚金) · · · · · · · · · · · 2106

23-7(0555) 동행성과 장작(董行成・張鷟) · · · · · 2108

23-8(0556) 소무명(蘇無名) · · · · · · · · · · · 2110

23-9(0557) 원자(袁滋) · · · · · · · · · · · · · 2117

23-10(0558) 이덕유(李德裕) · · · · · · · · · · 2121

23-11(0559) 이이간(李夷簡) · · · · · · · · · · 2124

23-12(0560) 유태(劉蛻) · · · · · · · · · · · · 2125

23-13(0561) 배자운과 조화(裴子雲・趙和) · · · · 2129

23-14(0562) 유숭귀(劉崇龜) · · · · · · · · · · 2135

23-15(0563) 처를 죽인 자(殺妻者) · · · · · · · · 2139

권24 준변부(俊辯部) 유민부(幼敏部)

준변(俊辯)

24-1(0564) 변문례(邊文禮) · · · · · · · · · · · 2145

24-2(0565) 제갈정(諸葛靚) · · · · · · · · · · · 2146

24-3(0566) 손자형(孫子荊) · · · · · · · · · · · 2147

24-4(0567) 허계언(許誡言) · · · · · · · · · · · 2148

24-5(0568) 범백년(范百年) · · · · · · · · · · · 2149

24-6(0569) 장융(張融) · · · · · · · · · · · · · 2151

24-7(0570) 유고지(庾杲之) · · · · · · · · · · · · 2153

24-8(0571) 이응과 상갱(李膺·商鏗) · · · · · · · · 2154

24-9(0572) 장후예(張後裔) · · · · · · · · · · · 2156

24-10(0573) 소침(蕭琛) · · · · · · · · · · · · 2158

24-11(0574) 최광(崔光) · · · · · · · · · · · · 2160

24-12(0575) 양개(陽玠) · · · · · · · · · · · · 2162

24-13(0576) 설도형(薛道衡) · · · · · · · · · · 2165

24-14(0577) 달야 객사(達野客師) · · · · · · · · 2167

24-15(0578) 왕원경(王元景) · · · · · · · · · · 2168

24-16(0579) 이길보(李吉甫) · · · · · · · · · · 2169

24-17(0580) 권덕여(權德輿) · · · · · · · · · · 2170

24-18(0581) 동방삭(東方朔) · · · · · · · · · · 2171

24-19(0582) 이표(李彪) · · · · · · · · · · · · 2174

24-20(0583) 반몽(班蒙) · · · · · · · · · · · · 2176

유민(幼敏)

24-21(0584) 가규(賈逵) · · · · · · · · · · · · 2181

24-22(0585) 진원방(陳元方) · · · · · · · · · · 2183

24-23(0586) 손책(孫策) · · · · · · · · · · · · 2185

24-24(0587) 종육(鍾毓) · · · · · · · · · · · · 2186

24-25(0588) 양수(楊修) · · · · · · · · · · · · 2188

24-26(0589) 손제유(孫齊由) · · · · · · · · · · 8189

24-27(0590) 왕자(王慈) · · · · · · · · · · · · · 2191

24-28(0591) 왕현(王絢) · · · · · · · · · · · · · 2193

24-29(0592) 이백약(李百藥) · · · · · · · · · · 2195

24-30(0593) 노장도(盧莊道) · · · · · · · · · · 2197

24-31(0594) 왕발(王勃) · · · · · · · · · · · · · 2200

24-32(0595) 원가(元嘉) · · · · · · · · · · · · · 2203

24-33(0596) 배염지(裴琰之) · · · · · · · · · · 2204

24-34(0597) 소정(蘇頲) · · · · · · · · · · · · · 2207

24-35(0598) 유안(劉晏) · · · · · · · · · · · · · 2214

24-36(0599) 임걸(林傑) · · · · · · · · · · · · · 2217

24-37(0600) 고정(高定) · · · · · · · · · · · · · 2221

24-38(0601) 이덕유(李德裕) · · · · · · · · · · 2222

24-39(0602) 최현(崔鉉) · · · · · · · · · · · · · 2224

24-40(0603) 이하(李賀) · · · · · · · · · · · · · 2225

24-41(0604) 노덕연(路德延) · · · · · · · · · · 2229

24-42(0605) 혼감(渾瑊) · · · · · · · · · · · · · 2235

권25 문장부(文章部) 재명부(才名部)

문장(文章)

25-1(0606) 사조(謝朓) · · · · · · · · · · · · · · 2239

25-2(0607) 유신(庾信) · · · · · · · · · · · · · · 2240

25-3(0608) 노사도(盧思道) · · · · · · · · · · · 2242

25-4(0609) 노조린(盧照鄰) · · · · · · · · · · · 2243

25-5(0610) 왕유(王維) · · · · · · · · · · · · · · 2245

25-6(0611) 원화 연간의 승려(元和沙門) · · · · · 2246

25-7(0612) 이한과 양빙(李翰·楊憑) · · · · · · · 2248

25-8(0613) 왕복치(王福畤) · · · · · · · · · · · 2249

25-9(0614) 당 덕종(唐德宗) · · · · · · · · · · · 2251

25-10(0615) 한굉(韓翃) · · · · · · · · · · · · · 2254

25-11(0616) 융욱(戎昱) · · · · · · · · · · · · · 2257

25-12(0617) 유공권(柳公權) · · · · · · · · · · 2260

25-13(0618) 이단(李端) · · · · · · · · · · · · · 2262

25-14(0619) 배도(裴度) · · · · · · · · · · · · · 2264

25-15(0620) 백거이(白居易) · · · · · · · · · · · 2265

25-16(0621) 장호(張祜) · · · · · · · · · · · · · 2273

25-17(0622) 천교의 나그네(天嶠遊人) · · · · · 2278

25-18(0623) 담수(譚銖) · · · · · · · · · · · · · 2280

25-19(0624) 마외파의 시(馬嵬詩) · · · · · · · · 2281

25-20(0625) 이위(李蔚) · · · · · · · · · · · · · 2283

25-21(0626) 주광물(周匡物) · · · · · · · · · · · 2285

25-22(0627) 왕파(王播) · · · · · · · · · · · · · 2287

25-23(0628) 주경여(朱慶餘) · · · · · · · · · · · 2289

25-24(0629) 두순학(杜荀鶴) · · · · · · · · · · · 2291

25-25(0630) 한정사(韓定辭) · · · · · · · · · · · 2292

25-26(0631) 설수 등(薛收等) · · · · · · · · · · · 2297

무신유문(武臣有文) 부(附)

25-27(0632) 조경종(曹景宗) · · · · · · · · · · · 2303

25-28(0633) 고앙(高昂) · · · · · · · · · · · · · 2305

25-29(0634) 왕지흥(王智興) · · · · · · · · · · · 2309

25-30(0635) 고숭문과 고병(高崇文·高騈) · · · · 2312

재명(才名)

25-31(0636) 동방규와 심전기(東方虯·沈佺期) · · · 2317

25-32(0637) 이옹(李邕) · · · · · · · · · · · · · 2318

25-33(0638) 진자앙(陳子昂) · · · · · · · · · · · 2322

25-34(0639) 소영사와 이화(蘇穎士·李華) · · · · 2325

연재(憐才) 부(附)

25-35(0640) 측천무후(天后) · · · · · · · · · · · 2329

25-36(0641) 장건봉(張建封) · · · · · · · · · · · 2330

25-37(0642) 한유(韓愈) · · · · · · · · · · · · · 2332

25-38(0643) 양경지(楊敬之) · · · · · · · · · · · 2334

25-39(0644) 노조(盧肇) · · · · · · · · · · · · · 2335

25-40(0645) 최현(崔鉉) · · · · · · · · · · · · · 2337

25-41(0646) 두목(杜牧) · · · · · · · · · · · · · 2338

권21 정수부(定數部)

정수(定數) 2

이 권은 대부분 생사·혼인·음식의 일을 실었다.

此卷多載生死·婚姻及飲食之事.

21-1(0482) 배주선

배주선(裴伷先)

출《기문(紀聞)》미 : 이하는 생사의 정해진 운수다(以下生死定數).

    공부상서(工部尙書) 배주선은 열일곱 살 때 태복시승(太僕寺丞)이 되었다. 그의 백부인 상국(相國) 배염(裴炎)[1]이 살해되는 바람에 배주선도 평민으로 폐해져서 영외(嶺外)로 좌천되었다. 평소 강직했던 배주선은 백부에게 죄가 없음을 원통해하면서 밀봉한 상주문을 올려 면전에서 정치의 득실을 진언하길 청하고, 측천무후에게 이씨(李氏 : 당나라)의 사직을 다시 세우라고 권했으며, 아울러 여산(呂産)과 여록(呂祿)[2]의 교훈을 거론했다. 측천무후는 대노해 배주선

---

1) 배염(裴炎) : 당나라의 재상. 중종(中宗) 사성(嗣聖) 원년(684)에 측천무후(則天武后)의 정변을 지지해 중종을 폐위하고 예종(睿宗)을 옹립하는 데 공을 세워 하동후(河東侯)에 봉해졌다. 예종이 즉위한 후 측천무후가 실권을 장악하자 무승사(武承嗣)가 무씨 왕조를 세우라고 청했는데, 배염이 극력 반대했다. 이로 인해 측천무후와의 갈등이 시작되었다. 예종 광택(光宅) 원년(684)에 서경업(徐敬業)이 반란을 일으켰을 때, 배염이 측천무후에게 실권을 예종에게 돌려줘야 한다고 주장했다가 모반죄에 연루되어 낙양의 도정(都亭)에서 처형되었다.

2) 여산(呂産)과 여록(呂祿) : 한나라 고조 유방(劉邦)의 황후인 여후(呂后)의 조카. 고조가 죽은 뒤 여후는 실권을 잡고 여씨 일족을 고관

을 끌어내게 했는데, 배주선은 여전히 뒤를 돌아보며 말했다.

"폐하께서 지금이라도 신의 진언을 채납하신다면 진실로 늦지 않습니다."

배주선은 이렇게 세 번이나 말했다. 측천무후는 조당(朝堂)에 신하들을 모아 놓고 배주선에게 곤장 100대를 친 뒤 양주(攘州)에 장기 유배하게 했다. 배주선은 옷을 벗고 곤장을 맞았는데, 10대까지 맞고 죽었다가 98대를 맞을 때 다시 살아나서 2대를 더 맞고 그 수를 채웠다. 배주선은 상처가 심했기에 나귀가 끄는 수레에 누워서 유배지로 갔으나 끝내 죽지 않았다. 배주선은 남쪽에서 몇 년 살다가 그곳에서 유민(流民) 노씨(盧氏)에게 장가들어 아들 배원(裴願)을 낳았다. 노씨가 죽은 뒤 배주선은 배원을 데리고 몰래 고향으로 돌아왔다. 하지만 1년 남짓 되었을 때 그 사실이 발각되어 배주선은 다시 곤장 100대를 맞고 북정진(北庭鎮)으로 옮겨 갔다. 배주선은 그곳에서 5년 동안 재산을 증식해 그 재물이 수천만 금에 달했다. 배주선은 어진 재상 배염의 조카로 하서(河西)를 왕래하면서 가는 곳마다 자사(刺史)와 친분을

에 등용해 여씨 정권을 수립했는데, 이때 여산은 양왕(梁王)에 봉해지고 여록은 조왕(趙王)에 봉해졌다. 하지만 여후가 죽은 후에 이들은 모두 처형되었다.

맺었다. 북정도호부(北庭都護府) 성 아래에 당(唐)나라에 투항한 오랑캐가 만 가구 정도 살고 있었는데, 그 가한(可汗 : 칸. 왕)이 배주선을 예우하며 자신의 딸을 그에게 시집보냈다. 가한은 딸이 하나뿐이었기에 몹시 사랑해서 배주선에게 아주 많은 황금과 말·소·양을 주었다. 그리하여 배주선은 문하에 많은 식객들을 불러들였는데, 그 수가 늘 수천 명이나 되었다. 미 : 유용한 재주꾼이다. 배주선은 북정에서 동경(東京 : 낙양)에 이르는 길목마다 식객을 보내 동경의 소식을 알아보게 했기 때문에 조정의 움직임을 며칠 안에 반드시 알 수 있었다. 당시 보궐(補闕) 이진수(李秦授)가 밀봉한 상주문을 올려 말했다.

"폐하께서 등극하신 이래로 이씨 종실과 여러 대신들을 죽이고 배척했으며 그 가족과 친척들을 외지로 유배했는데, 신이 헤아려 보건대 그 수가 수만 명이나 됩니다. 만약 그들이 하루아침에 마음을 합쳐 사람들을 불러 모아 모반을 일으킨다면, 폐하께서 생각하시지 못한 사태가 일어날 것이니 신은 사직이 필시 위태로워질까 두렵습니다. 지금 '무씨(武氏)를 대신할 자는 유씨(劉氏)다'라는 참언(讖言)이 나돌고 있는데, 대저 유(劉)란 유(流 : 유배)를 말합니다. 폐하께서 지금 그들을 죽이지 않는다면 신은 화가 깊어질까 두렵습니다."

측천무후는 그 말을 받아들여 밤중에 이진수를 불러들여

말했다.

"경의 이름이 진수(秦授)인 것을 보니, 이는 하늘이 경을 짐에게 주신[授] 것이다." 미 : 글자의 뜻을 억지로 끌어들인 것은 임금과 신하가 입을 맞춘 듯이 똑같으니 우습다.

그러고는 즉시 그를 고공원외랑(考功員外郞)에 임명하고 지제고(知制誥)를 겸하게 했으며, 칙명으로 붉은 인끈과 기녀 10명과 많은 황금과 비단을 하사했다. 측천무후는 칙사(敕使) 10명을 10도(道)[3]로 보내 유민들을 위로하게 했는데, 사실은 묵칙(墨敕 : 황제의 친필 칙서)을 목수(牧守)에게 내려보내 유민들을 죽이게 한 것이었다. 칙령이 하달되자 배주선은 이미 그 사실을 알고 있었다. 이에 배주선은 빈객들을 모아 계책을 논의했는데, 그들이 모두 배주선에게 오랑캐 땅으로 들어가라고 권하자 배주선은 그 의견을 따르기로 했다. 당시 용맹하고 힘이 센 철기과의[鐵騎果毅 : 부병군사직(府兵軍事職)의 관명] 두 사람이 죄를 짓고 그곳에 유배되어 있었는데, 배주선이 평소 그들을 잘 대우해 주었다. 출발할 때가 되자 배주선은 그 두 사람에게 기병을 통솔하게 하고, 낙타 80마리에 모두 황금과 비단을 싣게 했는데,

---

3) 10도(道) : 관내도(關內道)·하남도(河南道)·하동도(河東道)·하북도(河北道)·산남도(山南道)·농우도(隴右道)·회남도(淮南道)·강남도(江南道)·검남도(劍南道)·영남도(嶺南道)를 말한다.

그를 따르는 빈객과 하인들이 300여 명이나 되었다. 모두 갑옷을 입고 병기를 들었는데, 그 가운데 무소를 끌고 수레를 뛰어넘을 수 있는 자가 반이나 되었다. 미 : 씩씩한 기상이 살아 있는 듯하다. 천리마 두 필은 배주선과 그 아내가 타고 갔다. 저녁에 행장을 마치고 급히 출발했는데, 동틀 무렵에 사람들이 알아차렸을 때쯤에는 이미 오랑캐 땅의 경계로 들어갔다. 그러나 곧바로 길을 잃고 헤매는 바람에 날이 밝을 무렵까지 겨우 1사(舍 : 30리)를 가고 나서야 비로소 말을 달릴 수 있었다. 날이 밝은 뒤에 순찰병이 배주선이 달아났다고 보고하자, 북정도호부에서 800명의 기병을 보내 그들을 뒤쫓게 했다. 배주선의 장인인 가한도 500명의 기병을 보내 그들을 뒤쫓게 하면서 추격자들에게 주의를 주었다.

"배주선과 그의 처는 놔두고 동행한 자들을 모두 죽이면 그 재물을 상으로 주겠다."

추격병이 변방에서 배주선을 따라잡자 배주선은 병사를 정비해 오랫동안 싸웠는데, 휘하의 사람들이 거의 죽었다. 날이 저물 때쯤에 두 장수도 전사했으며, 추격해 온 도호부의 기병 800명을 죽였지만, 배주선은 결국 패했다. 배주선과 그의 아내는 포박당한 채 북정도호부로 끌려갔으며, 도착한 뒤에 형틀에 묶인 채 감옥에 갇혔다. 도호부에서는 장계를 올려 모든 사실을 조정에 아뢰고 그 답을 기다렸다가 사자가 도착하자 유민 수백 명을 불러들여 모두 죽였다. 배주선은 아직 답이 오지 않았기 때문에 죽음을 면할 수 있었다. 측천무후는 유민들이 이미 죽었다고 생각하고 다시 사자를 보내 살아남은 유민들을 안무하며 말했다.

"내가 앞서 10도에 칙사를 보내 유민들을 위로하라고 했는데, 어찌하여 칙사가 내 뜻을 헤아리지 못하고 함부로 그들을 살해했단 말인가? 정말로 참혹한 일이로다. 함부로 유민을 살해한 칙사는 모두 그곳에서 목에 쇠사슬을 채워 유민들을 살해한 곳으로 끌고 가서 참수함으로써 죽은 자들의 혼을 위로하도록 하라. 유민들 가운데 아직 죽지 않았거나 다른 일로 잡혀 있는 자는 가족들과 함께 석방해 돌려보내도록 하라." 미 : 간웅(奸雄)의 면모가 조아만(曹阿瞞 : 조조)에 못지 않다.

이로 말미암아 배주선은 죽음을 면하고 고향으로 돌아올 수 있었다. 당(唐)나라 황실이 재건되었을 때 배염은 죄를 사면받고 익주대도독(益州大都督)에 추증되었다. 조정에서 그의 후손을 찾았기에 배주선은 비로소 조정으로 나와 첨사승(詹事丞)에 제수되었으며, 1년에 네 번 승진해 진주도독(秦州都督)에 이르고 재차 계광관찰사(桂廣觀察使)를 지냈다. 또한 한 번 유주절도사(幽州節度使)를 지내고 네 번 집금오(執金吾)를 역임하면서, 어사대부(御史大夫) · 태원윤(太原尹) · 경조윤(京兆尹) · 태부경(太府卿)을 겸임했다. 그는 무릇 3품관을 40년 가까이 지내는 동안 부임한 곳마다 정치적 명성을 얻었다. 나중에 공부상서(工部尙書) 겸 동경유수(東京留守)로 있다가 86세로 죽었다.

工部尙書裴伷先, 年十七, 爲太僕寺丞. 伯父相國炎遇害, 伷先廢爲民, 遷嶺外. 伷先素剛, 痛伯父無罪, 乃上封事, 請面陳得失, 勸天后復立李家社稷, 且引産·祿之戒. 天后大怒, 命牽出, 伷先猶反顧曰:"陛下採臣言實未晚." 如是者三. 天后令集朝臣於朝堂, 杖伷先至百, 長隷攘州. 伷先解衣受杖, 笞至十而伷先死, 數至九十八而甦, 更二笞而畢. 伷先創甚, 臥轤輿中, 至流所, 卒不死. 在南中數歲, 娶流人盧氏, 生男願. 盧氏卒, 伷先携願潛歸鄕. 歲餘事發, 又杖一百, 徙北庭. 貨殖五年, 致資財數千萬. 伷先賢相之姪, 往來河西, 所在交二千石. 北庭都護府城下, 有夷落萬帳, 則降胡也. 其可汗禮伷先, 以女妻之. 可汗唯一女, 念之甚, 贈伷先黃金馬牛羊甚衆. 伷先因而致門下食客, 常數千人. 眉:有用之才. 自北庭至東京, 累道致客, 以取東京息耗, 朝廷動靜, 數日伷先必知之. 時補闕李秦授上封事曰:"陛下自登極, 誅斥李氏及諸大臣, 其家人親族, 流放在外者, 以臣所料, 且數萬人. 如一旦同心招集爲逆, 出陛下不意, 臣恐社稷必危. 讖曰:'代武者劉.' 夫劉者, 流也. 陛下不殺此輩, 臣恐爲禍深焉." 天后納之, 夜中召入, 謂曰:"卿名秦授, 天以卿授朕也." 眉:牽扯文義, 君臣一般口吻, 可笑. 因卽拜考功員外郞, 仍知制誥, 敕賜朱紱, 女妓十人, 金帛稱是. 使十人於十道, 安慰流者, 其實賜墨敕與牧守, 有流放者殺之. 敕旣下, 伷先知之. 會賓客計議, 皆勸伷先入胡, 伷先從之. 時有鐵騎果毅二人, 勇而有力, 以罪流, 伷先善待之. 及行, 使將馬, 裝橐駝八十頭, 盡金帛, 賓客家僮從之者三百餘人. 甲兵備, 曳犀超乘者半.

眉:豪氣如生. 有千里馬二, 仙先與妻乘之. 日晚, 裝畢遽發, 料天曉人覺之, 已入虜境矣. 卽而迷失道, 遲明, 唯進一舍, 乃馳. 旣明, 候者言仙先走, 都護令八百騎追之. 妻父可汗又令五百騎追焉, 誡追者曰 : "捨仙先與妻, 同行者盡殺之, 貨財爲賞." 追者及仙先於塞, 仙先勒兵長戰, 麾下皆殊死. 日昏, 二將戰死, 殺追騎八百人, 而仙先敗. 縛仙先及妻, 馳至都護所, 旣至, 械繫阱中. 具以狀聞, 待報而使者至, 召流人數百, 皆害之. 仙先以未報故免. 天后度流人已死, 又使使者安撫流人曰 : "吾前使十道使安慰流人, 何使者不曉吾意, 擅加殺害? 深爲酷暴. 其輒殺流人使, 幷所在鎭項, 將至害流人處斬之, 以快亡魂. 諸流人未死, 或他事繫者, 兼家口放還." 眉:奸雄不輸曹阿瞞. 由是仙先得免, 乃歸鄕里. 及唐室再造, 宥裴炎, 贈益州大都督. 求其後, 仙先乃出焉, 授詹事丞, 歲中四遷, 遂至秦州都督, 再節制桂廣. 一任幽州帥, 四爲執金吾, 一兼御史大夫・太原・京兆尹・太府卿. 凡任三品官, 向四十, 政所在有聲. 後爲工部尙書・東京留守, 薨, 壽六十八[1].

* 이 고사는 《태평광기》 권147 〈정수・배주선〉에 실려 있다.

1 육십팔(六十八) :《태평광기》에는 "팔십육(八十六)"이라 되어 있는데, 배주선(667~753)의 생몰년으로 보아 타당하다.

21-2(0483) 유선

유선(劉宣)

출《계신록(稽神錄)》

[오대십국] 오(吳)나라의 군사가 월(越)나라를 쳤다가 임안(臨安)에서 패했다. 오나라의 비장(裨將) 유선은 중상을 입고 죽은 사람들 틈에 누워 있었다. 밤이 되자 저승 관리 몇 명이 장부를 들고 와서 죽은 자들을 두루 검열했다. 유선의 차례가 되자 그들은 유선을 일으켜 세워 살펴보더니 말했다.

"이 사람은 아니다."

그러고는 유선을 10여 보 밖으로 끌고 가더니 길옆에 두고 떠나갔다. 이튿날 적군이 물러가자 유선은 돌아올 수 있었다. 유선은 본래 표주박처럼 통통하고 피부가 희었는데, 그가 처음 땅에 엎드려 있을 때 월나라 사람이 그의 엉덩이 살을 잘라 갔지만 유선은 감히 꼼짝하지 못했다. 나중에 상처는 나았지만 더 이상 새살이 돋아나지 않아 결국 볼기가 약간 비뚤어졌다. 유선은 10여 년 뒤에 죽었다.

吳師征越, 敗於臨安. 裨將劉宣傷重, 臥死人中. 至夜, 有官吏數人, 持簿書至, 遍閱死者. 至宣, 乃扶起視之曰 : "此漢非是." 引出十餘步, 置路左而去. 明日賊退, 宣乃得歸. 宣肥白如瓠, 初伏於地, 越人割其尻肉, 宣不敢動. 後瘡愈, 肉不復生, 臀竟小偏. 十餘年乃卒.

* 이 고사는《태평광기》권314〈신(神)·유선〉에 실려 있다.

21-3(0484) 마거

마거(馬擧)

출《문기록(聞奇錄)》

회남절도사(淮南節度使) 마거는 방훈(龐勛)을 토벌할 때 제도행영도우후(諸道行營都虞侯)에 임명되었다. 한번은 큰 전쟁을 치르게 되었는데, 한 장수가 검은 깃발 아래서 적진으로 들어가지 않고 그저 바라보고 있었다. 마거는 기병 두 명을 시켜 그의 목을 베게 했는데, 기병이 돌아와서 아뢰었다.

"큰아드님입니다."

마거가 말했다.

"그 게으른 장군을 목 벨 뿐이니 어찌 내 아들임을 고려한단 말이냐!" 미 : 군사(軍事)에서 위엄이 자식 사랑을 능가하는 것은 부득불하다.

마거가 다시 기병을 보내 아들을 목 베어 그 목을 진영에 내걸게 했더니, 그로부터 얼마 지나지 않아 적군을 크게 무찔렀다. 나중에 대군이 잠시 밀렸을 때 마거는 말에서 떨어져 다리 아래로 추락해 죽었다. 밤이 깊어졌을 때 마거는 다시 살아나서 100여 명의 사람이 오는 것을 보았는데, 그 가운데 한 사람이 말했다.

"마 복야(馬僕射 : 마거)가 여기 있다."

그러자 다른 사람이 말했다.

"마 복야의 왼쪽 갈비뼈 하나가 부러졌다."

그러자 또 다른 사람이 말했다.

"속히 바꾸어라."

또 어떤 사람이 말했다.

"바꿀 만한 것이 없습니다."

그러자 어떤 사람이 버드나무를 가져와서 바꾸라고 해서, 마침내 버드나무로 갈비뼈를 바꿨다. 잠시 후에 날이 밝자 다친 부위가 바로 나았고 고통도 전혀 없었다. 마거는 양주(揚州)를 진수할 때 검교좌복야(檢校左僕射)에 임명되었다.

淮南節度使馬擧討龐勛, 爲諸道行營都虞侯. 遇大陣, 有將在皁旗下, 望之不入賊. 使二騎斬之, 騎回云 : "大郎君也." 擧曰 : "但斬其慢將, 豈顧吾子!" 眉 : 軍事威克愛, 不得不爾. 再遣斬之, 傳首陣上, 不移時而敗賊. 後大軍小衄, 擧落馬, 墜橋下而死. 夜深復甦, 見百餘人至, 云 : "馬僕射在此." 一人云 : "僕射左腋一骨折." 又一人云 : "速換之." 又曰 : "無以換之." 又令取柳木換, 遂換之. 須臾便曉, 所損乃痊, 並無所苦. 及鎭揚州, 檢校左僕射.

* 이 고사는 《태평광기》 권157 〈정수·마거〉에 실려 있다.

21-4(0485) 최원

최원(崔圓)

출《일사(逸史)》

　　상국(相國) 최원은 젊었을 때 빈천하고 불우했으며 강회(江淮) 지역에서 살았다. 외삼촌 이언윤(李彦允)이 형부상서(刑部尙書)로 있었으므로, 최원은 남쪽에서 도성으로 가서 그를 찾아뵙고 작은 관직을 구하고자 했다. 이 공(李公 : 이언윤)은 최원을 집안의 학당에 머물게 해서 자신의 자제들과 함께 공부하게 했지만 그를 냉담하게 대했다. 어느 날 밤에 이 공은 꿈을 꾸었는데, 자신이 족쇄와 수갑을 차고 200~300명의 무리와 함께 병장기에 에워싸인 채 커다란 관부로 들어가는 것이었다. 청사에 이르러 모두 성명을 외치며 들어갔는데, 자색 옷을 입은 한 사람이 안석에 기대어 있기에 이 공이 살펴보았더니 바로 최원이었다. 그래서 이 공이 계단 아래에서 애절하게 소리치며 목숨을 살려 달라고 간청하자, 자색 옷을 입은 사람이 웃으며 말했다.

　　"일단 잡아 가두어라."

　　그 순간 이 공이 깜짝 놀라 깨어나서 몹시 이상해하면서 부인에게 얘기했더니 부인이 말했다.

　　"마땅히 그를 후하게 대우해야 합니다. 징험이 없으리란 것을 어찌 알겠습니까?" 미: 부인이 현명하도다.

그때부터 이 공은 날마다 최 공을 잘 예우해 별당에 머물게 하고 함께 중당(中堂)에서 식사했다. 몇 달 후에 최원은 장차 강남에서 관직을 구하고자 떠나기를 청했다. 이 공과 부인은 그를 위해 진수성찬을 차리고 자식들과 자리를 함께 했다. 식사를 마친 후에 최원이 감사의 절을 올리며 말했다.

"이처럼 은혜와 자애를 베풀어 주시니 어떻게 보답해 드려야 할지 모르겠습니다. 저는 매번 과분하다고 생각하면서도 아직 그 까닭을 모르겠습니다."

이 공이 웃으며 대답하지 않자 부인이 말했다.

"조카는 자식과 다름없으니 단지 대접이 부족할까 근심할 뿐인데, 또한 무슨 은혜와 자애를 베풀었다고 하는가?"

이 공이 자리에서 일어나자 부인이 최원에게 말했다.

"외삼촌께서 예전에 이상한 꿈을 꾸셨는데, 조카는 반드시 귀하게 될 것이네. 나중에 외삼촌께서 곤란을 당할 때 그 일이 조카의 손에 달려 있을 것이니, 외삼촌을 특별히 구제해 줄 수 있겠는가?"

최원이 말했다.

"어찌 그런 일이 있겠습니까?"

이 공이 돌아와서 다시 그 얘기를 했는데, 최원은 조심스러워할 뿐 더 이상 대답하지 못했다. 이 공이 말했다.

"강회 지방은 길이 멀고 벼슬을 구하기에 좋은 곳도 아니네. 내가 평소 양 사공(楊司空 : 양국충)을 잘 알고 있으니 삼가 부탁해 보겠네." 미 : 전에는 거만했다가 나중에는 공손한 것이 하나의 꿈 때문이라면 은혜라고 말하기에 부족하다. 감사한 바는 양 사공에게 보낸 편지 한 통일 뿐이다.

당시 양국충(楊國忠)은 재상의 신분으로 서천절도사(西川節度使)를 맡고 있었는데, 최원은 그를 알현한 후 크게 예우받았다. 양국충은 곧 황제에게 주청해 최원을 절도순관(節度巡官)으로 임명하고 유후(留後)[4]의 일을 맡게 했다. 최원이 임지로 떠나는 날 이 공은 돈과 비단을 후하게 주며 전송했다. 최원이 서천에 도착한 지 1년도 안 되어 안녹산(安祿山)의 난이 일어나 현종(玄宗)이 파천(播遷)하자, 최원은 마침내 절도사가 되었고 열흘 뒤에는 재상에 임명되었다. 당시 도성은 막 수복되었고, 안녹산의 휘하에서 위협을 받아 벼슬했던 진희열(陳希烈) 등은 모두 주살되었다. 이언윤도 그 무리 안에 포함되어 있어서 이미 그의 죄를 논의했다. 최 공(崔公 : 최원)은 중서령(中書令)이 되어 그의 죄를 상세히 살펴 판결하게 되었는데, 죄인들은 과연 모두 병장기에 둘러싸인 채 들어왔고 각자의 성명을 외치며 지나가면

---

[4] 유후(留後) : 당나라 중엽 이후에 번진(藩鎭)이 커지면서, 절도사의 유고(有故) 시 그 자제 또는 신임하는 관리에게 직무를 대행하게 했는데, 이를 절도유후(節度留後) 또는 관찰유후(觀察留後)라고 했다.

법에 따라 처형한다고 판결했다. 이 공의 차례가 되자 이 공이 소리쳤다.

"상공(相公 : 최원)은 옛날의 꿈 얘기를 기억하십니까?"

최 공은 고개를 끄덕이더니 그를 잡아 가두라고 판결했다. 판결이 끝난 후 최 공이 그 일을 상세히 갖추어 표문(表文)을 올리면서 자신의 관작(官爵)으로 이언윤의 죄를 대속해 달라고 주청함으로써, 이언윤은 사형을 면하고 영외(嶺外 : 영남)로 유배되었다.

崔相國圓, 少貧賤落拓, 家於江淮間. 表丈人李彦允爲刑部尙書, 崔自南方至京, 候謁, 將求小職. 李公處於學院, 與子弟肄業, 然待之蔑如也. 一夜, 李公夢身被桎梏, 同輩三二百人, 爲兵仗所擁, 入大府署. 至廳所, 皆以姓名唱入, 見一紫衣人據案, 視之, 乃崔也. 遂於階下哀叫請命, 紫衣笑曰 : "且收禁." 驚覺甚駭異, 語於夫人, 夫人曰 : "宜厚待之. 安知無應乎?" 眉 : 賢哉夫人. 自此優禮日加, 置於別院, 會食中堂. 數月, 崔請出, 將求職於江南. 李公及夫人因具盛饌, 兒女悉坐. 食罷, 崔拜謝曰 : "恩慈如此, 不知何以報效. 某每度過分, 未測其故." 李公笑而不答, 夫人曰 : "親表侄與子無異, 但慮不足, 亦何有恩慈之事?" 李公起, 夫人因謂曰 : "賢丈人昨有異夢, 郎君必貴. 他日丈人迍難, 事在郎君, 能特達免之乎?" 崔曰 : "安有是也?" 李公至, 復重言之, 崔踧踖而已, 不復致詞. 李公云 : "江淮路遠, 非求進之所. 某素熟楊司空, 可以奉託." 眉 : 前倨後恭, 爲一夢故, 未足言恩. 所銜者, 楊司空一函耳. 時國忠以宰相領西川節度, 崔旣謁見, 甚爲楊所禮. 乃奏爲節度巡官, 知留後事. 發日, 李公厚以金帛贈送. 至西川, 未一歲, 遇安祿山亂, 玄宗播遷, 遂爲節度使, 旬日拜相. 時京城初克復, 脅從僞官陳希烈等並爲誅夷. 彦允在數中, 旣議罪. 崔公爲中書令, 詳決之, 果盡以兵仗圍入, 具姓名唱過, 判云准法. 至李公, 乃呼曰 : "相公記昔年之夢否?" 崔公頷之, 遂判收禁. 旣罷, 具表其事, 因請以官贖彦允之罪, 得免死, 流嶺外.

* 이 고사는 《태평광기》 권148 〈정수・최원〉에 실려 있다.

21-5(0486) 유인궤

유인궤(劉仁軌)

출《조야첨재(朝野僉載)》

당(唐)나라 청주자사(靑州刺史) 유인궤는 해운(海運)을 관장했는데, 배를 너무 많이 잃어버렸기에 관직에서 제명당하고 평민이 되어 마침내 요동(遼東)에서 열심히 일했다. 그는 병에 걸려 평양성(平襄城) 아래에 누워 있다가 장막을 걷고 병사들이 성을 공격하는 것을 보고 있었는데, 어떤 병졸 하나가 곧장 그의 머리 앞으로 오더니 등을 돌리고 앉았다. 유인궤가 그를 질책했으나 그는 떠나지 않고 오히려 심한 욕을 하면서 말했다.

"당신이 보고 싶으면 나도 보고 싶소. 당신의 일에 무슨 방해가 된단 말이오?"

잠시 후 성 꼭대기에서 쏜 화살이 그의 가슴에 명중해 그는 죽었다. 그 병졸이 없었다면 유인궤는 거의 날아온 화살에 맞을 뻔했다.

唐靑州刺史劉仁軌知海運, 失船極多, 除名爲民, 遂遼東効力. 遇病臥平壤城下, 褰幕看兵士攻城, 有一卒直來前頭背坐. 叱之不去, 仍惡罵曰: "你欲看, 我亦欲看. 何預汝事?" 須臾城頭放箭, 正中心而死. 微此兵, 仁軌幾爲流矢所中.

* 이 고사는 《태평광기》 권146 〈정수·유인궤〉에 실려 있다.

21-6(0487) 왕목과 서원겸
왕목·서원겸(王沐·舒元謙)
출《두양잡편(杜陽雜編)》

　　왕목은 왕애(王涯)의 육촌 동생으로, 강남에서 살았는데 늙은 데다가 곤궁하기까지 했다. 당시 왕애는 재상의 권좌에 있었으므로, 왕목은 마침내 절름발이 나귀를 타고 도성으로 가서 그에게 쌀을 꾸고 방을 빌려 머물렀다. 왕목은 30일 동안 머문 끝에 비로소 문간에서 왕애를 한 번 만나 볼 수 있었다. 왕목이 바라는 바는 일개 주부(主簿)나 현위(縣尉)에 불과했지만, 왕애는 왕목의 초라한 행색을 보고 형제간의 정조차 나누지 않았다. [당나라] 태화(太和) 9년(835) 가을에 왕목은 왕애가 총애하는 하인을 구워삶아 자기가 바라는 바를 전달하게 했는데, 그제야 왕애는 왕목을 한 번 불러 말단 관직에 앉혀 주겠다고 약속했다. 미 : 왕애가 이런 행동을 한 것이 어찌 화를 부르지 않겠는가? 이때부터 아침저녁으로 왕목은 왕애의 집을 찾아가서 그의 명을 기다렸다. 그러다가 왕애가 주살당하게 되자 구사량(仇士良)이 그의 집안사람들을 체포하러 왔는데, 그때 왕목은 왕애의 사저에 있다가 왕목의 무리로 오인받아 결국 참형을 면치 못했다.

　　서원겸은 서원여(舒元輿)의 친족으로 총명하고 지혜로

웠기에, 서원여는 그를 친아들처럼 여겨 명경과(明經科)에 추천해 급제시키고 교서랑(校書郎)으로 지내게 했다. 그런데 얼마 후에 난데없이 서원여는 아무런 잘못도 저지르지 않은 서원겸에게 화를 냈으며, 정월 초하루에 상관을 배알할 때에도 그를 물리치고 만나 주지 않았다. 이때부터 서원여가 날마다 서원겸을 질책하자, 서원겸은 스스로 불안해하다가 마침내 서원여의 문하에 편지를 남겨 강남으로 떠나겠다고 작별을 고했지만, 서원여는 역시 아무것도 묻지 않았다. 다음 날 서원겸은 행장을 꾸려 장안(長安)을 떠났는데, 자신의 기구한 운명을 한탄하면서 슬픔에 겨워 망연자실했으며, 곧 말을 멈춘 채 뒤돌아보면서 눈물을 주르륵 흘렸다[漣洳. 협 : 여(洳)는 음이 여(如)다. 소응현(昭應縣)에 이르렀을 때, 서원여가 화를 당했다는 소식을 듣고서야 서원겸은 비로소 마음이 풀렸다. 이때 재상의 저택에서 집안 식구들을 체포해 친소(親疏) 여부를 묻지도 않고 모두 주살했다.

평 : 왕목과 서원겸의 화복이 이처럼 서로 상반되니, 화를 쫓아가거나 피하는 것은 진실로 사람에게 달려 있지 않도다!

王沐者, 涯之再從弟也, 家於江南, 老且窮. 以涯執相權, 遂跨蹇驢至京, 索米儻舍. 住三十日, 始得一見涯於門屛. 所望不過一簿一尉耳, 而涯見沐潦倒, 無雁序情. 太和九年秋,

沐方說涯之嬖奴, 以導所欲, 涯始一召, 許以微官處焉. 眉:
王涯作此舉動, 那得不禍? 自是旦夕造涯門以俟命. 及涯就誅,
仇士良收捕家人, 時沐方在涯私第, 謂其王氏黨, 遂不免於
腰領.
舒元謙, 元輿之族, 聰敏慧悟, 元輿處之猶子, 薦取明經第,
官歷校書郎. 無何, 忽以非過怒謙, 至朔旦伏謁, 頓不能見.
由是日加譴責, 謙旣不自安, 遂置書於門下, 辭往江表, 而元
輿亦不問. 翌日, 辨裝出長安, 咨嗟蹇分, 惆悵自失, 卽駐馬
回望, 涕泗漣洳. 夾: 音如. 及昭應, 聞元輿之禍, 方始釋然.
是時於宰相宅收捕家口, 不問親疏, 並戮.
評: 王・舒禍福, 相反如此, 趨避信不由人哉!

* 이 고사는 《태평광기》 권156 〈정수・왕목〉과 〈서원겸〉에 실려 있
다.

21-7(0488) 종친

종자(宗子)

출《기문》

[당나라] 측천무후(則天武后)가 황실의 종친을 주살할 때, 한 종친이 대리시(大理寺)에 붙잡혀 처형당하게 되자 탄식하며 말했다.

"이미 처형을 면하지 못한다면 어찌 칼과 톱을 더럽힐 필요가 있겠는가?"

그래서 밤중에 옷깃으로 스스로 목을 매어 죽었는데, 새벽에 다시 살아나서 마침내 말하고 웃고 먹고 마시는 것이 평소 집에 있을 때와 다름이 없었다. 며칠 뒤에 그는 처형되었는데, 안색이 조금도 변하지 않았다. 그가 처음 소생했을 때 말했다.

"막 죽었을 때 저승 관리가 화를 내며 말하길, '너는 마땅히 처형당해야 하는데, 어찌하여 스스로 왔느냐? 속히 돌아가서 형벌을 받아라'라고 했다. 미 : 똑같이 한 번 죽는 것인데도 이처럼 조금의 가치도 없다니! 내가 그 까닭을 묻자 저승 관리가 저승의 명부를 보여 주었는데, 전생에 사람을 죽였기에 지금 그 대가를 치러야 한다고 되어 있었다."

종친은 이미 그 사실을 알고 있었기 때문에 처형당할 때

꺼리는 기색이 없었던 것이다.

天后誅戮皇宗, 一宗子繫大理當死, 宗子嘆曰 : "旣不免刑, 焉用汚刀鋸?" 夜中以衣領自縊死, 曉而甦, 遂言笑飮食, 不異在家. 數日被戮, 神色不變. 初甦, 言曰 : "始死, 冥官怒之曰 : '爾合戮死, 何爲自來? 速還受刑!' 眉 : 同一死也, 猶不少假借如此! 宗子問故, 官示以冥簿, 及前世殺人, 今償." 宗子旣知, 故受害無難色.

* 이 고사는 《태평광기》 권147 〈정수 · 왕표(王儦)〉에 실려 있다.

21-8(0489) 위씨

위씨(韋氏)

출《조야첨재》

    당(唐)나라 평왕(平王 : 현종)이 역위(逆韋 : 위후)를 주살할 때, 강보에 싸여 있던 어린아이들까지도 잡아 죽였으며, 억울하게 화가 미친 사람이 한둘이 아니었다. 부휴자[浮休子 : 《조야첨재》의 찬자 장작(張鷟)]가 말했다.

    "이는 역위의 죄인데 먼 친족이 무슨 잘못이 있단 말인가? 이는 또한 염민(冉閔)[5]이 호인(胡人)을 주살할 때 코가 높은 사람이 무고하게 죽었고, 동탁(董卓)[6]이 환관을 주살

---

[5] 염민(冉閔) : 오호 십육국 염위(冉魏)의 건국자(350~352 재위). 한족 출신으로 후조(後趙)의 군주 석호(石虎)의 부하로 있다가 나중에 그의 양손(養孫)이 되었다. 석호가 죽은 뒤 권력 쟁탈의 와중에서 석씨 일족을 멸했다. 350년에 칭제하고 염위를 건국했다가, 352년에 전연왕(前燕王) 모용준(慕容儁)에게 사로잡혀 참수되었다.

[6] 동탁(董卓) : 후한 말 소제(少帝)·헌제(獻帝) 때의 권신(權臣)이자 양주(涼州)의 군벌. 본래 양주에 군대를 주둔하고 있었는데, 영제(靈帝) 말년에 십상시(十常侍)의 난이 일어났을 때 대장군 하진(何進)의 부름을 받고 군대를 이끌고 도성 낙양(洛陽)으로 진격해 난을 평정했으며, 얼마 후에는 헌제를 옹립하고 조정의 대권을 장악했다. 사람됨이 잔인무도하고 온갖 횡포를 자행하자, 원소(袁紹)를 맹주로 하는 동

할 때 수염 없는 사람이 억울하게 죽었던 일과 같으니, 살고 죽는 일은 운명이로다!"

唐相王[1]誅逆韋, 繃子中嬰孩亦捏殺之, 諸枉[2]濫及者非一. 浮休子曰 : "此逆韋之罪, 疏族何辜? 亦如冉閔殺胡, 高鼻者橫死, 董卓誅閹人, 無鬚者枉戮, 死生命也!"

* 이 고사는 《태평광기》 권148 〈정수·위씨〉에 실려 있다.
1 상왕(相王) : 《태평광기》에는 "평왕(平王)"이라 되어 있는데 타당하다. 예종(睿宗) 당륭(唐隆) 원년(710) 6월에 이융기(李隆基 : 현종) 등이 정변을 일으켜 위후(韋后)와 안락 공주(安樂公主)를 비롯한 위씨 일파를 제거했는데, 이를 '당륭지변'이라 한다. 이융기는 당륭지변의 경과를 부왕인 예종에게 보고하고 그날에 바로 평왕에 봉해졌다.
2 왕(枉) : 《태평광기》에는 "두(杜)"라 되어 있는데, 문맥상 보다 타당하다. 《태평광기》에는 "당평왕주역위(唐平王誅逆韋)" 다음에 "최일용장병두곡(崔日用將兵杜曲), 주제위략진(誅諸韋略盡)"이란 구절이 들어 있다. 당나라 때 귀족 두씨(杜氏) 가문이 대대로 두곡(杜曲)에 거주했는데, 당시 위씨 일족의 세력이 강해지자 두곡을 점거해 거주했다.

탁 토벌군이 조직되었다. 이에 동탁은 낙양성을 불태운 뒤 헌제를 모시고 장안(長安)으로 천도했다. 나중에 사도(司徒) 왕윤(王允)의 모략에 걸려 심복 부장 여포(呂布)에게 살해당했다.

21-9(0490) 방관

방관(房琯)

출《명황잡록(明皇雜錄)》

    [당나라] 개원(開元) 연간(713~741)에 방관은 노지현령(盧氏縣令)을 지내고 있었는데, 어느 날 진인(眞人) 형화박(邢和璞)이 태산(太山)에서 찾아오자 방관은 공손한 마음으로 공경의 예를 표하면서 그와 함께 손을 잡고 산보하다가 자기도 모르게 수십 리를 갔다. 하곡촌(夏谷村)에 이르러 쓰러진 불당 하나를 만나게 되었는데, 소나무와 대나무가 빽빽하게 자라고 있었다. 형화박이 소나무 아래에 앉아 지팡이로 땅을 두드리며 시자(侍者)에게 그곳을 몇 척 깊이로 파게 하자 병 하나가 나왔는데, 병 안에 들어 있는 것은 모두 누사덕(婁師德)이 영공(永公 : 지영)⁷⁾에게 보낸 서찰이었다. 형화박이 웃으며 말했다.

---

7) 영공(永公) : 지영(智永). 수나라와 당나라 때의 승려. 왕희지(王羲之)의 7대손이다. 출가 후 영흔사(永欣寺)에 머물렀기 때문에 영선사(永禪師)라 불리기도 했다. 서법(書法)에 뛰어나 조상인 왕희지의 서체를 공부한 지 30년 만에 《진초천자문(眞草千字文)》 800여 권을 완성해 여러 절에 기증했다.

"이것을 알아보겠소?"

방관은 깜짝 놀라면서 비로소 자신이 스님으로 있던 시절을 기억해 냈는데, 영공은 바로 방관의 전신(前身)이었다. 미: 방관은 영공의 후신(後身)이다. 형화박이 방관에게 말했다.

"그대가 죽을 때는 반드시 생선회를 먹을 것이고, 죽은 후에는 반드시 가래나무로 관을 만들 것이오. 하지만 그대의 집에서 죽지 못할 것이니, 공관에서도 처하지 않을 것이고, 도관(道觀)이나 사원에서도 처하지 않을 것이며, 친구의 집에서도 처하지 않을 것이오."

그 후에 방관은 낭주(閬州)로 폄적되어 낭주의 자극궁(紫極宮)에 머물게 되었다. 방관은 병이 들어 며칠 동안 자리에 누워 있었는데, 갑자기 사군(使君: 자사)이 생선회를 준비해 방관을 군(郡)의 처소로 초청했다. 방관은 흔쾌히 수레 채비를 명해 갔다가 회를 다 먹고 돌아와서 갑자기 죽었다. 낭주자사는 자극궁에 관을 마련하라고 명했는데, 그 관은 가래나무로 만들었다.

開元中, 房琯之宰盧氏也, 邢眞人和璞自太山來, 房琯虛心禮敬, 因與携手閑步, 不覺行數十里. 至夏谷村, 遇一廢佛堂, 松竹森暎. 和璞坐松下, 以杖扣地, 令侍者掘深數尺, 得一瓶, 瓶中皆是婁師德與永公書. 和璞笑謂曰:"省此乎?" 房遂灑然, 方記其爲僧時, 永公卽房之前身也. 眉: 房琯是永公後身. 和璞謂房曰:"君歿時, 必因食魚鱠, 歿後, 當以梓木爲棺. 然不得歿於君之私第, 不處公館, 不處玄壇佛寺, 不處親友之家." 其後譴於閬州, 寄州之紫極宮. 臥疾數日, 使君忽具鱠, 邀房於郡齋. 房欣然命駕, 食竟而歸, 暴卒. 州主命攢櫬於宮中, 棺得梓木爲之.

* 이 고사는《태평광기》권148〈정수·방관〉에 실려 있다.

21-10(0491) 이덕유

이덕유(李德裕)

출《보록기전(補錄紀傳)》

[당나라] 이덕유가 동도분사(東都分司)8)로 있을 때, 일찍이 한 스님이 사람의 화복을 잘 안다는 소문을 듣고 그를 불러 물었더니 스님이 말했다.

"공의 재앙은 아직 끝나지 않았으니, 틀림없이 남쪽으로 만 리 길을 떠나게 될 것입니다."

이덕유는 몹시 기분이 좋지 않았다. 다음 날 이덕유가 다시 그 스님을 불렀더니, 스님이 제단을 쌓고 기도하길 청했는데, 사흘 뒤에 또 말했다.

"떠날 기일은 이미 정해졌습니다."

이덕유가 말했다.

"무엇으로 증험하겠소?"

그러자 스님이 즉시 땅을 가리키며 말했다.

"이 아래에 돌 상자가 있을 것입니다."

---

8) 동도분사(東都分司) : 조정의 관원 중에서 동도 낙양(洛陽)에서 직무를 수행하던 사람으로, 시어사(侍御史)의 분사를 제외하고는 실제적인 직권이 없는 일종의 명예직이었다.

이덕유가 즉시 그곳을 파 보라고 했더니 과연 돌 상자가 나왔는데, 안에 아무것도 없었다. 이덕유가 그를 중시하면서 또 물었다.

"남쪽으로 갔다가 돌아오겠소?"

스님이 말했다.

"공은 평생 양 만 마리를 드셔야 하는데 아직 500마리가 덜 찼으니, 틀림없이 돌아오게 될 것입니다."

이덕유가 탄복하며 말했다.

"법사는 정말로 대단한 분입니다! 내가 원화(元和) 연간(806~820)에 북도종사(北都從事)로 있을 때, 일찍이 꿈에 진산(晉山)에 갔는데 눈에 들어오는 것은 온통 양이었고 양치기 수십 명이 나에게 말하길, '이것은 시어사(侍御史: 이덕유)께서 평생 드실 양입니다'라고 했습니다. 나는 늘 이 꿈을 기억하고 있으면서 다른 사람에게는 말하지 않았습니다. 운명이란 진실로 속일 수 없다는 사실을 이젠 알겠습니다."

열흘 남짓 후에 영무절도사(靈武節度使) 미기(米曁)가 양 500마리를 선물했다. 이덕유가 크게 놀라 스님을 불러 그 일을 알리면서 양을 돌려주려고 했더니 스님이 말했다.

"양들이 여기에 온 이상 이미 상국(相國: 이덕유)의 소유가 된 것이므로 돌려주더라도 소용이 없으니, 남쪽으로 가셨다가 돌아오지 못할 수도 있겠습니다."

얼마 후에 이덕유는 계속 폄적당해 애주(崖州)에서 생을 마쳤다.

李德裕, 分司東都時, 嘗聞一僧善知人, 因召之, 僧曰: "公災未已, 當南行萬里." 德裕甚不樂. 明日, 復召之, 僧請結壇, 三日又曰: "定矣." 德裕曰: "以何爲驗?" 僧卽指其地: "此下有石函." 卽命發之, 果得焉, 然無所睹. 德裕重之, 且問: "南行還乎?" 曰: "公食羊萬口, 有五百未滿, 必當還." 德裕嘆曰: "師實至人! 我於元和中爲北都從事, 嘗夢行至晉山, 盡目皆羊, 有牧者數十, 謂我曰: '此侍御食羊也.' 嘗志此夢, 不洩於人. 今知冥數固不誣矣." 後旬餘, 靈武帥送¹米曁餽羊五百. 大驚, 召僧告其事, 且欲還之, 僧曰: "羊至此, 已爲相國有矣, 還之無益, 南行其不返乎?" 俄相次貶降, 終於崖州.

* 이 고사는《태평광기》권156〈정수·이덕유〉에 실려 있다.

1 송(送): 문맥상 삭제하는 것이 타당하다.《태평광기》권98〈이승(異僧)·이덕유〉에도 이 고사가 실려 있는데, 거기에는 "송" 자가 없다.

21-11(0492) 마조

마조(馬朝)

출《하동기(河東記)》

    마조는 천평군(天平軍)의 보병이었다. [당나라] 태화(太和) 연간(827~835) 초에 창주(滄州)의 이동첩(李同捷)이 난을 일으키자, 조정에서 조서를 내려 운주(鄆州)의 군대로 하여금 그들을 치게 했다. 마조도 그 행렬에 있었는데, 평원(平原)의 남쪽에 이르러서 역적들과 수십 일 동안 대치했다. 마조의 아들 마사준(馬士俊)이 운주에서 식량을 가지고 막 군영에 도착했는데, 때마침 교전을 앞두고 있었다. 마조는 연로했기에 장군에게 아뢰었다.

    "저의 장남 마사준이 젊고 힘이 있으며 또 활을 잘 다루니, 내일 교전 때 저 대신 나가게 해 주십시오."

    주장(主將 : 대장)이 그렇게 하라고 했다. 교전이 벌어지자 운주의 군대가 약간 밀렸고, 마사준도 거듭 화살을 맞고 중상을 입어 전장에서 쓰러졌다가 밤이 깊어서야 겨우 깨어났다. 그때 갑자기 호명하는 소리가 들렸는데, 말소리가 마치 문무 관리 수십 명이 말하는 것 같았다. 마사준이 살펴보았지만 촛불이 없어서 제대로 보이지 않았는데, 그저 장부에 따라 성명을 부르는 소리만 들렸다. 잠시 뒤에 마사준의 차례가 되었는데, 도리어 마조를 불렀다. 그러자 옆에 있던 사람이 말했다.

"마조 본인이 아니니 속히 그를 잡아 오게 하라." 미 : 생사의 길은 아비와 자식도 서로를 대신할 수 없는데, 선악에 따른 복과 재앙이 간혹 자신에게 돌아가지 않고 자손에게 돌아가는 것은 어째서인가?

말을 마치고는 결국 마사준을 지나쳐 갔는데, 멀어졌는데도 쉬지 않고 장부를 검열하는 소리가 여전히 들렸다. 마사준은 당혹하면서 힘을 내서 일어나 천천히 돌아갔는데, 사경(四更 : 새벽 2시 전후)이 되어서야 겨우 군영의 문에 도착했다. 군영의 관리가 그를 받아들이고 부축해서 마조가 있는 곳으로 보냈다. 마조는 마사준이 이미 죽었다고 생각했는데, 그를 보고 놀라 기뻐하며 즉시 상처를 씻고 약을 붙여 주면서 말했다.

"너는 술과 미음을 조금 먹고 잠을 청하는 것이 좋겠다."

그러고는 곧장 물을 길으러 밖으로 나갔다. 당시 군영에 군사와 말들이 아주 많았기에 200~300명에게 우물 하나를 같이 쓰게 했다. 그래서 우물 주위로 100보 안에 수도(隧道 : 터널)를 만들어 샘까지 연결해 놓았는데, 대개 사람들에게 빙 둘러서서 물을 긷게 하기 위해서였다. 그때 마조는 물장군으로 물을 길었는데, 무거운 물장군을 끌어 올리다가 미끄러져서 땅에 곤두박질쳐 넘어졌다. 땅속에는 예전부터 부러진 칼이 박혀 있었는데, 그 칼이 마조의 심장을 관통했다. 한참이 지나서 마사준은 마조가 돌아오지 않는 것을 걱정해 동료에게 살펴보게 했는데, 마조는 이미 숨이 끊어진 상태였다. 마사준은 열흘 뒤에 바로 나았다.

馬朝者, 天平軍步卒也. 太和初, 滄州李同捷叛, 詔鄆師討之. 朝在是行, 至平原南, 與賊相持累旬. 朝之子士俊, 自鄆餽食, 適至軍中, 會戰有期. 朝年老, 啓其將曰: "長男士俊, 年少有力, 又善弓矢, 來日之行, 乞請自代." 主將許之. 乃戰, 鄆師小北, 而士俊連中重創, 仆於鬪場, 夜久得甦. 忽有傳呼, 語言頗類將吏十數人者. 且無燭, 士俊窺之不見, 但聞按據簿書, 稱點姓名. 俄次士俊, 則呼馬朝. 傍有人曰: "不是本身, 速令追召." 眉: 生死之際, 父子不可相代, 乃善惡殃祥, 或不報於身, 而報於子孫, 何耶? 言訖遂過. 及遠, 猶聞其檢閱未已. 士俊惶惑, 力起徐歸, 四更方至營門. 營吏納之, 因扶持送至朝所. 朝謂其已死, 及見驚喜, 卽洗創傅藥, 乃曰: "汝可飮少酒粥, 以求寢也." 卽出汲水. 時營中士馬極衆, 每三二百人則同一井. 井乃周圓百步, 皆爲隱道, 漸以及泉, 蓋使衆人得以環汲也. 時朝以罍缶汲水, 引重之際, 泥滑, 顚仆於地. 地中素有折刀, 朝心正貫其刀. 久而士俊懼其未回, 使同幕者視之, 則已絶矣. 士俊旬日乃愈.

* 이 고사는《태평광기》권310〈신(神)·마조〉에 실려 있다.

21-12(0493) 원효숙

원효숙(袁孝叔)

출《전정록(前定錄)》

원효숙은 진군(陳郡) 사람으로 어려서 부친을 잃고 모친을 효성스럽게 모셨다. 그의 모친이 일찍이 병이 들어 낫지 않았는데, 갑자기 원효숙의 꿈에 한 노인이 나타나 말했다.

"자네 모친의 병은 치료할 수 있네."

원효숙이 노인에게 이름을 물어보았지만 노인은 알려 주지 않으면서 말했다.

"내일 아침에 돌 제단 위에서 나를 기다리게."

원효숙은 잠에서 깨어나 곧장 주위 사방을 둘러보았더니, 자신의 거처에서 10리 떨어진 곳에 폐허가 된 도관(道觀) 안에 오래된 돌 제단이 있었는데, 노인이 그곳에 있는 것이 보였다. 원효숙이 기뻐하며 절을 하고 노인을 집으로 모셔 왔는데, 노인이 자루 안에서 구령단(九靈丹) 한 알을 꺼내 막 길어 온 물로 그것을 복용하게 했더니, 그날로 바로 모친의 병이 나았다. 원효숙이 감사하며 보답하려고 했지만 노인은 모두 받지 않았다. 노인은 간혹 몇 달에 한 번씩 찾아왔지만 그가 사는 곳은 알 수 없었다. 나중에 어느 날 아침에 노인이 찾아와서 말했다.

"장차 다른 곳으로 가야 하니 이제 자네와 작별해야겠네."

그러고는 품속에서 두루마리 하나를 꺼내 원효숙에게 주면서 말했다.

"그대의 수명과 벼슬이 모두 이 안에 적혀 있는데, 모든 일은 이미 정해져 있으니 사람의 지력(智力)이 미칠 수 있는 바가 아니네. 지금 조급하게 공명을 구하는 것은 모두 헛수고일 따름이네. 미 : 조급하게 공명을 구하는 것은 헛수고이니, 만약 조급하게 공명을 구하다가 절개를 바꾸고 품행을 잃게 되면 더욱 안타까울 따름이다. 그대는 나의 이 두루마리를 간직해 두고 부디 미리 보지 말게. 그저 한 번 임명될 때마다 한 폭씩 열어 보게. 그렇게 하지 않으면 틀림없이 손해를 보게 될 것이네."

원효숙이 무릎을 꿇은 채 두루마리를 받고 노인과 작별했다. 나중에 원효숙이 병으로 드러누워 거의 치료할 수 없게 되자, 그의 집에서 후사를 물었더니 원효숙이 말했다.

"내가 신인(神人)에게서 두루마리 하나를 받아 아직 열어 보지도 않았는데, 어찌 급하게 후사를 묻느냐?"

열흘 남짓 뒤에 그의 병이 과연 나았다. 나중에 원효숙은 가문의 덕택으로 밀주(密州) 제성현위(諸城縣尉)로 발령되었고, 다섯 번을 전임해 포주(蒲州) 임진현령(臨晉縣令)이 되었다. 그는 매번 부임할 때마다 신인의 두루마리를 보았는데, 거기에 적힌 날짜가 조금도 틀리지 않았다. 나중에 임기를 마치고 문향현(閿鄉縣)의 별장으로 돌아갔는데, 새벽에 일어나 머리를 빗으려고 할 때 갑자기 어떤 물체가 거울 위로 떨어지기에 보았더니, 뱀과 비슷하고 네 발이 달려 있었다. 원효숙은 깜짝 놀라 바닥에 쓰러지더니 말도 하지 못하고 있다가 며칠 뒤에 죽었다. 한 달 후에 원효숙의 아내가 그가 쓰던 상자를 열어 보았더니 노인이 남겨 준 두루마리가 나왔는데, 아직도 두루마리의 반 축(軸)이 남아 있었다. 그래서 아내가 말했다.

"신인의 말에도 거짓이 있구나. 두루마리가 아직 다 펼쳐지지도 않았는데 사람은 벌써 죽다니!"

그러고는 펼쳐 보았더니 그 뒤로는 빈 종이 몇 폭만 있었고, 그 위에 뱀 한 마리가 거울 속에서 똬리를 틀고 있는 모습이 그려져 있었다.

袁孝叔, 陳郡人也, 少孤, 事母孝. 母嘗得疾, 不瘥, 孝叔忽夢一老父謂曰:"子母疾可治." 問其名, 不告, 曰:"明旦迎吾於石壇之上." 及覺, 乃周覽四境, 所居之十里, 有廢觀古石壇, 而見老父在焉. 孝叔喜拜, 迎至於家, 於囊中取九靈丹一丸, 以新汲水服之, 卽日而瘥. 孝叔德之, 欲有所答, 皆不受. 或累月一來, 然不詳其所止. 後一旦來, 言:"將有他適, 當與子別." 於懷中出一編書遺之, 曰:"君之壽位, 盡具於此, 事以前定, 非智力所及也. 今之躁求者, 適足徒勞耳. 眉:躁求祇是徒勞, 若因躁求而改節喪行, 更可惜耳. 君藏吾此書, 愼勿預視. 但受一命, 卽開一幅. 不爾, 當有損." 孝叔跪受而別.

後孝叔寢疾, 殆將不救, 其家或問後事, 孝叔曰 : "吾爲神人授書一編, 未曾開卷, 何遽以後事問乎?" 旬餘, 其疾果愈. 後孝叔以門蔭調授密州諸城縣尉, 五轉蒲州臨晉縣令. 每之任, 輒視書, 時日無謬. 後秩滿, 歸閿鄕別墅, 因晨起, 欲就巾櫛, 忽有物墜於鏡中, 類蛇而有四足. 孝叔驚仆於地, 因不語, 數日而卒. 後逾月, 其妻因閱其笥, 得老父所留之書, 猶餘半軸. 因嘆曰 : "神人之言, 亦有誣矣. 書尙未盡, 而人已亡!" 乃開視之, 其後唯有空紙數幅, 畫一蛇盤鏡中.

* 이 고사는 《태평광기》 권152 〈정수·원효숙〉에 실려 있다.

21-13(0494) 혼인을 정해 주는 객점
정혼점(定婚店)
출《속유괴록(續幽怪錄)》미 : 이하는 혼인의 정해진 운수다(以下婚姻定數).

　　두릉(杜陵) 사람 위고(韋固)는 어려서 고아가 되어 일찍 부인을 얻고 싶었으나, 많은 노력을 해도 성사되지 않았다. [당나라] 정관(貞觀) 2년(628)에 그는 청하(淸河)로 유람을 가려다 도중에 송성(宋城) 남쪽의 객점에 묵게 되었다. 객점의 손님 중에 사마(司馬) 반방(潘昉)의 딸과 혼담을 주선했던 사람이 있었는데, 다음 날 아침에 객점 서쪽에 있는 용흥사(龍興寺) 문에서 만나기로 약속했다. 위고는 부인을 얻고자 하는 마음이 절박했으므로 새벽에 그곳으로 갔다. 비스듬한 달빛이 아직 밝았는데, 어떤 노인이 베 보따리에 기댄 채 계단 위에 앉아 달빛에 대고 글을 살펴보고 있었다. 위고는 그 글을 엿보았으나 글자를 알아볼 수 없었기에 노인에게 말했다.

　"노인장께서 살펴보고 계신 것은 어떤 글입니까?"
　노인이 웃으며 말했다.
　"저승의 글이오."
　위고가 말했다.
　"저승 사람이 어떻게 이곳에 오셨습니까?"

노인이 말했다.

"그대가 일찍 온 것이지 내가 오지 말아야 할 곳에 온 것은 아니오. 또한 길을 가는 이들도 사람과 귀신이 반반이지만 스스로 분별하지 못할 뿐이오."

위고가 말했다.

"그러면 당신은 어떤 일을 주관하고 계십니까?"

노인이 말했다.

"천하의 혼인 문서를 주관하고 있소."

위고가 기뻐하며 말했다.

"저는 부인을 얻고자 했지만 아직 뜻을 이루지 못했습니다. 오늘 반 사마(潘司馬 : 반방)의 딸과 혼담을 의논하고 있는데 이룰 수 있겠습니까?"

노인이 말했다.

"안 될 것이오. 그대의 부인은 이제 막 세 살이 되었소. 그녀는 열일곱 살에 그대의 가문으로 들어갈 것이오."

위고가 물었다.

"보따리에 어떤 물건이 들었습니까?"

노인이 말했다.

"붉은 새끼줄인데 이것으로 부부의 발을 묶어 놓소. 그러면 비록 원수의 집안이거나, 귀천(貴賤)이 현격히 차이 나거나, 하늘 끝 멀리 떨어져 벼슬살이하고 있거나, 오(吳) 땅과 초(楚) 땅의 이역만리 타향에 있건 간에 이 새끼줄로 한번

묶기만 하면 평생 벗어날 수 없소. 그대의 다리도 이미 상대방의 다리와 묶여 있으니, 다른 곳에서 구한들 무슨 보탬이 되겠소?"

위고가 말했다.

"저의 처는 어디에 있습니까?"

노인이 말했다.

"이 객점 북쪽에 있는 채소 파는 할멈의 딸이오."

위고가 말했다.

"만나 볼 수 있겠습니까?"

노인이 말했다.

"할멈이 늘 딸을 안고 와서 이곳에서 채소를 팔고 있으니, 나를 따라갈 수만 있으면 그대에게 보여 주겠소."

날이 밝았으나 [혼담을 주선하기로] 약속한 사람은 오지 않았다. 노인이 문서를 말아 보따리에 넣어 둘러메고 가자 위고가 그를 쫓아 채소 시장으로 들어갔더니, 어떤 애꾸눈 할멈이 세 살 된 딸을 안고 왔는데 몹시 남루한 차림이었다. 노인이 그 아이를 가리키며 말했다.

"이 아이가 그대의 아내 될 사람이오."

위고가 화를 내며 말했다.

"이 아이를 죽이는 게 가능합니까?"

노인이 말했다.

"이 아이는 큰 봉록을 먹을 팔자를 타고났으니 어찌 죽일

수 있겠소?"

노인은 마침내 자취를 감추었다. 위고는 작은 칼 한 자루를 갈아 노복에게 주며 분부했다.

"만약 나를 위해 저 여자아이를 죽여 준다면 너에게 만전을 주겠다."

노복이 말했다.

"그리하겠습니다."

다음 날 노복은 소매 속에 칼을 숨기고 채소 가게로 들어가서 사람들 무리 속에서 그 여자아이를 찌르고 도망갔는데, 시장이 온통 혼잡했기에 붙잡히지 않고 도망칠 수 있었다. 위고가 노복에게 물었다.

"찔렀느냐?"

노복이 말했다.

"애초에 심장을 찌를 작정이었으나 불행히도 미간을 찔렀습니다."

그 후로 위고는 혼처를 구했으나 끝내 성사되지 못했다. 다시 14년이 지나 위고는 선친의 덕택으로 상주참군(相州參軍)이 되었다. 상주자사 왕태(王泰)는 위고에게 사호연(司戶掾)을 겸직하게 해서 죄인 심문을 전담하게 했는데, 왕태는 그가 능력 있다고 여겨 자신의 딸을 그에게 시집보냈다. 그녀는 열예닐곱쯤 되는 나이에 용모가 빼어나게 아름다웠으므로 위고는 아주 마음이 흡족했다. 그러나 그녀는 미간에 늘 꽃무늬 장식을 붙이고 있었는데, 목욕을 하거나 한가한 곳에 있을 때에도 잠시도 떼어 놓지 않았다. 1년 남짓 지나서 위고가 부인에게 그 까닭을 다그쳐 묻자 부인이 눈물을 흘리며 말했다.

"소첩은 군수(郡守 : 왕태)의 조카이지 딸이 아닙니다. 옛날 선친께서는 일찍이 송성을 다스리다가 돌아가셨습니다. 당시 소첩은 강보에 싸여 있었는데, 어머니와 형제들이 차례로 돌아가시는 바람에 오직 하나 있는 송성 남쪽의 장원에서 유모 진씨(陳氏)와 함께 살면서, 객점 근처에서 채소를 팔아 끼니를 때웠습니다. 진씨는 어린 저를 불쌍히 여겨 차마 잠시도 혼자 버려두지 않았습니다. 세 살 때 유모에게 안겨 시장에 갔다가 어떤 미친 도적의 칼에 찔렸는데, 칼자국이 아직 남아 있기 때문에 꽃 장식으로 가리고 있습니다. 7~8년 동안 숙부께서 노룡진(盧龍鎭)에서 종사하실 때 마침내 숙부 곁에 있을 수 있게 되었는데, 숙부께서 저를 딸로 삼아 당신에게 시집보내셨습니다."

위고가 말했다.

"진씨는 애꾸눈이오?"

부인이 말했다.

"그렇습니다만 어떻게 그걸 아십니까?"

위고가 말했다.

"당신을 찌르게 한 사람이 바로 나요."

그러고는 그간 일을 모두 말해 주었으며, 더욱 지극히 서로를 공경하게 되었다. 후에 아들 위곤(韋鯤)을 낳았는데 그는 안문태수(鴈門太守)가 되었으며, 부인은 태원군태부인(太原郡太夫人)에 봉해졌다. 그래서 그 객점을 "정혼점"이라 이름 붙였다.

杜陵韋固, 少孤, 思早娶婦, 多方不成. 貞觀二年, 將遊淸河, 旅次宋城南店. 客有以司馬潘昉女爲議者, 來旦期於店西龍興寺門. 固意切, 且往焉. 斜月尙明, 有老人倚巾囊, 坐於階上, 向月檢書. 覘之, 不識其字, 固曰: "老父所尋者何書?" 老人笑曰: "幽冥之書." 固曰: "幽冥之人, 何以到此?" 曰: "君行自早, 非某不當來也. 且道途之行, 人鬼各半, 自不辨耳." 固曰: "然則君何主?" 曰: "天下婚牘." 固喜曰: "固求娶未遂. 今方議潘司馬女, 可成乎?" 曰: "未也. 君婦適三歲矣. 年十七, 當入君門." 因問: "囊中何物?" 曰: "赤繩子耳, 以繫夫婦之足. 雖仇敵之家, 貴賤懸隔, 天涯從宦, 吳楚異鄕, 此繩一繫, 終不可逭. 君之脚已繫於彼矣, 他求何益?" 曰: "固妻安在?" 曰: "此店北賣菜家嫗女耳." 固曰: "可見乎?" 曰: "嫗嘗抱之來, 賣菜於是. 能隨我行, 當示君." 及明, 所期不至. 老人捲書揭囊而行, 固逐之, 入米¹市, 有眇嫗, 抱三歲女來, 弊陋殊甚. 老人指曰: "此君之妻也." 固怒曰: "殺之可乎?" 老人曰: "此人命當食大祿, 庸可殺乎?" 老人遂隱. 固磨一小刀, 付其奴曰: "能爲我殺彼女, 賜汝萬錢." 奴曰: "諾." 明日, 袖刀入菜肆, 於衆中刺之而走, 一市紛擾, 奔走獲免. 問奴曰: "所刺中否?" 曰: "初刺其心, 不幸纔中眉間." 爾後求婚, 終不遂. 又十四年, 以父蔭參相州軍. 刺史王泰俾攝司戶掾, 專鞫獄, 以爲能, 因妻以女. 年可十六七, 容色華麗, 固稱愜之極. 然其眉間常貼一花鈿, 雖沐浴閑處, 未嘗暫去. 歲餘, 固逼問之, 妻潸然曰:"妾郡守之猶子也, 非其女也. 父曾宰宋城, 終其官. 時妾在襁褓, 母兄次歿, 唯一莊在宋城南, 與乳母陳氏居, 去店近, 鬻蔬以給朝夕. 陳氏憐小, 不忍暫棄. 三歲時, 抱行市中, 爲狂賊所刺, 刀痕尙在, 故以花子覆之. 七八年間, 叔從事盧龍, 遂得在左右, 以爲女, 嫁君耳." 固曰:"陳氏眇乎?" 曰:"然, 何以知之?" 固曰:"所刺者, 固也." 因盡言之, 相敬愈極. 後生男鯤, 爲鴈門太守, 封太原郡太夫人. 因題其店曰"定婚店".

* 이 고사는《태평광기》권159〈정수·정혼점〉에 실려 있다.

1   미(米):《태평광기》명초본에는 "채(菜)"라 되어 있는데, 문맥상 타당하다.

21-14(0495) 노생

노생(盧生)

출《속현괴록(續玄怪錄)》미 : 신무가 덧붙어 나온다(神巫附見).

　　홍농현령(弘農縣令) 이씨(李氏)의 딸이 계년(笄年)9)이 지나 노생에게 시집가게 되었다. 길일로 점친 날에 무당이 오자 [신부] 이씨의 어머니가 노랑(盧郎 : 노생)의 관록(官祿)이 어떠할지 물었더니 무당이 말했다.

　"말씀하시는 노랑은 긴 구레나룻이 있는 사람이 아닙니까?"

　어머니가 말했다.

　"그렇네."

　[무당이 말했다.]

　"그렇다면 그는 부인의 사윗감이 아닙니다. 부인의 사위는 중간 체구에 얼굴이 희고 또한 수염이 없습니다."

　부인이 놀라며 물었다.

　"내 딸이 오늘 저녁에 시집가는데 그럴 리가 있겠는가?"

　무당이 말했다.

---

9) 계년(笄年) : 여자가 처음으로 비녀를 꽂고 성인이 되는 나이인 15세를 말한다.

"그렇습니다."

부인이 말했다.

"이미 시집가게 된 마당에 또 어찌 노랑이 아니라고 말한단 말인가?"

무당이 말했다.

"저도 그 이유는 알지 못합니다."

잠시 후에 노생이 납채(納采)10)의 예를 행하자 부인은 화를 내며 무당에게 보여 주었고, 온 집안사람들이 함께 무당에게 침을 뱉고 쫓아 버렸다. 노생이 수레를 타고 와서 친영(親迎)11)의 예를 올렸다. 손님과 주인의 예를 갖추고 패옥을 풀고 꽃을 묶는데12), 노생이 갑자기 크게 놀라며 뛰쳐나가 말을 타고 달아나자, 빈객들이 그를 뒤쫓아 갔지만 그는 돌아오지 않았다. 혼주는 평소 자부심이 있었기에 분을 삭이지 못했으며, 또한 딸의 용모를 자신해 빈객들을 모두 들어오라고 청한 뒤에 딸을 불러 나오게 해서 절을 올리게

---

10) 납채(納采) : 혼례 때 치르는 육례(六禮) 가운데 하나로, 신랑 집에서 신부 집에 예물을 보내는 의례.

11) 친영(親迎) : 혼례 때 치르는 육례 가운데 하나로, 신랑이 신부 집에 가서 신부를 맞이하는 의례.

12) 패옥을 풀고 꽃을 묶는데 : 원문은 "해패약화(解珮約花)". 당시 혼례식 절차 가운데 하나로 남녀 간의 사랑을 비유한다.

했는데, 그녀의 곱고 아름다운 자태는 비할 데가 없었다. 사람들이 그녀를 가리키며 말했다.

"이 여인이 어찌 사람을 놀라게 했단 말인가? 지금 나오지 않았다면 사람들은 그녀가 짐승 같은 모습일 것이라고 여겼을 게야."

빈객들 중에 분개하지 않는 이가 없었다. 혼주가 말했다.

"제 딸을 이미 삼가 보여 드렸으니, 빈객 중에 청혼할 수 있는 분이 있다면 오늘 저녁에 혼인하기 바랍니다."

당시 어떤 관리로 있던 정(鄭) 아무개가 노생의 들러리로 있었는데, 자리에서 일어나 절을 올리며 말했다.

"제가 사위가 되길 원합니다."

그는 빙서(聘書 : 정혼서)를 올리고 들러리를 택해 수레에 올라 혼례를 치렀는데, 무당이 말한 사람의 용모와 똑같았다. 나중에 정 아무개가 노생을 만나 그 일을 물었더니 노생이 말했다.

"그녀는 두 눈이 붉고 게다가 붉은 등잔처럼 컸으며, 몇 촌이나 되는 기다란 송곳니가 두 개의 뿔처럼 입 밖으로 뻗어 나와 있었으니, 어찌 놀라 도망가지 않을 수 있었겠소?"

정 아무개는 평소 노생과 친한 사이라 곧 자신의 부인을 나오게 해서 노생에게 보여 주었더니, 노생은 크게 부끄러워하고 후회했다.

弘農令李氏之女旣笄, 適盧生. 卜吉之日, 女巫有來者, 李母問以盧郎官祿厚薄, 巫曰:"非長髥者乎?"曰:"然.""然則非夫人之子壻也. 夫人之壻, 中形而白, 且無鬚也." 夫人驚曰:"吾女今夕適人, 得乎?" 巫曰:"得". 夫人曰:"旣得, 又何以云非盧郎乎?" 曰:"我亦不知其由." 俄而盧納彩, 夫人怒以示巫, 擧家共唾而逐之. 及盧乘軒車來, 展親迎之禮. 賓主禮具, 解珮約花, 盧生忽大驚奔出, 乘馬而遁, 衆賓追之不返. 主人素負氣, 不勝其憤, 且恃其女之容, 邀客皆入, 呼女出拜, 冶麗無敵. 指之曰:"此女豈驚人者耶? 今不出, 人其以爲獸形也." 衆莫不憤嘆. 主人曰:"此女已奉見, 賓客中有能聘者, 願赴今夕." 時某官鄭某, 爲盧之儐, 在坐起拜曰:"願事門館." 於是奉書擇相, 登車成禮, 巫言之貌宛然. 後鄭逢盧, 問其事, 盧曰:"兩眼赤, 且大如朱盞, 牙長數寸, 出口之兩角, 得無驚奔乎?" 鄭素與盧善, 驟出妻以示之, 盧大慚悔.

* 이 고사는 《태평광기》 권159 〈정수・노생〉에 실려 있다.

21-15(0496) 후계도

후계도(侯繼圖)

출《옥계편사(玉溪編事)》

상서(尙書) 후계도는 본래 유학자 집안 출신으로, 손에서 책을 놓지 않았다. 가을바람이 사방에서 불어오는 날 대자사(大慈寺)의 누각에서 난간에 기대어 있을 때 갑자기 나뭇잎이 팔랑거리며 떨어졌는데, 그 위에 이런 시가 적혀 있었다.

"슬퍼 보이는 고운 두 눈썹 닦아 내는 건, 울적한 심사 때문이라네. 붓대 들고 뜰로 내려가, 상사(相思) 두 글자를 쓰네. 이 글자는 돌에 쓴 것도 아니요, 이 글자는 종이에 쓴 것도 아니라네. 가을 나뭇잎 위에 쓰나니, 원컨대 가을바람 타고 날아가기를. 천하에 사랑의 마음 있는 사람이여, 상사병에 죽은 한을 모두 풀어 주시길."

후계도는 그것을 5~6년 동안 두건 상자에 넣어 두었다. 얼마 후에 그는 임씨(任氏)와 결혼했는데, 그가 늘 그 시를 외우자 임씨가 말했다.

"그것은 소첩이 나뭇잎에 적었던 시로, 당시 좌면(左綿)에 있었는데 미 : 좌면은 지명이다. 어떻게 이곳까지 왔단 말입니까?"

후계도가 임씨의 지금 글씨를 가지고 확인해 보았더니 나뭇잎 위의 글씨와 다름이 없었다.

侯繼圖尙書本儒素之家, 手不釋卷. 秋風四起, 方倚檻於大慈寺樓, 忽有木葉飄然而墜, 上有詩曰:"拭翠斂雙蛾, 爲鬱心中事. 搦管下庭除, 書成相思字. 此字不書石, 此字不書紙. 書向秋葉上, 願逐秋風起. 天下有心人, 盡解相思死." 後[1] 貯巾篋, 凡五六年. 旋與任氏爲婚, 嘗念此詩, 任氏曰:"此妾書葉詩, 時在左綿, 眉:左綿,地名. 爭得至此?" 侯以今書辨驗, 與葉上無異也.

* 이 고사는《태평광기》권160〈정수・후계도〉에 실려 있다.
1 후(後):문맥상 "후(侯)"의 오기로 보인다.

21-16(0497) 이인균

이인균(李仁鈞)

출《이문록(異聞錄)》미 : 신수 법사의 술법이 덧붙어 나온다(秀師術附見).

당(唐)나라 때 최오(崔晤)와 이인균 두 사람은 사촌 형제 간으로, 최오가 이인균보다 나이가 많았다. 건중(建中) 연간(780~783) 말에 그들은 함께 도성으로 와서 관리 선발에 응시했다. 당시 천복사(薦福寺)에 신수(神秀)라는 스님이 있었는데, 음양술(陰陽術)에 밝아 궁중에서 황제를 시봉할 수 있었다. 하루는 최오와 이인균이 함께 신수 법사를 찾아갔는데, 법사는 인사만 주고받을 뿐 더 이상 아무 말도 하지 않았다. 법사가 대문 뒤에서 이인균에게 작별 인사를 하며 말했다.

"구랑(九郞 : 이인균)께서는 혼자 하룻밤만 묵어 주실 수 있겠습니까? 소승이 간곡한 사정이 있어서 곁에서 말씀드리려고 합니다."

이인균이 말했다.

"예, 예."

나중에 이인균이 약속대로 하룻밤을 묵으러 오자, 법사는 음식을 풍성하고 정갈하게 차려 대접하면서 매우 공경하게 예를 갖췄다. 한밤중에 법사가 말했다.

"구랑께서는 지금 강남 지방의 현령으로 선발될 것이니 참 잘되었습니다. 지금부터 6년 후에는 본부(本府)의 규조(糾曹 : 녹사참군의 별칭)를 대리할 것인데, 소승이 처형당하는 날 형을 감독하는 관리가 바로 구랑이십니다. 미 : 화를 알고도 피하지 않은 것은 어째서인가? 소승은 오(吳) 땅 출신으로 와관사(瓦官寺) 뒤편의 소나무 숲에 있는 한 뙈기 땅을 무척 좋아하는데, 그곳은 높고 탁 트여서 상원현(上元縣)의 아름다운 경치가 한눈에 보입니다. 소승이 죽은 뒤에 구랑께서 그곳에 솔도파(窣堵波) 미 : 솔도파는 범어(梵語 : 산스크리트어)의 부도(浮圖 : stūpa, 탑)다. 를 세워 소승의 유골을 매장해 주셨으면 합니다."

이인균이 말했다.

"밝은 해처럼 그 말씀을 어기지 않겠습니다."

신수 법사는 울면서 감사하고 또 이인균에게 말했다.

"최 낭군(崔郎君 : 최오)은 이번에 한 번 관직을 지낸 뒤 집안이 몰락해서 식구들이 강호를 떠돌며 기식하게 될 것이며, 구랑은 결국 최씨 집안의 사위가 될 것입니다. 비밀로 하십시오. 비밀로 하십시오."

이인균은 아침 일찍 객사로 돌아왔는데, 최오를 만나자 신수 법사가 말했다고 하면서 이렇게만 말했다.

"제가 결국에는 형님의 사위가 된다고 했습니다."

최오가 말했다.

"내 딸이 박명해 죽는다 하더라도 어찌 시골 늙은이한테 시집갈 수 있겠는가?"

이인균이 말했다.

"왕소군(王昭君)13)이 선우(單于)에게 시집간 것에 비하면 오히려 살 만하지 않겠습니까!" 미 : 말이 《세설신어(世說新語)》와 비슷하다.

두 사람은 서로 쳐다보며 크게 웃었다. 후에 이인균은 남창현령(南昌縣令)에 보임되어 부임해서 유능하다는 평판을 받았고, 임기를 마친 뒤에 본부(本府)의 규조를 대리했다. 그때 역참을 거쳐 한 죄수가 주부(州府)로 왔는데, 궁중의 비밀스런 일을 누설한 죄에 연루된 사람이었다. 날이 밝자 조서를 선독(宣讀)했는데, 관부에서 곤장을 쳐서 죽여야 한다고 했다. 죄인이 옷을 벗고 형벌을 받을 때, 이인균이 자세히 살펴보았더니 바로 신수 법사였다. 신수 법사가 큰 소리로 말했다.

"와관사의 소나무 숲에 묻어 달라는 청을 그대는 잊지 마시오!"

---

13) 왕소군(王昭君) : 전한 원제(元帝) 때의 궁녀로 이름은 장(嬙), 자는 소군. 절세미인이었는데 흉노와의 화친책으로 화번공주(和蕃公主)가 되어 흉노 왕 호한야 선우(呼韓邪單于)에게 시집가서 그곳에서 죽었다.

신수 법사가 죽자 이인균은 일을 맡길 하급 관리를 뽑아 영구를 상원현으로 보냈으며, 와관사의 소나무 숲속에 있는 땅을 사고 탑을 세워 그를 장사 지냈다. 당시 최 영(崔숙 : 최오)은 이미 세상을 떠난 지 여러 해가 지났으며, 최오의 이복동생인 최엽(崔曄)이 최오의 어린 고아를 데리고 고안현(高安縣)에 와 있었다. 최엽은 성격이 활달하고 멀리 유람하길 좋아해 첩 은씨(殷氏)만 혼자 집에 있었다. 은씨는 대승(大乘) 또는 구천선(九天仙)이라 불렸는데, 진쟁(秦箏)[14]을 잘 연주해 상수견(常守堅)의 묘법을 모두 전수받았다. 은씨는 [쟁을 연주해] 고아인 질녀를 먹여 살렸는데, 그녀에 대한 사랑이 매우 각별했다. 마침 남창현의 군영 악사 중에 쟁을 잘 타는 사람이 고안현에서 일을 구하다가 또한 상수견의 제자가 되었기에 은씨가 그를 만났는데, 은씨가 군영 악사에게 말했다.

"최씨 집안의 아가씨는 용모와 품덕이 비할 데 없으며 이미 시집갈 나이가 되었습니다. 그녀의 집안 내력을 적어 드릴 테니, 관부에 도착하는 날에 진진(秦晉)의 배필[15]을 구해

---

14) 진쟁(秦箏) : 진(秦) 땅에서 연주하던, 슬(瑟)과 비슷한 현악기. 진나라 사람 몽염(蒙恬)이 만들었다고 한다.
15) 진진(秦晉)의 배필 : 훌륭한 배필. 춘추 시대 진(秦)나라와 진(晉)나라가 대대로 혼인을 맺어 친밀한 관계를 유지한 데서 유래했다.

주시겠습니까?"

군영 악사는 그 청에 따라서 관부에 도착하자 그녀의 집안 내력을 가지고 여러 사인(士人)들의 집을 다녔지만 아무런 반응이 없었다. 후에 염철사(鹽鐵使) 이 시어(李侍御), 즉 이인균을 배알하고 그녀의 집안 내력을 꺼내 책상 위에 펼쳐 놓았는데, 이인균이 그것을 보고 가엽게 여겼다. 당시 이인균은 상처(喪妻)한 지 이미 1년이 지났는데, 지난날 신수 법사의 말이 징험되어 마침내 그녀를 후실로 받아들였다.

唐崔晤・李仁鈞二人中外弟兄, 崔年長於李. 建中末, 偕來京師調集. 時薦福寺有僧神秀, 曉陰陽術, 得供奉禁中. 會一日, 崔・李同詣秀師, 師泛叙寒溫而已, 更不開一語. 別揖李於門扇後曰: "九郎能惠然獨賜一宿否? 小僧有情曲, 欲陳露左右." 李曰: "唯唯." 後李特赴宿約, 饌餚豐潔, 禮甚謹敬. 及夜半, 師曰: "九郎今合選得江南縣令, 甚稱意. 從此後更六年, 攝本府糾曹, 斯乃小僧就刑之日, 監刑官人卽九郎耳. 眉: 知禍不避, 何也? 小僧是吳兒, 酷好瓦棺寺後松林中一段地, 最高敞處, 上元佳境, 盡在其間. 死後乞九郎作窣堵坡 眉: 窣堵坡, 梵語浮圖也. 於此, 爲藏骸所." 李曰: "斯言不謬違之如皎日." 秀泣謝, 又謂李曰: "崔家郞君祇有此一政官, 家事零落, 飄寓江徼, 九郞終爲崔家女婿. 祕之祕之." 李詰旦歸旅舍, 見崔, 惟說秀師云: "某終爲兄之女婿." 崔曰: "我女縱薄命且死, 何能嫁與田舍老翁作婦?" 李曰: "比昭君出降單于, 猶是生活!" 眉: 語似《世說》. 二人相顧大笑. 後李補南昌令, 到官, 有能稱, 罷攝本府糾曹. 有驛遞流人至州, 坐洩宮內密事者. 遲明, 宣詔書, 宜付府笞死. 流人解衣就刑, 李熟視, 卽神秀也. 大呼曰: "瓦棺松林之請, 子勿食言!" 秀旣死, 乃擇幹事小吏, 送尸柩於上元縣, 買瓦棺寺松林中地, 壘浮圖以葬之. 時崔令卽世已數年矣, 崔之異母弟曄携孤幼來於高安. 曄落拓好遠遊, 惟小妻殷氏獨在. 殷號大乘, 又號九天仙, 善秦箏, 盡傳常守堅之妙. 護食孤女, 甚有恩意. 會南昌軍伶能箏者, 求丐高安, 亦守堅之弟子, 故殷得見之, 謂軍伶曰: "崔家小娘子, 容德無比, 年已及笄. 供奉與把取家狀, 到府日, 求秦晉之匹, 可乎?" 軍伶依其請, 至府, 以家狀歷抵士人門, 曾無影響. 後因謁鹽鐵李侍御, 卽仁鈞, 出家狀, 鋪案上, 李閱之憫然. 時妻喪, 已大期, 徵曩秀師之言, 遂納爲繼室.

* 이 고사는 《태평광기》 권160 〈정수·수사언기(秀師言記)〉에 실려 있다.

21-17(0498) 이행수

이행수(李行修)

출《속정명록(續定命錄)》

이십일랑(李十一郎) 행수는 처음에 강서염찰사(江西廉察使) 왕중서(王仲舒)의 딸을 아내로 맞아들였는데, 정숙하고 현명해서 이행수는 그녀를 빈객처럼 공경했다. 왕씨는 어린 여동생을 데려와서 자신을 따라다니게 했는데, 이행수도 그녀를 매우 아끼고 사랑했다. [당나라] 원화(元和) 연간(806~820)에 낙하(洛下 : 낙양)의 어떤 명공(名公)이 회남절도사(淮南節度使) 이용(李鄘)과 혼담을 논했는데, 이씨 집안에서는 길일이 정해지자 이행수에게 들러리를 맡아 달라고 한사코 청했다. 그날 밤 혼례가 끝난 뒤에 이행수는 피곤해서 잠이 들었는데, 꿈속에서 자신이 새장가를 들고 그 신부가 바로 왕씨의 어린 여동생이었다. 그는 깜짝 놀라 깨어나 몹시 꺼림칙해하면서 급히 수레 채비를 명해 집으로 돌아갔는데, 왕씨가 새벽에 일어나 무릎을 끌어안고 울고 있는 것이 보였다. 이행수의 집에는 예전부터 부려 온 하인이 있었는데, 성격이 아주 못되고 제멋대로여서 종종 왕씨의 뜻을 거스르곤 했다. 이때에도 이행수는 하인이 왕씨의 뜻을 거슬렀으리라고 생각해서 곤장을 치려고 했다. 그 이유를 캐물었더니 집안사람들이 모두 말했다.

"늙은 종이 부엌에서 스스로 말하길, 5경 무렵에 꿈을 꾸었는데 꿈속에서 서방님이 왕씨 집안의 작은 아가씨에게 새 장가를 드셨다고 했습니다."

이행수는 자신의 꿈과 똑같았으므로 더욱 그 일을 꺼림칙해하면서 왕씨를 잘 달래며 말했다.

"이는 늙은 종의 꿈일 뿐이니 어찌 믿을 만하겠소?"

얼마 되지 않아 왕씨는 과연 병으로 죽었다. 당시 왕중서는 오흥군수(吳興郡守)로 부임해 있었는데, 딸이 죽었다는 소식을 듣고 몹시 비통해하다가 마침내 이행수에게 서신을 보내 작은딸을 후실로 맞아들이길 부탁하는 뜻을 비쳤다. 이행수는 왕씨에 대한 슬픔과 애도하는 마음을 아직 잊을 수 없었기에 왕 공(王公 : 왕중서)의 청을 한사코 거절했다. 비서랑(秘書郎) 위수(衛隨)는 사람을 알아보는 감식안이 있었는데, 갑자기 이행수에게 말했다.

"시어사(侍御使 : 이행수)는 어찌 그토록 죽은 부인을 그리워합니까? 어찌하여 조상(稠桑)의 왕(王) 노인에게 물어보지 않습니까?" 미 : 조상의 술사 왕 노인이 덧붙어 나온다.

2~3년 후에 왕 공은 자주 이행수에게 작은딸을 부탁한다는 뜻을 넌지시 비쳤지만 그는 결코 받아들이지 않았다. 이행수가 동대어사(東臺御史 : 낙양 어사대의 어사)에 제수되던 해에 변주(汴州) 사람 이개(李介)가 절도사를 축출하

자, 조정에서 조서를 내려 서주(徐州)와 사주(泗州)의 군대를 징집해 이를 토벌하게 했다. 그리하여 도로에서 사신들이 분주히 왕래했으며 또한 대규모로 말을 징집해 갔다. 이행수는 천천히 말을 몰아 관문을 나서서 길을 따라 조상역에 도착했는데, 칙사 여러 명이 먼저 역에 도착했다는 말을 듣고 마침내 조상의 한 객점으로 가서 묵었다. 그날 저녁 무렵에 어떤 노인이 동쪽에서 와서 지나가자 객점 부근의 사람들이 다투어 그의 옷을 잡아당기면서 묵어가길 청했다. 이행수가 그 이유를 묻자 객점 사람이 말했다.

"왕 노인은 녹명서(祿命書)16)를 잘 알고 있기 때문에 마을에서 존경받고 있습니다."

이행수는 문득 위 비서(衛秘書 : 위수)의 말이 떠올라 은밀히 그를 불러오게 해서 마음속에 품은 일을 말했다. 왕 노인이 말했다.

"십일랑(十一郞 : 이행수)은 죽은 부인을 보고 싶으면 오늘 밤에 만나 볼 수 있습니다."

왕 노인은 이행수를 데리고 가서 한 오솔길을 통해 흙산으로 들어갔다. 다시 몇 길이나 되는 가파른 고개를 지나자 고개 옆으로 희미하게 빽빽한 숲이 보이는 것 같았다. 왕 노

---

16) 녹명서(祿命書) : 인생의 복록(福祿)에 관한 운수를 점치는 책.

인은 길모퉁이에 멈춰 서서 이행수에게 말했다.

"십일랑이 숲 아래에서 묘자(妙子)를 부르기만 하면 반드시 응답하는 사람이 있을 것이니, 응답하거든 즉시 '오늘 밤에 잠시 묘자를 데리고 함께 죽은 처를 보러 갈 것이라고 구낭자(九娘子)에게 말을 전해 주십시오'라고 대답하시오."

미 : 기이한 일이다.

이행수가 왕 노인이 시킨 대로 숲에서 묘자를 불렀더니, 과연 어떤 사람이 응답하기에 왕 노인이 말한 대로 전하고 들어갔다. 잠시 후 한 여자가 나와서 말했다.

"구낭자께서 저를 보내 십일랑을 모셔 오게 했습니다."

그 여자는 말을 마치고 곧장 대나무 가지 하나를 꺾어 올라탔으며, 이행수에게도 대나무 가지 하나를 꺾어 주면서 올라타게 했다. 말처럼 빠르게 여자와 나란히 치달려 갔는데, 무언가가 받쳐 주는 듯이 편안했다. 서남쪽으로 약 수십 리를 가서 문득 한 곳에 도착했더니, 웅장하고 아름다운 성궐(城闕)이 나타났다. 앞으로 나아가 커다란 궁을 지나갈 때 궁문에서 여자가 말했다.

"서쪽 회랑을 따라 곧장 북쪽으로 가시면, 남쪽에서 두 번째 궁원(宮院)이 바로 부인께서 계신 곳입니다."

이행수는 여자의 말대로 급히 북쪽 회랑으로 갔다. 궁원에 도착해서 보았더니, 10여 년 전에 죽은 한 하녀가 나와서 이행수를 맞이하며 다가와 절한 뒤에 걸상 하나를 가져와서 말했다.

"십일랑께서 잠시 앉아 계시면 낭자께서 곧이어 나오실 것입니다."

이행수는 근래에 폐병을 앓고 있었는데, 왕씨는 일찍이 그의 병을 치료하기 위해 조협자탕(皂莢子湯 : 쥐엄나무 열매를 끓인 탕)을 끓여 주었으나 왕씨가 죽은 후로는 그 탕을 거의 먹을 수 없었다. 이때에 하인이 탕을 가져와서 이행수에게 마시게 했는데, 바로 왕씨가 손수 끓인 그 맛이었다. 하인과 말을 채 주고받기도 전에 부인이 급히 나와서 눈물을 흘리며 그를 만났다. 이행수가 막 회포를 풀려고 했더니 왕씨가 한사코 제지하며 말했다.

"당신과는 저승과 이승의 길이 다르니 이렇게 해서는 안 됩니다. 만약 평소에 저를 잊지 못하셨다면 제 누이를 받아들여 보살피는 것이야말로 저에 대한 도리를 다하는 것입니다."

부인이 말을 마치자 문밖에서 여자가 외치는 소리가 들렸다.

"이십일랑은 빨리 나오세요!"

그 소리가 몹시 다급하기에 이행수가 나갔더니, 그 여자가 화내고 꾸짖으며 말했다.

"분별머리 없는 서생이군요. 속히 돌아가야 합니다!"

두 사람은 이전처럼 대나무 가지에 올라타고 함께 떠나

잠시 후에 예전의 장소에 도착했다. 왕 노인은 흙덩이를 베고 자다가 이행수가 오는 소리를 듣고 급히 일어나며 말했다.

"혹시 뜻대로 되지 않았습니까?"

이행수가 감사의 절을 올리고 나서 물었다.

"구낭자는 어떤 사람입니까?"

왕 노인이 말했다.

"이 언덕 위에 영험한 구자모(九子母)17)의 사당이 있습니다."

왕 노인은 이행수를 데리고 객점으로 돌아왔는데, 벽의 등잔이 밝게 빛나고 구유에서 말이 꼴을 먹고 있는 것이 그대로였으며, 하인들은 피곤해서 깊이 잠들어 있었다. 왕 노인은 작별 인사를 하고 떠났다. 이행수는 마음이 산란해 한 차례 토했는데 그가 마셨던 조협자탕이 나왔다. 그 후로 이행수는 왕씨의 누이와 혼인했으며, 나중에 관직이 간의대부(諫議大夫)에 이르렀다.

李十一郎行修, 初娶江西廉使王仲舒女, 貞懿賢淑, 行修敬之如賓. 王氏有幼妹, 嘗挈以自隨, 行修亦深所鞠愛. 元和

---

17) 구자모(九子母) : 불교 신화에 나오는 여신으로, 구자마모(九子魔母)·귀자모(鬼子母)라고도 한다.

中，洛下有名公與淮南節度使李公廓論親，李家吉期有日，固請行修爲儐．是夜禮竟，行修昏然而寐，夢己之再娶，其婦卽王氏之幼妹．驚覺，甚惡之，遽命駕歸，見王氏晨興，擁膝而泣．行修家有舊使蒼頭，性頗兇橫，往往忤王氏意．其時行修意王氏爲蒼頭所忤，欲杖之．尋究其由，家人皆曰："老奴於廚中自說，五更作夢，夢阿郎再娶王家小娘子．"行修以符已夢，尤惡其事，乃強喩王氏曰："此老奴夢，安足信？"無何，王氏果以疾終．時仲舒出牧吳興，凶問至，悲慟且極，遂有書疏，意託行修續親．行修傷悼未忘，固阻王公之請．有秘書衛隨者，有知人之鑒，忽謂行修曰："侍御何懷亡夫人之深乎？奚不問稠桑王老？"眉：稠桑王老術士附見．後二三年，王公屢諷行修，託以小女，行修堅不納．及行修除東臺御史，是歲汴人李介逐其帥，詔徵徐泗兵討之．道路使者星馳，又大掠馬．行修緩轡出關，程次稠桑驛，已聞敕使數人先至，遂取稠桑店宿．日迨暝，有老人自東而過，店之南北，爭牽衣請駐．行修訊其由，店人曰："王老善錄命書，爲鄉里所敬．"行修忽悟衛秘書之言，密令召之，遂說所懷之事．老人曰："十一郎欲見亡夫人，今夜可也．"乃引行修使去，由一徑入土山中．又陟一坡，近數仞，坡側隱隱若見叢林．老人止於路隅，謂行修曰："十一郎但於林下呼妙子，必有人應，應卽答云：'傳語九娘子，今夜暫將妙子同看亡妻．'"眉：奇事．行修如王老敎，呼於林間，果有人應，仍以老人語傳入．有頃，一女子出，云："九娘子遣隨十一郎去．"其女子言訖，便折竹一枝跨焉，亦與行修折一竹枝，令跨之．迅疾如馬，與女子並馳，依依如抵．西南行約數十里，忽到一處，城闕壯麗．前經一大宮，宮有門，仍云："但循西廊直北，從南第二院，則賢夫人所居．"行修一如女子之言，趨至北廊．及院，果見十數年前亡者一青衣出焉，迎行修前拜，乃贄一榻云："十一郎且坐，娘子續出." 行修比苦肺疾, 王氏嘗與行修備治疾皂莢子湯, 自王氏之亡也, 此湯少得. 至是靑衣持湯, 令行修啜焉, 卽宛是王氏手煎之味. 言未竟, 夫人遽出, 涕泣相見. 行修方欲申情, 王氏固止之曰:"與君幽顯異途, 不當如此. 苟不忘平生, 但納小妹, 卽於某之道盡矣." 言訖, 已聞門外女子叫:"李十一郞速出!" 聲甚切, 行修出, 其女子且怒且責:"措大不別頭腦, 宜速返!" 依前跨竹枝同行, 有頃, 却至舊所. 老人枕塊而寐, 聞行修至, 遽起云:"豈不如意乎?" 行修拜謝, 因問:"九娘子何人?" 曰:"此原上有靈應九子母祠耳." 老人引行修却至逆旅, 壁釭熒熒, 櫪馬啖芻如故, 僕夫等昏憊熟寐. 老人因辭而去. 行修心憒然一嘔, 所飮皂莢子湯出焉. 從是行修續王氏之婚, 後官至諫議.

* 이 고사는 《태평광기》 권160 〈정수·이행수〉에 실려 있다.

21-18(0499) 배유창

배유창(裴有敞)

출《정명록(定命錄)》

당(唐)나라 항주자사(杭州刺史) 배유창은 병이 심해져서 전당현(錢塘縣)의 주부(主簿) 하영(夏榮)에게 자신의 병세를 보게 했더니 하영이 말했다.

"사군(使君 : 자사에 대한 존칭)께서는 백에 하나도 염려하실 것이 없지만, 부인께서는 조만간 선을 쌓고 복을 구해 병을 물리쳐야 합니다." 미 : 하나를 보고 둘을 안다.

그러자 최 부인(崔夫人)이 말했다.

"병을 물리치려면 무엇이 필요합니까?"

하영이 말했다.

"사군께서 여자 두 명을 맞아들여 병세를 누른다면, 3년이 지나서 위험이 지나갈 것입니다."

최 부인이 화를 내며 말했다.

"이 망할 놈이 미친 말을 하다니!"

하영이 물러나면서 말했다.

"부인께서 믿지 않으시니 저는 감히 말씀드리지 못하겠습니다. 사군께서는 세 명의 부인을 얻을 팔자인데, 만약 다시 여자를 맞아들이지 않으신다면 부인께 좋지 않은 일이 일어날 것입니다."

최 부인이 말했다.

"내가 죽을지언정 그 일은 감당할 수 없소!"

그해에 최 부인은 갑자기 죽었고, 배유창은 다시 두 여자를 맞아들였다.

唐杭州刺史裴有敞疾甚, 令錢塘縣主簿夏榮看之, 榮曰:"使君百無一慮, 夫人早須崇福禳之耳." 眉:看一得二. 崔夫人曰:"禳須何物?" 榮曰:"使君娶二姬以壓之, 出三年則危過矣." 夫人怒曰:"此獠狂語!" 榮退曰:"夫人不信, 榮不敢言. 使君合有三婦, 若不更娶, 於夫人不祥." 夫人曰:"身可死, 此事不相當也!" 其年, 夫人暴亡, 敞更娶二姬.

* 이 고사는 《태평광기》 권147 〈정수·배유창〉에 실려 있는데, 출전이 "《조야첨재(朝野僉載)》"라 되어 있다.

21-19(0500) 장문관

장문관(張文瓘)

출《정명록》 미 : 이하는 음식의 정해진 운수로, 관상이 덧붙어 나온다 (以下飮食定數, 相附見).

장문관이 젊었을 때 한번은 어떤 사람이 그의 관상을 보며 말했다.

"틀림없이 재상이 되겠지만 당(堂)에서 음식을 먹거나 마실 수는 없을 것이오."

장문관이 재상의 자리에 있을 때, 그가 당에 올라 음식을 먹으려고만 하면 바로 배가 아프고 토사곽란을 일으켰기에 매일 미음 한 그릇만 먹을 뿐이었다. 몇 년 뒤에 당에 올라 식사를 한 번 했는데, 그날 밤에 바로 죽었다.

張文瓘少時, 曾有人相云 : "當爲相, 然不得堂飯食喫." 及在此位, 每升堂欲食, 卽腹脹痛霍亂, 每日唯喫一碗漿水粥. 後數年, 因犯堂食一頓, 其夜便卒.

* 이 고사는 《태평광기》 권147 〈정수·장문관〉에 실려 있다.

21-20(0501) 이서균

이서균(李棲筠)

출《일사》

 [당나라] 현종(玄宗) 때 어떤 술사가 있었는데, 사람들이 먹는 음식을 판별해 하나하나 미리 알았기에 공경들이 다투어 그를 맞이해 대접했다. 오직 대부 이서균만 믿지 않고 그를 불러 말했다.

"내가 내일 어떤 음식을 먹게 될지 맞혀 보게."

술사가 한참 있다가 말했다.

"떡 두 쟁반과 귤피탕(橘皮湯) 스무 대접을 드실 것입니다."

이서균은 웃으며 요리사를 보내 음식을 마련하게 하고, 다음 날 조정의 여러 손님들을 초대했다. 그러나 다음 날 이른 아침에 칙명이 내려와 소대(召對)[18]하게 되었는데 황상이 그에게 말했다.

"오늘 경조윤(京兆尹)이 갓 추수한 찹쌀을 진상해서 그것으로 찹쌀떡을 만들었으니 경은 좀 먹어 보시오."

---

18) 소대(召對) : 황제의 부름으로 나아가 정견(政見)을 아뢰는 것을 말한다.

한참 후에 떡이 황금 쟁반에 담겨 나오자 이서균이 절을 올리고 먹었는데, 황상의 앞인지라 불편하게 먹었다. 황상이 기뻐하며 말했다.

"경은 참으로 맛있게 먹는구려!"

그러고는 다시 한 쟁반을 하사하자 이서균은 또 다 먹었다. 이서균은 소대를 마치고 집으로 돌아왔는데, 배가 너무 심하게 아파서 다른 음식은 입에 대지도 못하고 오로지 귤피탕만 먹다가 한밤중이 되어서야 비로소 나아졌다. 그때 문득 술사의 말을 기억하고 좌우 시종에게 말했다.

"내가 귤피탕을 얼마나 먹었느냐?"

시종이 대답했다.

"스무 대접을 드셨습니다."

이서균은 한참 동안 탄식하다가 서둘러 술사를 초청해 돈과 비단을 후하게 주었다.

평 : 《전정록(前定錄)》에는 한황(韓滉)의 고사[19]로 되어 있는데, 또한 이르길, "저승에서는 인간이 먹는 음식에 대해 모두 장부가 있는데, 3품 이상의 관원은 날마다 안배하고, 5품 이상의 관원으로서 권세와 지위가 있는 자는 열흘에 한

---

19) 한황(韓滉)의 고사 : 《태평광기》 권151 〈정수·한황〉에 실려 있다.

번 안배하며, 6품부터 9품까지의 관원은 한 철에 한 번 안배하고, 그 나머지 봉록을 받지 못하는 자는 한 해에 한 번 안배한다"라고 했다.

玄宗時, 有術士, 判人食物, 一一先知, 公卿競延接. 唯李大夫棲筠不信, 召至謂曰: "審看某明日餐何物." 術者良久曰: "食兩盤糕縻, 二十碗橘皮湯." 李笑, 乃遣廚司具饌, 明日會諸朝客. 平明有誥召對, 上謂曰: "今日京兆尹進新糯米糕[1], 得糕縻, 卿且喫." 良久, 以金盤盛來, 李拜而餐, 對御强食. 上喜曰: "卿喫甚美!" 更賜一盤, 又盡. 旣罷歸, 腹疾大作, 諸物絶口, 唯喫橘皮湯, 至夜半方愈. 忽記術士之言, 謂左右曰: "我喫多少橘皮湯?" 曰: "二十碗矣." 嗟嘆久之, 遽邀術士, 厚與錢帛.

評:《前定錄》作韓滉事, 又云: "陰司於人間之食, 皆有籍. 三品以上日支, 五品以上而有權位者旬支, 六品至九品季支, 其不食祿者歲支."

* 이 고사는 《태평광기》 권149 〈정수·술사(術士)〉에 실려 있다.

1 고(糕):《태평광기》 명초본에는 이 자가 없는데, 문맥상 타당하다.

21-21(0502) 이 공

이공(李公)

출《일사》미 : 사람들이 먹게 될 음식을 알아맞히는 도술이 덧붙어 나온다(知人食料術附見).

[당나라] 정원(貞元) 연간(785~805)에 만년현(萬年縣)의 포적관(捕賊官) 이 공은 봄에 친구들과 함께 큰길 서쪽에 있는 관정(官亭)[20]에 회 잔치를 마련했다. 한 손님이 우연히 그곳에 오더니 머물며 떠나지 않았는데 그 기색이 매우 거만했다. 사람들이 손님에게 무슨 재주가 있냐고 묻자 손님이 말했다.

"저는 사람들이 먹게 될 음식을 잘 압니다."

이 공이 말했다.

"그럼 오늘의 회 잔치를 보고 이 자리에서 회를 먹지 못할 사람이 있겠소?"

손님이 미소 지으며 말했다.

"오직 당신만 드시지 못할 것입니다."

이 공이 화를 내며 말했다.

"내가 주인인데 어찌 먹지 못할 리가 있겠소? 그 말이 맞

---

20) 관정(官亭) : 왕래하는 관리들에게 음식과 잠자리를 제공하던 곳.

는다면 5000냥을 주겠지만 만약 터무니없는 말이라면 곤욕을 치르게 될 것이오."

그러면서 좌중의 사람들에게 증인이 되어 달라고 청했다. 이어서 회를 차리라고 재촉해서 막 먹으려고 할 때 한 사람이 말을 달려 와서 말했다.

"경조윤(京兆尹)께서 부르십니다."

이 공은 급히 말을 타고 떠났는데 마침 공무가 있었기에, 이 공은 늦을까 봐 근심하며 사람을 보내 손님들에게 먼저 먹으라고 했으며, 회가 남지 않을 것을 걱정해 요리사에게 말했다.

"내 몫으로 두 접시만 남겨 놓게."

이는 그 술사의 말을 틀리게 하려는 것이었는데, 손님들은 매우 궁금해했다. 한참 후에 이 공이 말을 달려 왔더니, 손님들은 이미 식사를 마쳤고 오직 남겨 둔 회만 자리에 있었다. 이 공이 적삼을 벗고 자리에 앉아 젓가락을 들고 꾸짖었지만, 술사는 안색에 변함이 없었다. 그때 갑자기 관정의 천장이 무너지면서 사방 몇 척의 흙이 떨어져 그릇이 산산조각 났으며, 회는 모두 오물과 함께 뒤섞였다. 이 공이 놀라고 기이해하며 요리사에게 물었다.

"회가 더 있는가?"

요리사가 말했다.

"다 떨어졌습니다."

이에 이 공은 술사에게 정중히 사과하고 그에게 돈 5000 냥을 주었다.

貞元中, 萬年縣捕賊官李公, 春月, 與所知街西官亭子置鱠. 一客偶至, 淹然不去, 氣色甚傲. 衆問所能, 曰:"某善知人食料." 李公曰:"且看今日鱠, 坐中有人不得喫者否?" 客微笑曰:"唯足下不得喫." 李公怒曰:"某爲主人, 安有不得? 此事若中, 奉五千, 若妄語, 當遭契闊." 請坐中爲證. 因促饌, 將就, 有一人走馬來云:"京兆尹召." 李公奔馬去, 適會有公事, 李公懼晩, 使報客但餐. 恐鱠不可停, 語庖人:"留我兩楪." 欲破術人之言, 諸客甚訝. 良久, 走馬來, 諸人已餐畢, 獨所留鱠在. 李公脫衫就座, 執筯而罵, 術士顔色不動. 忽官亭子仰屋上壞, 方數尺墮落, 食器粉碎, 鱠幷雜於糞埃. 李公驚異, 問廚者:"更有鱠否?" 曰:"盡矣." 乃厚謝術士, 以錢五千與之.

* 이 고사는 《태평광기》 권153 〈정수·이공〉에 실려 있다.

21-22(0503) 최결
최결(崔潔)
출《일사》 미 : 앞일을 미리 아는 도술이 덧붙어 나온다(前知術附見).

 태부경(太府卿) 최결은 장안(長安)에 있을 때 진사(進士) 진동(陳彤)과 함께 거리 서쪽으로 친구를 찾아가기로 했다. 진 군(陳君 : 진동)은 앞일을 미리 알 수 있는 도술을 가지고 있다고 했지만 최 공(崔公 : 최결)은 그 말을 믿지 않았다. 장차 떠나려 할 때 진 군이 말했다.
 "틀림없이 당신은 배 영공[裴令公 : 배도(裴度)]의 정자에서 생선회를 먹게 될 것입니다."
 최 공은 웃으면서 대꾸도 하지 않았다. 천문가(天門街)를 지나다가 아주 신선한 물고기를 파는 사람을 우연히 만나게 되었는데, 최 공은 진 군의 말을 까맣게 잊고서 말했다.
 "지금 가는 것은 그다지 중요한 일이 아니니 생선회나 먹는 것이 어떻겠소?"
 결국 최 공은 시종에게 돈을 가지고 가서 물고기 10근을 사게 한 뒤에 말했다.
 "어디로 가서 먹으면 좋을까?"
 좌우 시종이 말했다.
 "배 영공의 정자가 이곳에서 아주 가깝습니다."

그래서 최 공은 먼저 사람을 보내 자리를 마련해 놓게 했다. 정자에 오르려고 말에서 내렸을 때 최 공은 그제야 진 군이 한 말이 떠올라 크게 놀라며 말했다.

"어디에서 회 뜰 사람을 찾는단 말인가?"

진 군이 말했다.

"그저 칼과 도마 따위만 빌려 놓으면 틀림없이 제1부(部) 악관이 와서 해 줄 것입니다."

잠시 후 자색 옷을 입은 사람 서너 명이 정자로 놀러 나왔는데, 그중에서 한 사람이 물고기를 보고 말했다.

"이 물고기는 정말로 귀하고 신선하니 두 분께서는 회로 떠서 드시지 않겠습니까? 제가 회 뜨는 재주가 뛰어나니 두 분께 솜씨를 보여 드리겠습니다."

누군지 물어보았더니, 바로 이원(梨園)21) 제1부의 악사들이었다. 나머지 악사들이 모두 떠나자 그 사람은 마침내 옷을 벗고 칼을 들고서 회를 떴는데, 그 솜씨가 정말로 민첩하고 절묘했다. 회가 거의 준비되어 갈 무렵에 진 군이 말했다.

"이 생선회는 나와 최 형(崔兄 : 최결)만 먹을 것이고, 저

---

21) 이원(梨園) : 당나라 현종 때 설치한 교방(敎坊 : 궁중 가무 예인 교습소). 장안성(長安城)의 금원(禁苑)과 의춘원(宜春院) 두 곳에 남녀 2부(部)로 나누어 설치했다.

자색 옷을 입은 사람은 먹지 못할 것입니다."

회를 다 뜨고 났을 때 갑자기 전령이 와서 소리쳤다.

"어가(御駕)가 용수지(龍首池)로 행차하셔서 제1부의 악사들을 부르십니다."

그 사람은 허겁지겁 적삼과 허리띠를 챙겨 들고 문을 향해 달려갔는데, 작별 인사도 할 겨를이 없었다. 최 공은 깊이 감탄하면서 기이해했다. 두 사람이 회를 다 먹고 나자 진 군이 또 말했다.

"잠시 후 동남쪽 3000리 밖에서 9품관이 이곳에 와서 반 사발의 국물만 먹게 될 것입니다."

말이 채 끝나기도 전에 연릉현위(延陵縣尉) 이경(李耿)이 당도했는데, 그는 최 공의 이종사촌 친척으로 부임하러 가는 길에 최 공이 배 영공의 정자에 있는 것을 물어 알고서 일부러 작별 인사를 하러 찾아온 것이었다. 그때 그들은 막 탕을 먹고 있었는데 최 공이 말했다.

"생선회가 있느냐?"

좌우 시종이 회는 이미 다 떨어졌고 국물만 약간 남았을 뿐이라고 알려 왔다. 최 공은 크게 웃으며 말했다.

"그것이라도 가져와서 소부(少府 : 현위의 별칭)께 마시도록 드려라."

그래서 결국 이경은 국물 반 사발만 마시고 떠났다. 연릉현위는 품계가 9품관이었다. 음식물과 같은 하찮은 것도 운명에 이미 정해져 있거늘, 하물며 그보다 더 큰일임에랴!

太府卿崔潔在長安, 與進士陳彤同往街西尋親故. 陳有前知術, 崔公不信. 將出, 陳君曰: "當與足下於裴令公亭餐鱠." 崔公笑不應. 過天門街, 偶逢賣魚甚鮮, 崔都忘陳君之言, 曰: "此去亦是閑事, 何如喫鱠?" 遂令從者取錢買魚, 得十斤, 曰: "何處去得?" 左右曰: "裴令公亭子甚近." 乃先遣人計會. 及升亭下馬, 方悟陳君之說, 崔公大驚曰: "何處得人所鱠?" 陳君曰: "但假刀砧之類, 當有第一部樂人來." 俄頃, 紫衣三四人至亭子遊看, 一人見魚曰: "極是珍鮮, 二君莫欲作鱠否? 某善此藝, 與郎君設手." 詰之, 乃梨園第一部樂徒也. 餘者悉去, 此人遂解衣操刀, 極能敏妙. 鱠將辦, 陳君曰: "此鱠與崔兄餐, 紫衣不得鱠也." 旣畢, 忽有使人呼曰: "駕幸龍首池, 喚第一部." 此人携衫帶, 望門而走, 亦不暇言別. 崔公甚嘆異之. 兩人旣餐, 陳君又曰: "少頃, 有東南三千里外九品官來此, 得半碗淸羹喫." 語未訖, 延陵縣尉李耿至, 將赴任, 與崔公中外親舊, 探知在裴令公亭子, 故來告辭. 方喫食羹次, 崔公曰: "有鱠否?" 左右報已盡, 只有淸羹少許. 公大笑曰: "令取來與少府啜." 乃喫淸羹半碗而去. 延陵尉乃九品官也. 食物之微, 冥路已定, 況大者乎!

* 이 고사는 《태평광기》 권156 〈정수·최결〉에 실려 있다.

21-23(0504) 허생

허생(許生)

출《옥당한화(玉堂閑話)》

변주(汴州)의 도압아(都押衙) 주인충(朱仁忠)의 집에 문객(門客)으로 있던 허생은 갑자기 죽어 저승사자를 따라 저승으로 들어갔다. 허생이 지나간 곳은 모두 군성(郡城)과 같았다. 허생은 문득 땅에 곡식 1000석(石)이 쌓여 있는 것을 보았는데, 그 가운데에 "금오장군(金吾將軍) 주인충의 식록(食祿)"이라고 적힌 팻말이 꽂혀 있었다. 허생은 매우 신기해했다. 관부(官府)에 도착하자 저승사자는 허생을 데리고 한 관서로 들어갔는데, 담당 관리가 장부를 살피더니 말했다.

"잘못 잡아 왔다."

그러고는 허생에게 말했다.

"이곳에 머물러 있으면 내가 음군(陰君)께 아뢰겠다. 그러나 절대로 내 장부를 훔쳐보아서는 안 된다."

관리가 나간 후에 허생은 슬그머니 서가 위에서 "인간식료부(人間食料簿)"라는 제목이 붙은 책을 보았다. 허생은 속으로 주인 주인충이 본래 된장을 먹지 않는 것을 떠올리고 그 이유를 알고 싶어서, 마침내 장부를 펼쳐 찾아보았지만 그 글을 대부분 이해할 수 없었다. 잠시 후에 담당 관리가 크게 성을 냈는데, 그는 허생이 얌전히 있지 않은 사실을 이미 알고 눈을 부릅뜨고 꾸짖었다. 허생은 두려워하고 사죄하면서 장부를 펼쳐 본 까닭을 얘기했다. 그러자 관리는 화를 약간 풀더니 음식 장부를 가져와서 주인충의 이름 아래에 "콩 세 홉"이라고 적어 넣었다. 그러고는 이전의 저승사자에게 그를 데리고 나가 돌려보내도록 했다. 곧장 상국사(相國寺)에 도착했는데, 문턱을 넘으려는 순간에 저승사자가 밀치는 바람에 땅에 넘어져 깨어났다. 주인충은 희비가 교차하다가 저승의 일을 물었더니 허생이 말했다.

"나리는 오래지 않아 반드시 금오장군에 임명되실 것입니다."

그러면서 곡식 팻말의 일을 말해 주었다. 나중에 허생이 주인충과 함께 식사할 때 주인충이 말했다.

"그대가 죽은 후로 갑자기 된장이 향긋하게 느껴져 지금은 그것을 아주 좋아하오."

이는 바로 "콩 세 홉"이라고 적어 넣은 징험이었다.

汴州都押衙朱仁忠家有門客許生, 暴卒, 隨使者入冥. 經歷之處, 皆如郡城. 忽見地堆粟千石, 中植一牌曰: "金吾將軍朱仁忠食祿". 生極訝之. 洎至公署, 使者引入一曹司, 主吏按其簿曰: "誤追矣." 謂生: "可止此, 吾將白於陰君. 然愼勿窺吾簿." 吏既出, 生潛目架上有簽牌, 曰"人間食料簿".

生潛憶主人朱仁忠性不食醬, 欲驗其由, 遂披簿求之, 多不曉其文. 逡巡, 主吏大怒, 已知其不愼, 瞋目責之. 生恐懼謝過, 且迨其故. 吏怒稍解, 取食簿, 於仁忠名下, 注"大豆三合". 遂遣前使者引出放還. 直抵相國寺, 將逾其閫, 爲使者所推, 踣地而寤. 仁忠旣悲喜, 問其冥間之事, 生曰 : "君非久必任金吾將軍." 言其牌粟之事. 後與仁忠同食, 乃言 : "自君亡後, 忽覺醬香, 今嗜之頗甚." 乃是注"大豆三合"之驗也.

* 이 고사는 《태평광기》 권158 〈정수·허생〉에 실려 있다.

권22 명현부(明賢部) 고일부(高逸部) 염검부(廉儉部) 기량부(器量部)

명현(明賢)

구본에는 따로 〈유행〉부가 있는데 지금 합쳐 넣었다.
舊尙有〈儒行〉, 今倂入.

22-1(0505) 견빈

견빈(甄彬)

출《담수(談藪)》미 : 이하는 덕행이다(以下德行).

제(齊)나라의 견빈(甄彬)은 도량이 넓고 학문이 뛰어났다. 한번은 형주(荊州) 장사(長沙)의 서고(西庫)에서 모시 한 다발을 돈으로 바꾼 적이 있었다. 나중에 돈을 가져가서 모시를 되돌려 받았는데, 모시 다발 속에서 수건으로 싼 황금 다섯 냥이 나왔다. 견빈이 그 황금을 서고에 돌려주었더니, 서고를 관리하던 도인(道人)이 크게 놀라며 말했다.

"근자에 어떤 사람이 황금으로 돈을 바꿔 갔는데 당시 황망해서 잘 기록해 두지 못했습니다. 시주께서 황금을 돌려주신 것은 아마도 고금에 없었던 일일 것입니다."

도인이 곧 황금의 반을 사례로 주었지만, 견빈은 10여 차례 오가면서 결코 받지 않았다. 그래서 도인이 그의 행실을 이렇게 읊었다.

"오월에도 양 갖옷을 입고 땔나무를 지는 사람이 어찌 남의 물건을 줍겠는가?"

견빈은 나중에 비현령(郫縣令)이 되어 장차 임지로 떠날 때 태조(太祖)에게 인사를 드렸다. 당시에 동료 다섯 명이 함께 있었는데, 황상은 그들에게 청렴하고 신중해야 한다고 훈계하다가 견빈에게 이르자 그에게만은 이렇게 말했다.

"경은 예전에 황금을 돌려준 훌륭한 일이 있으므로 다시 이런 훈계는 하지 않겠노라."

齊甄彬有器業. 嘗以一束苧, 於荊州長沙西庫[1]質錢. 後贖苧, 於束中得金五兩, 以手巾裹之. 彬得金, 送還西庫, 道人大驚曰: "近有人以金質錢, 時忽遽不記錄. 檀越乃能見歸, 恐古今未有也." 輒以金之半仰酬, 往復十餘, 堅然不受. 因咏曰: "五月披羊裘負薪, 豈拾遺者也?" 彬後爲郫令, 將行, 辭太祖[2]. 時同列五人, 上誡以廉愼, 至於彬, 獨曰: "卿昔有還金之美, 故不復以此誡也."

* 이 고사는 《태평광기》 권165 〈염검(廉儉)·견빈〉에 실려 있다.

1 서고(西庫): 《남사(南史)》 권70 〈순리열전(循吏列傳)〉에는 "사고(寺庫)"라 되어 있는데, 문맥상 타당한 것으로 보인다. 뒤 문장에 나오는 "도인(道人)"은 스님을 뜻한다.

2 태조(太祖): 《남사》 권70 〈순리열전〉에는 양 무제(梁武帝)라 되어 있다.

22-2(0506) 중정예

중정예(仲庭預)

출《옥계편사》

　　구촉(舊蜀 : 오대십국 후촉)의 가왕[嘉王 : 맹인조(孟仁操)]이 효렴(孝廉) 중정예를 불러 자제들을 가르치게 했다. 중정예는 비록 옛 전적에는 통달했지만 항상 배고픔과 추위에 시달렸는데, 가왕의 집에 도착했으나 가왕은 그를 잘 예우해 주지 않았다. 당시는 날씨가 한창 추울 때라서 가왕이 오래된 화로를 학당에 보내왔다. 중정예가 막 혼자 앉아서 쉬면서 부젓가락으로 재를 뒤적이다가 문득 재 속에서 황금 부젓가락 한 벌을 찾았다. 그가 급히 가왕을 알현하길 청하자 가왕이 말했다.

　　"빈궁한 선비가 나를 만나자고 하니 필시 구하는 바가 있어서일 게야."

　　그러고는 이렇게 전하라고 명했다.

　　"그대를 위해 옷을 만들어 주겠다."

　　중정예가 아뢰었다.

　　"그런 뜻이 아닙니다."

　　가왕은 평소에 신선을 좋아해 방술을 많이 구했는데, 혹시 그에게 달리 뛰어난 도술이 있을까 싶어서 억지로 만나

보았다. 중정예가 급히 황금 부젓가락을 꺼내며 그간의 자초지종을 말했더니 가왕이 말했다.

"우리 집에서 이것을 잃어버린 지 이미 10년이 지났는데, 자네가 이를 찾아서 내게 돌려보냈으니 진정 옛사람의 기풍이 있도다."

가왕은 중정예에게 10만 전과 옷 한 벌, 곡식 30석(石)을 주었으며, 그를 매우 후하게 예우하고 영주녹사참군(榮州錄事參軍)에 제수되도록 추천했다.

舊蜀嘉王召孝廉仲庭預, 令敎授諸子. 庭預雖通墳典, 常厄饑寒, 至門下, 亦未甚禮. 時方凝寒, 王以舊火爐送學院. 庭預方獨坐太息, 以筯撥灰, 俄灰中得一雙金火筯. 遽求謁見王, 王曰: "貧士見吾, 必有所求." 命告曰: "見爲製衣." 庭預白曰: "非斯意." 嘉王素樂神仙, 多採方術, 恐其別有所長, 勉强而見. 庭預遽出金火筯, 陳其本末, 王曰: "吾家失此物已十年, 吾子得之, 還以相示, 眞有古人之風." 贈錢十萬, 衣一襲, 米麥三十石, 禮待甚厚, 薦授榮州錄事參軍.

* 이 고사는 《태평광기》 권165 〈염검·중정예〉에 실려 있다.

22-3(0507) 이경양

이경양(李景讓)

출《노씨잡설(盧氏雜說)》

[당나라] 대중(大中) 연간(847~860)에 승랑(丞郞)의 연회석에서 장신(蔣伸)이 자리에 있다가 갑자기 술을 한 잔 따르더니 말했다.

"이 자리에 집에서 효성스럽고 나라에 충성하며 한 시대에 명성이 높으신 분이 계시면 이 잔을 드십시오."

사람들은 모두 숙연해지면서 아무도 감히 잔을 드는 이가 없었다. 그때 효공(孝公) 이경양만이 일어나 그 잔을 마셨는데, 사람들은 모두 마땅하다고 여겼다.

평 : 선종(宣宗)은 장차 재상을 임명할 때면, 반드시 조정 안팎에서 인심이 향하는 두세 사람의 성명을 뽑아 주발로 덮어 놓고 향을 피우며 경건하게 기도한 후에 주발 속의 성명 쪽지를 더듬어 꺼내 [재상 임명] 조서의 초안을 작성하라 명했는데, 효공 이경양은 끝내 그 성명 쪽지가 황제의 손에 잡히지 않았으니, 진실로 운명이로다! 하지만 이 공처럼 덕망이 높은 사람을 어찌 굳이 성명 쪽지를 더듬어 찾는단 말인가? 사람의 일을 하늘에 맡기는 것은 비루하다 하겠다.

大中年, 丞郎宴席, 蔣伸在座, 忽斟一杯言曰:"席上有孝於家, 忠於國, 及名重於時者, 飮此爵." 衆皆肅然, 無敢擧者. 獨李孝公景讓起飮此爵, 衆以爲宜.

評:宣宗將命相, 必採中外人情所向者三兩人姓名, 以碗覆之, 添香虔祝, 探丸以命草麻, 李公景讓竟探名不着, 信乎命也! 然德望如李公, 何必探丸? 以人聽天, 斯爲陋矣.

* 이 고사는 《태평광기》 권233 〈주(酒)·이경양〉에 실려 있다.

22-4(0508) 고계보

고계보(高季輔)

출《담빈록(談賓錄)》미 : 이하는 언어다(以下言語).

당(唐)나라의 고계보가 정치의 득실을 간절하게 진언하자, 태종(太宗)이 그에게 특별히 종유석 한 제(劑)를 하사하며 말했다.

"경이 약석지언(藥石之言)을 진언했기 때문에 약석으로 보답하는 것이오."

얼마 후에 태종은 또 그에게 금배경(金背鏡)[22] 하나를 하사해 그의 맑은 식견을 표창했다.

唐高季輔切陳得失, 太宗特賜鐘乳一劑, 曰 : "卿進藥石之言, 故以藥石相報." 尋更賜金背鏡一面, 以表其淸鑒.

* 이 고사는《태평광기》권164〈명현·고계보〉에 실려 있다.

---

22) 금배경(金背鏡) : 뒷면을 황금으로 입힌 청동 거울.

22-5(0509) 원반천

원반천(員半千)

출《광덕신이록(廣德神異錄)》

원반천은 본명이 여경(餘慶)이며, 왕의방(王義方)을 스승으로 섬겼는데, 왕의방이 그를 중시해 그에게 말했다.

"500년에 한 번 현인(賢人)이 나타나는데 그대가 그에 해당하네."

그래서 마침내 반천이라 개명했다. 고종(高宗)이 무성전(武成殿)에 행차해서 거인(擧人)들을 불러 물었다.

"천진(天陳)·지진(地陳)·인진(人陳)이 무엇이오?"

원반천이 말했다.

"정의로써 출병함이 때에 맞춰 내리는 비와 같은 것이 천진입니다. 병사들이 주둔하는 곳에 양식이 풍족하고 밭을 갈면서 전쟁을 하는 것이 지진입니다. 병졸과 거마가 날쌔고 날카로우며 장수들이 화목한 것이 인진입니다."

황상은 그를 훌륭히 여겼다.

평 : 《노씨잡설(盧氏雜說)》[23]을 살펴보니, 원반천이 별자리의 고허(孤虛), 산천의 향배(向背), 대오 편성의 치밀함으로 [천진·지진·인진을] 대답하자 곽제종(郭齊宗)이 이

를 반박해서 운운했다고 한다. 사실《노씨잡설》에 기재된 것은 원반천의 대답을 오히려 정론(正論)으로 여겼다. 곽제종이 말한 바와 같은 것은 서생의 언설에 불과해 오늘날 과장(科場)의 대책(對策)과도 같으니, 출처를 기록하지 않고 불분명한 말로 사람을 속일 따름이다. 그래서 나는 취하지 않는다.

員半千, 本名餘慶, 師事王義方, 義方重之, 謂曰:"五百年一賢, 足下當之矣." 遂改半千. 高宗御武成殿, 召擧人, 問:"天陣·地陣·人陣如何?" 半千曰:"師出以義, 有若時雨, 天陣也. 兵在足食, 且耕且戰, 地陣也. 卒乘輕利, 將帥和睦, 人陣也." 上奇之.
評 : 按《盧氏雜說》, 半千以星宿孤虛·山川向背·偏伍彌縫爲對, 郭齊宗駁之云云. 其實《盧氏》所載, 半千之對, 反爲正論. 如郭所言, 還過書生掉舌, 猶今文場對策, 不記出處作渾語欺人耳. 吾不取也.

* 이 고사는《태평광기》권164〈명현·원반천〉에 실려 있다.

23)《노씨잡설(盧氏雜說)》: 해당 고사는《태평광기》권189〈장수(將帥)·곽제종(郭齊宗)〉에 실려 있다.

22-6(0510) 이응

이응(李膺)

출《가록(家錄)》·《상[은]운소설(商[殷]芸小說)》미 : 이하는 정사다 (以下政事).

이응은 늘 질병 때문에 빈객들을 배웅하거나 맞이하러 나가지 않았으며, 20일에 한 번만 빈객을 만났다. 그러나 오직 진중궁[陳仲弓 : 진식(陳寔)]이 오면 번번이 수레를 타고 문을 나가서 그를 맞이했다.

이응이 시어사(侍御史)로 있을 때 청주(靑州)에 모두 여섯 군(郡)이 있었는데, 오직 진중거[陳仲擧 : 진번(陳蕃)]만 낙안태수(樂安太守)로서 일을 처리했으며, 그 나머지 관리들은 모두 병이 들었다고 핑계 대고 70개 현에서 모두 관직을 버리고 떠났으니, 그의 위엄 있는 기풍이 이와 같았다.

李膺恒以疾不送迎, 二十日乃一通客. 唯陳仲弓來, 輒乘輿出門迎之.
李膺爲侍御史, 靑州凡六郡, 唯陳仲擧爲樂安, 視事, 其餘皆病, 七十縣並棄官去, 其威風如此.

* 이 고사는 《태평광기》 권164 〈명현·이응〉에 실려 있다.

22-7(0511) 장문관

장문관(張文瓘)

출《담빈록》

　　재상들이 정사당(政事堂)에 제공되는 음식이 너무 과하다고 여겨 이를 줄이자고 의논하자 장문관이 말했다.

　　"이 음식은 천자께서 나라의 중요한 일을 처리하는 현재(賢才)들을 대접해 주시는 것입니다. 우리가 만약 이 직임을 맡을 수 없다면 마땅히 스스로 물러나기를 청해 현재들에게 길을 비켜 주어야 합니다. 협 : 명관(名官)이다. 그렇지만 공적인 식사를 줄여서 명예를 구하는 것은 옳지 않습니다. 나라에서 낭비라고 여기는 것은 여기에 있지 않습니다. 진실로 공정한 도리에 도움이 된다면 이 역시 많다고 할 수 없습니다."

　　평 : 오직 공정한 도리에 도움이 되지 않는 자가 많기 때문에 이런 말을 해서 오히려 스스로를 헤아려 보게 한 것이다.

宰相以政事堂供饌彌美, 議減之, 張文瓘曰 : "此食, 天子所以重機務待賢才. 吾輩若不任其職, 當自陳乞以避賢路. 夾 : 名官. 不宜減削公膳, 以邀求名譽. 國家所費, 不在於此. 苟有益公道, 斯亦不爲多也."
評 : 惟無益公道者多, 故辭之, 尙是自揣.

* 이 고사는 《태평광기》 권164 〈명현·장문관〉에 실려 있다.

22-8(0512) 엄안지

엄안지(嚴安之)

출《개천전신기(開天傳信記)》

[당나라] 현종(玄宗)이 근정루(勤政樓)에 행차해 큰 잔치를 열어 사인들과 서민들도 마음껏 구경하게 했다. 각종 연희가 다투어 펼쳐지자 사람들이 그곳을 꽉 메우고 있어서 금오위사(金吾衛士)가 빗발치듯 큰 몽둥이를 휘둘렀으나 그들을 제지할 수 없었다. 황상이 이를 걱정해 고역사(高力士)에게 말했다.

"짐은 온 나라에 풍년이 들고 사방이 무사태평하기 때문에 백성과 함께 기뻐하고자 하는데, 아랫사람들이 이처럼 시끄럽고 혼란스러울 줄 몰랐으니, 그대는 이들을 제지할 어떤 방법이 있소?"

고역사가 아뢰었다.

"신은 할 수 없습니다. 폐하께서 엄안지를 한번 불러 소란스런 현장을 처리하게 하시면 틀림없이 볼만한 것이 있을 것입니다." 미 : 고역사는 사람을 알아볼 줄 안다고 이를 만하다.

황상은 그의 말을 따랐다. 엄안지는 도착해서 즉시 광장의 둘레를 빙 돌면서 수판(手板 : 홀)으로 땅에 금을 긋고 사람들에게 보여 주면서 다짐해 두었다.

"여기를 넘어오는 자는 죽는다!"

이로써 5일간의 잔치를 마치는 동안 모두 그 금을 가리키며 "엄공계(嚴公界 : 엄 공의 경계)"라고 말하면서 감히 그 금을 범하는 자가 한 명도 없었다.

玄宗御勤政樓, 大酺, 縱士庶觀看. 百戲競作, 人物塡咽, 金吾衛士, 白棒雨下, 不能制止. 上患之, 謂高力士曰 : "吾以海內豊稔, 四方無事, 故欲與百姓同歡, 不知下人喧亂如此, 汝有何方止之?" 力士奏曰 : "臣不能也. 陛下試召嚴安之, 處分打場, 必有可觀." 眉 : 力士可謂知人. 上從之. 安之至, 則周行廣場, 以手板畫地, 示衆人約曰 : "逾此者死!" 以是終五日酺宴, 咸指其畫曰"嚴公界", 無一人敢犯者.

* 이 고사는 《태평광기》 권164 〈명현·엄안지〉에 실려 있다.

22-9(0513) 범단

범단(范丹)

출《수신기(搜神記)》 미 : 이하는 문학이다(以下文學).

  진류군(陳留郡) 외황현(外黃縣)의 범단은 자가 사운(史雲)이다. 그는 젊었을 때 위종좌사(尉從佐使 : 현위의 속관)가 되어 격서(檄書)를 가지고 독우(督郵)를 배알했다. 범단은 지조와 절개가 있었는데, 심부름이나 하는 하급 관리가 된 것에 스스로 화가 났다. 그래서 진류군의 큰 늪에 이르러 타던 말을 죽이고 관리가 쓰는 두건을 던져 버리고 거짓으로 강도를 만난 것처럼 꾸몄다. 미 : 대단한 용맹정진이다. 어떤 신이 범단의 집에 내려와 말했다.

  "나는 사운인데 강도에게 죽임을 당했으니, 속히 진류군의 큰 늪에서 내 옷을 가져오너라."

  그의 집에서 두건 하나를 건져 가지고 왔다. 범단은 마침내 남군(南郡)으로 갔다가 다시 삼보(三輔)24)로 들어가서 영명(英明)한 현사들에게 배움을 구하고 13년 만에 집으로 돌아왔는데, 집안사람들은 더 이상 그를 알아보지 못했다.

---

24) 삼보(三輔) : 도성 장안 부근 지역으로, 경조윤(京兆尹)·좌풍익(左馮翊)·우부풍(右扶風)을 말한다. 여기서는 장안을 널리 가리킨다.

진류 사람들은 그의 뜻과 행실을 높이 여겨 그가 죽은 뒤에 호(號)를 정절선생(貞節先生)이라 했다.

평 : 세상에서는 붓을 던지고 무예에 종사한 것[25]만 알지, 두건을 버리고 학문을 배운 것은 알지 못한다.

陳留外黃范丹, 字史雲. 少爲尉從佐使, 檄謁督郵. 丹有志節, 自恚爲厮役小吏. 及於陳留大澤中, 殺所乘馬, 捐棄官幘, 詐逢劫者. 眉 : 大勇猛, 大精進. 有神下其家曰 : "我史雲也, 爲劫人所殺, 疾取我衣於陳留大澤中." 家取得一幘. 丹遂之南郡, 轉入三輔, 從英賢遊學, 十三年乃歸, 家人不復識焉. 陳留人高其志行, 及沒, 號曰貞節先生.
評 : 世知投筆事武, 不知捐幘學文.

* 이 고사는 《태평광기》 권316 〈귀(鬼)·범단〉에 실려 있다.

25) 붓을 던지고 무예에 종사한 것 : 후한 초의 무장(武將) 반초(班超)는 처음에 학문에 뜻을 두고 낙양의 궁중 도서관에서 일했으나, 흉노족이 자주 침략하는 것을 보고 무인(武人)으로 자원해 결국 흉노 정벌과 서역 개척에 큰 공을 세워 역사에 이름을 남겼다.

22-10(0514) 채옹

채옹(蔡邕)

출《옹별전(邕別傳)》

장형(張衡)이 죽은 달에 채옹의 어머니가 막 회임을 했는데, 이 두 사람의 재주와 용모가 아주 비슷했기에 당시 사람들이 말했다.

"채옹은 장형의 후신(後身)이다."

張衡死月, 蔡邕母始懷孕, 此二人才貌甚相類, 時人云 : "邕是衡之後身."

* 이 고사는 《태평광기》 권164 〈명현·채옹〉에 실려 있는데, 출전이 "《상[은]운소설(商[殷]芸小說)》"이라 되어 있다.

22-11(0515) 설하

설하(薛夏)

출'왕자년(王子年)《습유기(拾遺記)》'

　설하는 천수(天水) 사람으로, 탁월하게 박학다식했다. 위(魏) 문제(文帝)가 그와 함께 강론했는데, 그는 응대함이 물 흐르듯 막힘이 없었다. 그래서 문제가 말했다.

　"자유(子游)와 자공(子貢)의 무리도 그대를 뛰어넘지 못할 것이오. 만약 중니(仲尼 : 공자)가 위나라에 있다면 그대는 또한 입실(入室 : 학문의 심오한 경지)의 경지에 올랐을 것이오."

　그러고는 손수 글을 써서 설하에게 주었는데, "입실생(入室生)"이라 쓰여 있었다. 설하는 벼슬이 비서승(秘書丞)에 이르렀다. 그는 집이 몹시 가난했는데, 문제가 어의(御衣)를 벗어서 그에게 주었다.

薛夏, 天水人也, 博學絶倫. 魏文帝與之講論, 應對如流. 帝曰 : "游·貢之儔, 不能過也. 若仲尼在魏, 復爲入室焉." 手製書與夏, 題云 "入室生". 位至秘書丞. 居甚貧, 帝解御衣以賜之.

* 이 고사는《태평광기》권276〈몽(夢)·설하〉에 실려 있다.

22-12(0516) 우세남

우세남(虞世南)

출《국사이찬(國史異纂)》·《국조잡사(國朝雜事)》

당(唐)나라 태종(太宗)이 우세남에게 《열녀전(列女傳)》을 쓰게 했는데, 병풍은 이미 준비되었지만 미처 원본을 구하지 못한 상태였다. 그러자 우세남은 암기한 것을 썼는데 한 글자도 틀리지 않았다. 한번은 태종이 출행할 때 담당 관리가 부서(副書:문서의 부본)를 싣고 수행하길 청하자 태종이 말했다.

"그럴 필요 없다. 우세남이 여기 있으니, 그는 걸어 다니는 비서(秘書:궁중 도서)다."

태종은 우세남을 칭찬해, 박학·덕행·서한(書翰:서예)·사조(詞藻:문장)·충직을 갖추었다고 했는데, 한 사람이 이 다섯 가지 장점을 겸비했으니 우세남은 단순한 문학사(文學士)가 아니었다.

唐太宗令虞世南寫《列女傳》, 屛風已裝, 未及求本. 乃暗書之, 一字無失. 又太宗尙出行, 有司請載副書以從, 帝曰: "不須. 虞世南在此, 行秘書也."
太宗嘗稱世南, 博聞·德行·書翰·詞藻·忠直, 一人而兼是五善, 則世南不止文學士矣.

* 이 고사는 권197 〈박물(博物)·우세남〉과 권164 〈명현·우세남〉에 실려 있다.

고일(高逸)

22-13(0517) 공치규

공치규(孔稚珪)

출《담수》

　제(齊)나라 회계(會稽) 사람 공치규는 학식이 풍부했으며, 육사효(陸思曉)·사약(謝瀹)과 군자지교(君子之交)를 맺었다. 공치규는 세상의 일을 좋아하지 않았으며 집 안에는 풀이 자라 사람이 파묻힐 지경이었다. 집의 남쪽 산에 연못이 있었는데, 봄이면 개구리가 울어 댔다. 한번은 복야(僕射) 왕안(王晏)이 피리를 불고 북을 치면서 그를 찾아왔다가 개구리 떼의 울음소리를 듣고 말했다.

　"이 소리가 정말 사람의 귀를 따갑게 하는구려."

　그러자 공치규가 대답했다.

　"내가 듣기에는 그대의 북 치고 피리 부는 소리가 거의 그만 못한 것 같소이다."

　왕안은 부끄러운 기색을 띠었다.

齊會稽孔稚珪, 富學, 與陸思曉·謝瀹爲君子之交. 珪不樂世務, 宅中草沒人. 南有山池, 春日蛙鳴. 僕射王晏嘗鳴笳鼓造之, 聞群蛙鳴, 晏曰:"此殊聒人耳." 答曰:"我聽卿鼓吹, 殆不及此." 晏有愧色.

* 이 고사는《태평광기》권202〈고일·공치규〉에 실려 있다.

22-14(0518) 이원성

이원성(李元誠)

출《담수》

　북제(北齊)의 조군(趙郡) 사람 이원성은 성품이 자유분방하고 세상의 일을 좋아하지 않았으며 술 마시는 것을 일로 삼았다. 그가 태상경(太常卿)으로 있을 때 태조(太祖)가 그를 복야(僕射)로 삼고자 했지만 그가 술을 많이 마시는 것이 걸렸다. 그의 아들 이소(李騷)가 술을 적게 마시라고 간하자 이원성이 말했다.

　"나는 복야가 되는 것이 술 마시는 즐거움만 못하다고 생각한다. 너는 복야가 좋거든 마땅히 술을 마시지 말거라."

　한번은 행대상서(行臺尙書) 사마자여(司馬子如)와 손등(孫騰)이 이원성을 찾아갔는데, 집 안이 휑하고 잡초가 우거졌으며 담이 무너져 있었다. 그는 나무 아래에서 이불을 끌어안은 채 홀로 술 한 병을 마시고 있었는데, 한창 흥이 올라 있었다. 그의 부인은 옷이 짧아 땅에 끌리지도 않았는데, 깔고 앉았던 요를 거두어 술과 고기로 바꿔 와서 모두 아주 즐겁게 마셨다. 두 사람은 그의 손님 대접에 감탄하고 가상히 여겨 각자 음식물을 보내 주었는데, 그는 사양하지 않고 받아서 친지들에게 나눠 주었다.

北齊趙郡李元誠, 性放誕, 不好世務, 以飮酒爲務. 爲太常卿, 太祖欲以爲僕射, 而疑其多酒. 子騷諫之, 元誠曰:"我謂作僕射不如飮酒樂. 爾愛僕射, 宜勿飮酒." 行臺尙書司馬子如及孫騰嘗詣元誠, 其庭宇蕪曠, 環堵頹圮. 在樹下以被自擁, 獨對一壺, 陶然樂矣. 其妻衣不曳地, 撤所坐在褥, 質酒肉以盡歡焉. 二公嗟尙, 各置餉餽, 受而不辭, 散之親故.

* 이 고사는《태평광기》권202〈고일·이원성〉에 실려 있다.

22-15(0519) 도현

도현(陶峴)

출《감택요(甘澤謠)》

　　도현은 팽택령(彭澤令 : 도연명)의 후손이다. [당나라] 개원(開元) 연간(713~741)에 그는 곤산(崑山)에 살면서 가산이 부유했는데, 하인 중에서 남을 속이지 않고 일을 잘하는 사람을 골라 집안일을 모두 맡겼으며, 자신은 강호를 유람하면서 천하를 두루 다녔다. 그는 종종 수년 동안 집으로 돌아오지 않았기에 다 자란 자손을 보고도 그들의 이름을 구별하지 못했다. 그는 스스로 매우 정교함을 갖춘 배 세 척을 만들어, 한 척은 자신이 타고 또 한 척은 손님들을 태웠으며 나머지 한 척은 음식을 실었다. 손님 중에 전진사(前進士 : 이미 급제했으나 아직 관직을 제수받지 못한 진사) 맹언심(孟彦深), 진사 맹운경(孟雲卿), 평민 초수(焦遂)가 있었는데, 각자 하인과 첩을 데리고 함께 배에 탔다. 미 : 지극히 호탕하고 게다가 이런 동지를 얻은 것이 기쁘다. 도현에게는 한 악대의 여악(女樂)이 있어서 항상 〈청상곡(淸商曲)〉을 연주했다. 유람하다가 산과 물을 만나면 그 경치를 모두 구경하고 흥에 취해 봄나들이를 했다. 그가 들렀던 군읍(郡邑)마다 그를 초대하지 않은 곳이 없었지만 도현은 모두 거절했다. 오월

(吳越) 일대의 사람들은 그를 "수선(水仙)"이라 불렀다.

陶峴者, 彭澤令孫也. 開元中, 家於崑山, 富有田業, 擇家人不欺能守事者, 悉付之家事, 身則汎遊江湖, 遍行天下. 往往數載不歸, 見其子孫成人, 皆不辨其名字也. 自製三舟, 備極工巧, 一舟自載, 一舟置賓, 一舟貯飮饌. 客有前進士孟彦深・進士孟雲卿・布衣焦遂, 各置僕妾共載. 眉：豪暢之極, 更喜得此同志也. 而峴有女樂一部, 常奏〈淸商曲〉. 逢山泉, 則窮其境物, 乘興春行. 經過郡邑, 無不招延, 峴悉拒之. 吳越之間, 號爲"水仙".

* 이 고사는 《태평광기》 권420 〈용(龍)・도현〉에 실려 있다.

22-16(0520) 주도추

주도추(朱桃椎)

출《대당신어(大唐新語)》

주도추는 촉(蜀) 사람으로, 성품이 담박하고 하는 일이 없었으며 은거하면서 벼슬하지 않았다. 그는 갖옷을 걸치고 새끼줄을 두른 채 인간 세상에서 생활했다. 두궤(竇軌)가 익주(益州)를 다스릴 때 그의 이름을 듣고 불러 의복을 보내주면서 향정(鄕正)[26]을 맡아 달라고 강요했다. 그러자 주도추는 아무 말 없이 물러나 산속으로 달아나 들어갔다. 그는 여름에는 벌거벗은 채로 지내고 겨울에는 나무껍질로 몸을 가렸다. 무릇 다른 사람이 보내 준 것은 하나도 받지 않았다. 짚신을 짜서 길에 놓아두면 이를 본 사람들이 모두 말했다.

"주 거사(朱居士 : 주도추)의 짚신이다."

그러고는 그를 대신해 짚신을 팔아서 쌀로 바꿔 가지고 짚신이 있던 곳에 놓아두면, 주도추는 저녁에 쌀을 가져갔으며 끝내 사람을 만나지 않았다.

---

26) 향정(鄕正) : 수당 시대에 500호를 '향'이라 하고, '향정' 한 명을 두어 그 마을의 소송을 맡아보게 했다.

朱桃椎, 蜀人也, 澹泊無爲, 隱居不仕. 披裘帶索, 沉浮人間. 竇軌爲益州, 聞而召之, 遺以衣服, 逼爲鄕正. 桃椎不言而退, 逃入山中. 夏則裸形, 冬則以樹皮自覆. 凡所贈遺, 一無所受. 織芒屩, 置之於路, 見者皆曰: "朱居士之屩也." 爲鬻取米, 置之本處, 桃椎至夕取之, 終不見人.

* 이 고사는 《태평광기》 권202 〈고일·주도추〉에 실려 있다.

22-17(0521) 원결

원결(元結)

출《국사보(國史補)》

    원결은 [당나라] 천보(天寶) 연간(742~756)에 처음 상오산(商於山)에 있을 때는 "원자(元子)"라 칭했고, 난을 피해 의우산(猗玗山)에 들어갔을 때는 "의우자(猗玗子)" 혹은 "낭사(浪士)"라 칭했으며, 어부는 그를 "오수(聱叟)"라 불렀고, 술꾼은 "만수(漫叟)"라 불렀으며, 관리가 되었을 때는 "만랑(漫郞)"이라 불렀다.

    평 : 천보(天寶)의 난[안녹산의 난] 때 원결은 여분(汝墳)에서 마을 사람들을 대대적으로 이끌고 남쪽 양수(襄水)와 한수(漢水) 지역으로 가서 1000여 가구의 목숨을 보존했다. 그러고는 바로 완현(宛縣)과 섭현(葉縣) 사이에서 의군을 일으켜 성을 둘러싸고 반군을 막은 공로를 세웠다. 만수의 영향이 이와 같았다.

元結, 天寶中, 始在商於之山稱"元子", 逃難入猗玗之山稱"猗玗子", 或稱"浪士", 漁者呼爲"聱叟", 酒徒呼爲"漫叟", 及爲官呼"漫郞".
評 : 天寶之亂, 元結自汝墳大率鄰里, 南投襄漢, 保全者千餘家. 乃擧義師宛葉之間, 有嬰城捍寇之力. 漫叟之作用如此.

* 이 고사는 《태평광기》 권202 〈고일·원결〉에 실려 있다.

22-18(0522) 하지장

하지장(賀知章)

출《담빈록》

　하지장은 만년에 거리낌 없이 행동하면서 더 이상 법도를 지키지 않았으며, 자호를 "사명광객(四明狂客 : 사명산의 미친 객)"이라 했다. 그는 술에 취한 후에 글을 지었는데 지었다 하면 책을 이루었다. 또한 초서(草書)와 예서(隸書)에 뛰어났기에 호사가들이 함께 이를 전해 보물로 여겼다. 하지장은 도사가 되길 청하고 고향으로 돌아와 집을 희사해 도관(道觀)을 짓고자 했는데, 황상은 이를 허락하고 아울러 그의 아들을 회계군사마(會稽郡司馬)로 임명했으며 친히 시를 지어 그가 떠날 때 주었다.

賀知章晚年縱誕, 無復規檢, 自號"四明狂客". 醉後屬詞, 動成篇卷. 又善草·隸書, 好事者共傳寶之. 請爲道士, 歸鄉, 捨宅爲觀, 上許之, 仍拜子爲會稽郡司馬, 御製詩以贈行.

* 이 고사는 《태평광기》 권202 〈고일·하지장〉에 실려 있다.

22-19(0523) 진숙

진숙(陳琡)

출《옥당한화》

진숙은 진홍(陳鴻)의 아들이다. [당나라] 함통(咸通) 연간(860~874)에 진숙은 서주(徐州)에서 염사(廉使) 겸 상시(常侍) 곽전지(郭銓之)를 보좌해 막료로 있었다. 그는 성품이 특히 곧아 올바른 사람이 아니면 사귀지 않았다. 나중에는 관직을 버리고 가족을 데리고 모산(茅山)에서 살았는데, 처자식과는 산을 사이에 두고 거처했다. 그는 짧은 베옷에 끈을 두르고 향불을 피우며 참선했으며, 간혹 1년 반에 한 번씩 처자식과 간략히 얼굴을 마주했다. 〈별유구사장로(別流溝寺長老 : 유구사의 장로와 작별하며)〉라는 시에서 이렇게 읊었다.

"걸어갈 때는 독륜거(獨輪車 : 바퀴가 하나인 손수레)처럼, 늘 큰길에서 넘어질까 두려워하네. 머물 때는 밑이 둥근 그릇처럼, 늘 다른 물건에 부딪힐까 걱정하네. 행동거지가 이와 같으니, 어찌 속세를 떠나지 않을 수 있겠는가?"

건부(乾符) 연간(874~879)에 동생 진연(陳璉)이 다시 서주에서 설능(薛能)을 보좌해 막료로 있을 때, 진숙은 단양(丹陽)에서 작은 배를 타고 팽문(彭門)에 이르러 동생과 만났다. 설 공(薛公 : 설능)은 진숙의 사람됨을 중히 여겨 그에게 성으로 들어오라고 청했지만, 그는 한사코 거절하며 말했다.

"저는 이미 맹세한 바가 있으니, 공의 문하에 발을 들여놓지 못하겠습니다."

그러자 설 공은 직접 배를 타고 그를 찾아가서 종일토록 얘기하고 자지는 않고 떠났다.

陳璉, 鴻之子也. 咸通中, 佐廉使郭常侍銓之幕於徐. 性尤耿介, 非其人不交. 後棄官, 挈家居於茅山, 與妻子隔山而居. 短褐束絛, 焚香習禪而已, 或一年半載, 與妻子略相面焉. 有詩〈別流溝寺長老〉云:"行若獨輪車, 常畏大道覆. 止若圓底器, 常恐他物觸. 行止旣如此, 安得不離俗?" 乾符中, 弟璉復佐薛能幕於徐, 自丹陽棹小舟至於彭門, 與弟相見. 薛公重其爲人, 延請入城, 遂堅拒之曰:"某已有誓, 不踐公門矣." 薛乃携舟造之, 話道永日, 不宿而去.

* 이 고사는 《태평광기》 권202 〈고일 · 진숙〉에 실려 있다.

22-20(0524) 공증

공증(孔拯)

출《북몽쇄언(北夢瑣言)》

　　시랑(侍郎) 공증이 유보(遺補 : 습유와 보궐)²⁷⁾로 있을 때 한번은 조정에서 집으로 돌아오다가 비를 만났는데, 비옷이나 우산이 없어서 남의 집 처마 아래에서 비를 피했다. 식사 시간이 지나서 빗줄기가 더욱 거세지자, 그 집에서 공증을 대청으로 맞아들였다. 한 노인이 나오더니 아주 공손하게 그를 맞이했으며, 차려 내온 술과 음식도 매우 풍성하고 정갈했다. 공증이 미안해하고 감사하면서 비옷이나 우산을 빌리고자 했더니 노인이 말했다.

　　"저는 한가로이 지내면서 세상사에 관여하지 않습니다. 추우나 더우나 바람이 불거나 비가 오거나 일찍이 밖에 나가 맞아 본 적이 없으니, 그것을 갖춰 둔들 어디에 쓰겠습니까?"

　　노인은 사람을 시켜 다른 곳에서 비옷을 빌려 와 그에게 주었다. 공증은 물러 나와 탄식하면서 벼슬하고픈 생각을

---

27) 유보(遺補) : 당나라 때 습유(拾遺)와 보궐(補闕)은 간관(諫官)으로서 맡은 직임이 서로 같았기 때문에 '유보'라고 병칭했다.

잊은 듯했다.

孔拯侍郎爲遺補時, 嘗朝回值雨, 而無雨備, 乃於人家檐廡下避之. 過食時, 雨益甚, 其家乃延入廳事. 有一叟出迎甚恭, 備酒饌亦甚豐潔. 拯慚謝之, 且假雨具, 叟曰: "某閑居, 不預人事. 寒暑風雨, 未嘗冒也, 置此欲安施乎?" 令於他處假借以奉之. 拯退而嗟嘆, 若忘宦情.

* 이 고사는 《태평광기》 권202 〈고일·공증〉에 실려 있다.

22-21(0525) 노홍

노홍(盧鴻)

출《대당신어》

[당나라] 현종(玄宗)이 숭산(嵩山)의 은사(隱士) 노홍을 초징했는데, 세 번 조서를 내리고 나서야 나왔다. 그는 황제를 알현할 때도 절을 하지 않고 그저 몸만 굽힐 따름이었다. 현종이 그 이유를 묻자 노홍이 대답했다.

"신은 노자(老子)가 '예(禮)라는 것은 충(忠)과 신(信)의 부족함이다'라고 했다고 들었는데, 이는 따를 만한 것이 못 됩니다. 산신(山臣)[28] 노홍은 감히 충과 신으로써 황상을 받들고자 합니다." 미 : 세 치 두께의 낯짝이 거의 노장용(盧藏用)[29]을 뛰어넘을 따름이니, 고일하다고 이르기에는 부족하다.

---

28) 산신(山臣) : 은사가 군주에게 자신을 낮추어 이르는 말.

29) 노장용(盧藏用) : 자는 자잠(子潛). 진사에 급제했지만 임용되지 못하자 종남산(終南山)에 은거하면서 조정의 부름을 기다렸다. 마침내 측천무후 때 좌습유(左拾遺)가 되었으며, 중종 때 중서사인·이부시랑·황문시랑을 지냈다. 나중에 태평 공주(太平公主)에게 영합했다가 영남으로 유배되었다. 처음 종남산에 은거했을 때 속세에 관심이 많아 사람들이 그를 "수가은사(隨駕隱士 : 어가를 따르는 은사)"라고 비꼬았다. '종남첩경(終南捷徑)'이라는 성어가 그에게서 비롯했다.

현종은 그를 남달리 여겨 불러들여 연회를 베풀면서 간의대부(諫議大夫)에 임명하고 장복(章服)30)을 하사했는데, 그는 모두 사양하고 받지 않았다. 협:믿는 구석이 있었다. 결국 현종은 그에게 쌀 100석과 비단 100필을 주면서 그가 은거하던 곳으로 돌려보내 주었다.

玄宗徵嵩山隱士盧鴻, 三詔乃至. 及謁見, 不拜, 但磬折而已. 問其故, 鴻對曰:"臣聞老子云'禮者忠信之薄', 不足可依. 山臣鴻敢以忠信奉上." 眉:臉皮三寸厚, 差勝盧藏用耳, 未足云高逸也. 玄宗異之, 召入賜宴, 拜諫議大夫, 賜章服, 並辭不受. 夾:賴有此. 給米百石, 絹百匹, 送還隱居之處.

* 이 고사는 《태평광기》 권202 〈고일·노홍〉에 실려 있다.

---

30) 장복(章服):일월성신 등의 그림을 수놓은 예복(禮服). 도안 하나를 1장(章)이라고 하는데, 천자는 12장, 신하들은 품계에 따라 9·7·5·3장을 수놓았다. 일반적으로 관복(官服)을 말한다.

염검(廉儉)

22-22(0526) 육적

육적(陸績)

출《전재(傳載)》미 : 이하는 모두 고결한 덕행이다(以下俱淸德).

[삼국 시대] 오군(吳郡) 사람 육적은 울림군수(鬱林郡守)를 지내다가 임기를 마치고 배를 타고 집으로 돌아갔는데, 배에 금은보화를 싣지 않아 배가 가볍자 커다란 돌을 실어 배를 무겁게 했다. 사람들은 그 돌을 "울림석(鬱林石)"이라 불렀다.

吳陸績爲鬱林郡守, 罷秩, 泛海而歸, 不載寶貨, 舟輕, 用巨石重之. 人號"鬱林石".

* 이 고사는 《태평광기》 권165 〈염검·육적〉에 실려 있다.

22-23(0527) 최광

최광(崔光)

출《낙양가람기(洛陽伽藍記)》

후위(後魏 : 북위)가 태화(太和) 연간(477~499)에 도읍을 옮긴[31] 후부터, 국가의 재정이 풍부해져서 창고에 재물이 가득 넘쳤고 그 수를 헤아릴 수도 없을 만큼 많은 돈과 비단이 회랑 사이에 쌓였다. 태후(太后)가 백관에게 비단을 하사하면서 마음대로 가져가도록 하자, 조정 신하들 중에서 있는 힘껏 들고 가지 않는 이가 없었다. 장무왕(章武王) 탁발융(拓跋融)과 진류후(陳留侯) 이숭(李崇)은 비단을 너무 많이 지고 가다가 넘어져서 발목을 삐었는데, 태후가 그들에게 비단을 주지 않고 빈손으로 나가도록 해서 당시 사람들의 웃음거리가 되었다. 그런데 최광은 단지 비단 두 필(匹)만 가져가자 협 : 오묘하다. 태후가 물었다.

"시중(侍中 : 최광)은 어찌 그리 적게 가져가시오?"

최광이 대답했다.

"신에게는 두 손이 있어서 오직 두 필만 들 수 있으니 지

---

31) 도읍을 옮긴 : 북위 효문제(孝文帝) 태화 17년(493)에 평성(平城)에서 낙양(洛陽)으로 천도했다.

금 든 것도 많습니다."

조정의 귀인들은 그의 청렴함에 탄복했다. 미 : 본디 가져가려 하지 않았다면 또한 사람의 단점이 드러나지 않았을 것이다.

後魏自太和遷都之後, 國家殷富, 庫藏盈溢, 錢絹露積於廊廡間, 不可校數. 太后賜百官負絹, 任意自量, 朝臣莫不稱力而去. 唯章武王融與陳留侯李崇負絹過任, 蹶倒傷踝. 太后卽不與之, 令其空出, 時人笑焉. 崔光止取兩匹, 夾 : 妙妙. 太后問曰 : "侍中何少?" 對曰 : "臣有兩手, 唯堪兩匹, 所獲多矣." 朝貴服其淸廉. 眉 : 本不欲取, 又不形人之短.

* 이 고사는 《태평광기》 권165 〈염검 · 최광〉에 실려 있다.

22-24(0528) 이이

이이(李廙)

출《국사보》

　상서좌승(尙書左丞) 이이는 고결한 덕행을 지닌 사람이었다. 그의 누이동생은 유안(劉晏)의 부인이었다. 유안이 바야흐로 권력을 잡게 되었을 때 한번은 이이를 찾아갔다. 이이가 유안을 침실로 맞아들였는데, 유안이 보았더니 문의 발이 너무 낡아 있었기에 사람을 시켜 가장자리에 장식을 더하지 않은 소박한 대나무 발을 짜서 이이에게 선물로 보내려고 했다. 그러나 유안은 세 번이나 그 발을 가지고 이이의 집을 찾아갔지만 감히 말도 꺼내지 못한 채 그대로 떠났다.

尙書左丞李廙, 有淸德. 其妹, 劉晏妻也. 晏方秉權, 嘗造廙. 延至寢室, 見其門簾甚弊, 乃令爲度廣狹, 以竹織成, 不加緣飾, 將以贈廙. 三携至門, 不敢發言而去.

* 이 고사는 《태평광기》 권164 〈명현 · 이이〉에 실려 있다.

22-25(0529) 두황상

두황상(杜黃裳)

출《유한고취(幽閑鼓吹)》

이사고(李師古)는 발호했으나 두황상이 재상으로 있는 것을 꺼려서 감히 무례를 범하지 못했다. 그는 곧 한 수완 좋은 관리에게 명해 수천 관(貫 : 1관은 1000냥)의 돈과 역시 거의 1000관에 달하는 전거(氈車 : 융단으로 덮개를 씌운 수레) 한 대를 보내게 했다. 사자는 감히 갑작스럽게 보내지 못한 채 여러 날 동안 그 집의 문 앞에서 동정을 살피고 있었다. 하루는 집에서 녹색 수레가 나왔는데, 따르는 두 명의 시비 모두 남루한 푸른 옷을 입고 있었다. 사자가 수레에 탄 사람이 누구인지 물었더니 대답했다.

"상공(相公 : 두황상)의 부인이십니다."

사자가 급히 돌아가서 이사고에게 아뢰었더니, 이사고는 곧 자신의 계획을 접고 종신토록 감히 충절을 잃지 않았다.

미 : 예를 갖추는 것이 쓸모없다고 말하지 말라.

李師古跋扈, 憚杜黃裳爲相, 未敢失禮. 乃命一幹吏, 寄錢數千緡, 並氈車子一乘, 亦近千緡. 使者未敢遽送, 乃於宅門伺候累日. 有綠輿自宅出, 從婢二人皆靑衣襤褸. 問何人, 曰 : "相公夫人." 使者遽歸, 以白師古, 師古乃折其謀, 終身不敢失節. 眉 : 莫道有禮無用.

* 이 고사는 《태평광기》 권165 〈염검 · 두황상〉에 실려 있다.

22-26(0530) 정여경

정여경(鄭餘慶)

출《노씨잡설》

    정여경은 청렴하고 검소했으며 덕망이 높았다. 하루는 그가 갑자기 친한 관원 몇 명에게 함께 식사하자고 부르자 모두들 깜짝 놀랐다. 조정의 관료들은 전부터 그를 존중하며 우러렀기에 모두 새벽같이 찾아갔다. 그런데 정여경이 해가 중천에 떠서야 나와서 한참 동안 한담을 나누자 사람들이 모두 웅성거렸다. 그때 정여경이 시종을 불러 말했다.

    "주방에 일러서 푹 삶아 털을 없애되 목은 꺾지 말라고 해라."

    사람들은 서로 돌아보면서 분명 거위나 오리 같은 것을 삶는 것이라고 생각했다. 잠시 후 쟁반을 들고 나왔는데 장과 식초 또한 매우 향기롭고 신선했다. 한참 있다가 식사가 나왔는데 각 사람 앞에 조밥 한 사발과 삶은 조롱박 한 개가 놓였다. 상국(相國 : 정여경)이 이를 맛있게 먹자 사람들도 억지로 먹고 물러갔다.

鄭餘慶淸儉有重德. 一日, 忽召親朋官數人會食, 衆皆驚. 朝僚以故相望重, 皆凌晨詣之. 至日高, 餘慶方出, 閑話移時, 諸人皆囂然. 餘慶呼左右曰 : "處分廚家, 爛蒸去毛, 莫拗折項." 諸人相顧, 以爲必蒸鵝鴨之類. 逡巡, 舁臺盤出, 醬醋亦極香新. 良久就餐, 每人前下粟米飯一碗, 蒸胡蘆一枚. 相國餐美, 諸人强進而罷.

* 이 고사는 《태평광기》 권165 〈염검 · 정여경〉에 실려 있다.

22-27(0531) **양성**

양성(陽城)

출《전재》

　　도주자사(道州刺史) 양성은 일찍이 재물을 쌓아 두지 않았지만 입고 쓰는 것에 부족함은 없었다. 빈객이 양성의 어떤 물건이 좋아서 맘에 든다고 말하면, 그는 기뻐하며 그것을 들어서 빈객에게 주었다. 진장(陳萇)이라는 사람은 양성이 막 월급을 받을 때를 기다렸다가 늘 가서 그의 돈과 비단이 훌륭하다고 말했는데, 그러면 매달 돈과 비단을 얻었다. 협 : 염치가 없다. 양성은 집이 몹시 가난해서 늘 목침과 베 이불을 수만 전에 저당 잡혔는데 사람들이 이를 다투어 가져갔다. 미 : 지금 사람이라면 누가 기꺼이 이렇게 하기를 바라겠는가?

　　평 : 양성은 강화(江華)를 다스릴 때 20말의 밥을 짓고 커다란 가마솥에 생선국을 끓여 천자의 사자부터 시골의 사람까지 마음대로 그것을 먹게 하면서 사발과 국자까지 놓아두었는데, 대로 한가운데에 놓아둔 술통32)과 같았다. 아! 이것

---

32) 대로 한가운데 놓아둔 술통 : 《회남자(淮南子)》〈무칭훈(繆稱訓)〉에 따르면, 성인의 도는 사통팔달의 대로에 놓아둔 술통과 같아서 지나

이 바로 그가 진정으로 청렴하고 진정으로 검소하다고 여겨지는 바로다!

陽道州城, 未嘗有蓄積, 唯所服用不可缺者. 客稱某物可佳可愛, 陽輒喜, 擧而授之. 有陳萇者, 候其始請月俸, 常往稱人錢帛之美, 月有獲焉. 夾: 無恥. 城家貧苦, 常以木枕布衾質錢數萬, 人爭取之. 眉: 今人誰肯要它?
評: 城出守江華日, 炊米兩斛, 魚羹一大鬵, 自天使及村野之夫, 肆其食之, 並置瓦甌樺杓, 有類中衢尊也. 吁! 此其所以爲眞廉眞儉與!

* 이 고사는 《태평광기》 권165 〈염검 · 양성〉에 실려 있다.

가는 사람들이 필요한 만큼 적당히 마신다고 했다. 나중에는 인정(仁政)의 비유로 쓰였다.

22-28(0532) 당 현종

당현종(唐玄宗)

출《유씨사(柳氏史)》 미 : 이하는 검소한 덕행이다(以下儉德).

숙종(肅宗)은 태자(太子)로 있을 때 항상 현종의 식사 시중을 들었다. 상식(尚食 : 임금의 어찬을 담당하는 관리)이 삶은 고기를 차렸는데 양의 앞다리가 있었다. 황상이 태자를 돌아보며 고기를 자르게 했는데, 숙종이 고기를 자르고 나서 손에 묻은 찌꺼기를 떡으로 닦아 내자, 황상은 이를 유심히 보면서 기뻐하지 않았다. 숙종이 그 떡을 들어서 먹자 황상이 몹시 기뻐하며 태자에게 말했다.

"복이라는 것은 응당 이처럼 아껴야 한다!" 미 : 50년 태평성세의 천자가 된 것은 복을 아꼈기 때문이다.

肅宗爲太子時, 常侍膳. 尚食置熟俎, 有羊臂臑. 上顧使太子割, 肅宗旣割, 餘汚漫在手, 以餠潔之, 上熟視不懌. 肅宗擧餠啖之, 上甚悅, 謂太子曰 : "福當如是愛惜!" 眉 : 五十年大平天子, 由惜福故.

* 이 고사는《태평광기》권165〈염검·당현종〉에 실려 있다.

22-29(0533) 이적과 왕비

이적 · 왕비(李勣 · 王羆)

출《조야첨재》

[당나라] 영국공(英國公) 이적이 재상으로 있을 때, 어떤 고향 사람이 그의 댁을 찾아오자 그에게 음식을 대접했는데, 손님이 떡의 가장자리를 떼어 내고 먹자 영국공이 말했다.

"그대는 너무 젊어서 철이 없네. 이 떡은 땅을 두 번이나 쟁기질하고 나서야 비로소 씨를 뿌리고 김을 매고 수확하고 타작한 뒤에도 맷돌에 갈고 체로 쳐서 가루로 만든 연후에야 떡이 되네. 젊은이가 떡의 가장자리를 떼어 내는 것은 무슨 도리인가? 이곳에서는 그래도 괜찮지만, 만약 지존(至尊 : 황제)의 앞에서 이와 같은 일을 한다면 그대의 목이 잘릴 것이네!"

손님은 크게 부끄럽고 송구스러웠다.

[남북조] 우문조(宇文朝 : 서위)의 화주자사(華州刺史) 왕비는 어떤 손님이 떡의 가장자리를 떼어 내고 먹자 말했다.

"이 떡은 아주 많은 공력이 들어간 연후에 입으로 들어가게 된 것이오. 그대가 그것을 떼어 내는 걸 보니 아직 배가

고프지 않은 모양이니 치우겠소."

손님이 깜짝 놀랐다. 또 대사(臺使 : 감찰어사)가 왕비를 초청해 식사를 대접했는데, 대사가 오이 껍질을 너무 두껍게 벗겨 땅에 버리자 왕비가 땅으로 내려가서 그것을 주워 먹었더니, 대사가 몹시 송구해했다.

英公李勣爲宰相, 有鄕人嘗過宅, 爲設食, 客裂却餠緣, 英公曰 : "君大少年. 此餠, 犁地兩遍, 方下種鋤塒, 收刈打颺訖, 磑羅作麪, 然後爲餠. 少年裂却緣, 是何道理? 此處猶可, 若對至尊前, 作如此事, 斫却你頭!" 客大慚悚.
宇文朝華州刺史王羆, 有客裂餠緣, 羆曰 : "此餠大有功力, 然後入口. 公裂之, 當是未饑, 且擎却." 客愕然. 又臺使致羆食飯, 使人割瓜皮太厚投地, 羆就地拾食之, 使人極悚息.

* 이 두 고사는 《태평광기》 권176 〈기량(器量) · 이적〉에 실려 있다.

22-30(0534) 하후자

하후자(夏侯孜)

출《지전록(芝田錄)》

[당나라] 개성(開成) 연간(836~840)에 하후자가 좌습유(左拾遺)로 있을 때, 한번은 녹색 계관포(桂管布)33)로 만든 적삼을 입고 황제를 알현했더니 문종(文宗)이 하후자에게 물었다.

"적삼이 어찌 그렇게 심히 거친 것이오?"

하후자가 계관포로 만든 것이라고 대답하면서 말했다.

"이 면포(綿布)는 두꺼워서 추위를 견딜 수 있습니다."

황상이 감탄하고 또한 그를 따라 계관포를 입자, 온 조정에서 모두 따라 하는 바람에 계관포가 비싸졌다.

開城[1]中, 夏侯孜爲左拾遺, 嘗著綠桂管布衫朝謁, 文宗問孜: "衫何太粗澁?" 具以桂布爲對: "此布厚, 可以欺寒." 上嗟嘆, 亦效著桂管布, 滿朝皆效之, 此布爲之貴.

* 이 고사는 《태평광기》 권165 〈염검·하후자〉에 실려 있다.

---

33) 계관포(桂管布) : 옛날 광서(廣西) 계관 지방에서 생산되던 면포(綿布).

1 성(城) : 《태평광기》에는 "성(成)"이라 되어 있는데 타당하다.

22-31(0535) 방관

방관(房琯)

출《국사보》

　　당(唐)나라의 위척(韋陟)이 병이 들자, 상서(尙書) 방관이 자제를 보내 문안하게 했다. 내실로 인도되어 들어갔는데, 가는 곳마다 모두 양탄자가 깔려 있어 방씨의 자제가 버선발로 계단을 올라갔더니, 시비(侍婢)들이 모두 그를 비웃었다. 온 조정 관리들은 위씨 가문을 존귀하고 성대하다 여겼고, 방씨 가문을 청렴하고 검소하다 여겼다.

唐韋陟有疾, 房尙書琯使子弟問之. 延入臥內, 行步悉籍茵毯, 房氏子襪而登階, 侍婢皆笑之. 擧朝以爲韋氏貴盛, 房氏淸儉.

* 이 고사는 《태평광기》 권174 〈준변(俊辯)·방관〉에 실려 있다.

기량(器量)

22-32(0536) 유인궤

유인궤(劉仁軌)

출《국사이찬》

당(唐)나라 때 유인궤는 좌복야(左僕射)로 있었고 대지덕(戴至德)은 우복야(右僕射)로 있었는데, 사람들은 모두 유인궤는 높이 쳤지만 대지덕은 얕잡아 보았다. 당시 어떤 노부인이 고소장을 올렸는데, 대지덕이 막 붓을 대려고 할 때 노부인이 좌우를 돌아보며 말했다.

"이분이 유 복야이십니까? 대 복야이십니까?"

좌우에서 대 복야라고 대답하자, 노부인이 급히 앞으로 나아가 말했다.

"이분은 일을 제대로 해결하지 못하는 복야시니, 내 고소장을 돌려주십시오."

대지덕은 웃으면서 고소장을 그녀에게 돌려주도록 했다. 대 복야는 관직에 있는 동안 남다른 업적이 없었으며, 조정에서도 거의 말을 잘하지 못했다. 그렇지만 그가 죽은 뒤에 고종(高宗)이 탄식했다.

"내가 대지덕을 잃은 후로는 더 이상 훌륭한 의견을 듣지 못했다. 그가 살아 있을 때는 일을 처리할 때 옳지 못한 점이 있으면 내가 잘못하도록 놓아둔 적이 없었는데!"

그러고는 그가 전후로 진언한, 상자에 가득 담긴 장주문(章奏文)을 꺼내 읽어 보면서 눈물을 흘리자, 조정 관리들은 비로소 뒤늦게 그를 중시했다.

唐劉仁軌爲左僕射, 戴至德爲右僕射, 皆多劉而鄙戴. 時有一老婦陳牒, 至德方欲下筆, 老婦顧左右曰 : "此劉僕射? 戴僕射?" 左右以戴僕射言, 急就前曰 : "此是不解事僕射, 却將牒來." 至德笑令授之. 戴僕射在職無異跡, 當朝似不能言. 及薨後, 高宗嘆曰 : "自吾喪至德, 無所復聞. 當其在時, 事有不是者, 未嘗放我過!" 因出其前後所陳章奏盈篋, 閱而流涕, 朝廷始追重之.

* 이 두 고사는 《태평광기》 권176 〈기량 · 유인궤〉에 실려 있다.

22-33(0537) 누사덕

누사덕(婁師德)

출《조야첨재》

납언(納言) 누사덕은 정주(鄭州) 사람이다. 그가 병부상서(兵部尙書)로 있을 때 병주(幷州)를 순시했는데, 접경 지역의 여러 현령들이 그를 수행했다. 해가 높이 떴을 때 역참에 도착해 대청에서 함께 식사했는데, 상서의 밥은 희고 고왔으나 다른 사람들의 밥은 거무튀튀하고 거칠자, 역장(驛長)을 불러 야단치며 말했다.

"너는 어찌하여 두 종류로 손님을 대접하느냐?"

역장[驛將 : 역장(驛長)과 같음]이 두려워하면서 대답했다.

"갑자기 오시는 바람에 일어 놓은 쌀을 얻지 못해 그랬으니, 죽을죄를 지었습니다!"

상서가 말했다.

"갑자기 찾아오는 손님은 있어도 갑자기 손님 맞을 준비를 하는 주인은 없는 법이니, 또한 어찌 흠이 되겠느냐?"

그러고는 마침내 거친 밥으로 바꿔 오게 해서 먹었다. 누사덕이 영전(營田 : 둔전)을 순찰하러 양주(梁州)에 갔을 때, 그의 고향 사람으로 성이 누씨(婁氏)인 자가 둔관(屯官)으로 있으면서 뇌물죄를 범했는데, 도독(都督) 허흠명(許欽明)이 그를 사형에 처하려고 했다. 여러 고향 사람들이 상서를 배알하고 그를 구해 주길 청하자 상서가 말했다.

"국법을 범하면 내 친자식이라도 놓아줄 수 없는데, 하물며 그는 말해 뭐 하겠는가?"

다음 날 연회에 참석했을 때, 도독이 상서에게 말했다.

"듣자 하니 한 사람이 국법을 범했는데 상서의 고향 사람이라고 합니다."

그러자 상서가 말했다.

"사실 나는 그 사람을 알지 못하고, 단지 내가 그의 부친과 함께 어렸을 때 같이 소를 쳤을 뿐입니다. 도독은 나 때문에 국법을 너그럽게 처리하지는 마십시오." 미: 방편을 잘 말했다.

도독이 급히 그 사람의 형구를 벗겨 상서에게 가게 했더니, 상서가 그를 호되게 꾸짖으며 말했다.

"너는 부모를 떠나 관직을 찾아 구했는데, 신중하고 청렴하지 못하니 더 이상 뭐 볼 게 있겠느냐!"

그러고는 찐 떡 한 접시를 그에게 주면서 말했다.

"이거나 처먹고 가서 배 터져 죽은 귀신이나 되어라!"

도독은 결국 그를 풀어 주었다. 나중에 누사덕이 납언평장사(納言平章事 : 재상에 해당함)가 되었을 때 둔전(屯田)을 순찰하게 되었는데, 떠날 날이 정해지자 집사에게 먼저 출발하라고 분부했다. 누사덕은 이전부터 발이 아팠기에 말을 기다렸으나 미처 오지 않자, 광정문(光政門) 밖의 가로 막대 위에 앉아 있었다. 잠시 후 한 현령이 오더니 그가 납언인 줄도 모르고 자신의 이름을 밝힌 뒤 그와 함께 앉았다. 현령의 한 시종이 멀리서 이를 보고 달려와서 고했다.

"이분은 납언이십니다."

현령이 크게 놀라며 일어나 말했다.

"죽을죄를 지었습니다!"

납언이 말했다.

"사람을 몰라봐서 그런 것인데 무슨 죽을죄를 지었단 말인가?"

그러자 현령이 변명의 말을 했다.

"좌억(左嶷)이란 사람은 늙어서 눈이 어둡기 때문에 사직을 주청했지만, 저는 밤에도 표문과 장계를 쓸 수 있으니 실제로 제 눈이 어두운 것은 아닙니다."

납언이 말했다.

"밤에도 표문과 장계를 쓸 수 있다면서 어찌하여 대낮에 재상을 알아보지 못하는가?"

현령이 몹시 부끄러워하면서 말했다.

"납언께서는 제발 재상께 말씀하지 말아 주십시오!34)"

---

34) 납언께서는 제발 재상께 말씀하지 말아 주십시오 : 현령은 누사덕

납언이 말했다.

"나무아미타불! 말하지 않겠네."

공의 수행원들이 모두 웃었다. 미:즐거운 장난이다.

納言婁師德, 鄭州人. 爲兵部尙書, 使幷州, 接境諸縣令隨之. 日高至驛, 就廳同食, 尙書飯白而細, 諸人飯黑而粗, 呼驛長責之曰:"汝何爲兩種待客?" 驛將恐, 對曰:"邂逅淅米不得, 死罪!" 尙書曰:"有卒客, 無卒主人, 亦復何損?" 遂換取粗飯食之. 檢校營田, 往梁州, 先有鄕人姓婁者爲屯官, 犯贓, 都督許欽明欲決殺. 衆鄕人謁尙書, 欲救之, 尙書曰:"犯國法, 師德當家兒子亦不能捨, 何況渠?" 明日宴會, 都督謂尙書曰:"聞有一人犯國法, 云是尙書鄕里." 尙書曰:"師德實不識, 但與其父爲小兒時共牧牛耳. 都督莫以師德寬國家法." 眉:善說方便. 都督遽令脫枷, 詣尙書, 尙書切責之曰:"汝辭父娘, 求覓官職, 不能謹潔, 知復奈何!" 將一楪餻餠與之曰:"噇却, 作個飽死鬼去!" 都督從此捨之. 後爲納言平章事, 及檢校屯田, 行有日矣, 衮執事早出. 婁先足疾, 待馬未來, 於光政門外橫木上坐. 須臾, 有一縣令, 不知其納言也, 因訴身名, 遂與並坐. 令有一丁遠覘之, 走告曰:"納言也." 令大驚, 起曰:"死罪!" 納言曰:"人有不相識, 法有何死罪?" 令因訴云:"有左嶷, 以某年老眼暗奏解, 某夜書表狀亦得, 眼實不暗." 納言曰:"道是夜書表狀, 何故白日裏不識宰相?" 令大慚曰:"願納言莫說向宰相!" 納言曰:"南無佛! 不

이 납언평장사로 재상을 겸하고 있음을 알지 못해 이렇게 말한 것이다.

說." 公左右皆笑. 眉:遊戲.

* 이 고사는 《태평광기》 권176 〈기량·누사덕〉에 실려 있다.

22-34(0538) 당임

당임(唐臨)

출《전재》

 당임은 성품이 너그럽고 남의 잘못을 잘 용서해 주었다. 그가 한번은 초상집에 조문하러 가려고 가동에게 흰옷을 가져오게 했는데, 가동이 다른 옷을 잘못 가져와서 두려워하며 감히 드리지 못하고 있었다. 당임은 그 사실을 알아차리고 말했다.

 "오늘은 날씨가 좋지 못해서 곡읍(哭泣)하기에 적당치 않으니, 아까 흰옷을 가져오라고 한 일은 잠시 그만두어라."

 또 가동에게 약을 달이게 했는데 제대로 달이지 못하자, 당임은 그 이유를 은밀히 알아차리고 나서 말했다.

 "오늘은 날씨가 음침해서 약을 먹기에 적당치 않으니 그 약을 버리는 게 좋겠다."

 당임은 끝내 가동의 잘못을 들춰내지 않았다.

唐臨性寬恕. 嘗欲吊喪, 令家僮歸取白衫, 僮乃誤持餘衣, 懼未敢進. 臨察之, 謂曰: "今日氣逆, 不宜哀泣, 向取白衫且止." 又令煮藥不精, 潛覺其故, 乃謂曰: "今日陰晦, 不宜服藥, 可棄之." 終不揚其過.

* 이 고사는 《태평광기》 권493 〈잡록(雜錄)·당임〉에 실려 있다.

22-35(0539) 이회

이회(李晦)

출《담빈록》

　　이회가 옹주장사(雍州長史)로 있을 때 그의 사저에 누대가 있었는데, 그 아래로 주막이 인접해 있었다. 한번은 주막 주인이 이회를 기다렸다가 말했다.

　　"미천한 소인은 예의를 따질 주제도 못 되지만 집안에 어른과 아이가 있어서 외부 사람이 엿보게 하고 싶지 않습니다. 소인의 집이 명공(明公 : 이회)의 누대와 너무 가까이 있어서 출입하는 데 불편하니 이곳을 떠날까 합니다."

　　그러자 이회는 그날로 그 누대를 허물어 버렸다. 미 : 누가 기꺼이 이렇게 하겠는가?

李晦爲雍州長史, 私第有樓, 下臨酒肆. 其人嘗候晦言曰 : "微賤之人, 雖則禮所不及, 然家有長幼, 不欲外人窺之. 家逼明公之樓, 出入非便, 請從此辭." 晦卽日毁其樓. 眉 : 誰肯?

* 이 고사는 《태평광기》 권493 〈잡록 · 이회〉에 실려 있다.

22-36(0540) 이일지

이일지(李日知)

출《조야첨재》

당(唐)나라의 이일지는 형조(刑曹)의 관리가 된 이후로 장형(杖刑)을 집행한 적이 없었다. 그가 형부상서(刑部尙書)가 되었을 때, 어떤 영사(令使)가 교지를 받고 사흘 동안 잊어버린 채 일을 시행하지 않았다. 상서는 곤장을 대령하고 그의 옷을 벗기게 한 뒤에 영사들을 불러 모두 모아 놓고 그에게 장형을 집행하려다가 꾸짖으며 말했다.

"나는 한바탕 너에게 곤장을 치고 싶지만, 천하 사람들이 너를 두고 '이일지를 화나게 만들어서 이일지의 곤장을 맞았다'고 떠들어 댄다면, 너는 사람 취급도 받지 못하고 처자식도 너를 존경하지 않을까 봐 걱정이다."

그러고는 그를 풀어 주었다. 이후로는 영사 중에서 감히 명을 어기는 자가 없었으며, 설령 누군가 잘못을 저지르더라도 사람들이 모두 그를 질책했다.

唐李日知, 自爲刑曹, 不曾打杖行罰. 及爲尙書, 有令史受敕三日, 忘不行者. 尙書索杖剝衣, 喚令史總集, 欲決之, 責曰: "我欲笞汝一頓, 恐天下人稱你云'撩得李日知嗔, 喫李日知杖', 你亦不是人, 妻子亦不禮汝." 遂放之. 自是令史無敢犯者, 設有稽失, 衆共責之.

* 이 고사는 《태평광기》 권176 〈기량·이일지〉에 실려 있다.

22-37(0541) 곽자의

곽자의(郭子儀)

출《담빈록》

　곽자의가 중서령(中書令)으로 있을 때, 관군용사(觀軍容使)35) 어조은(魚朝恩)이 장경사(張敬寺)를 유람하자고 초청하자 곽자의는 이를 허락했다. 승상(丞相)은 그들이 서로 사이가 좋지 않다고 생각해 부하 관리를 보내 곽자의에게 가지 말라고 권유하게 했다. 관리는 중서성에서 곽 공(郭公 : 곽자의)에게 급히 달려가 고했다.

　"관군용사가 공에게 해코지를 할 것입니다."

　여러 장수들에게도 그러한 사실을 알렸다. 잠시 후 어조은의 사신이 도착하자 곽자의가 가려고 했더니, 그를 따라 나서겠다고 자청한 갑옷 입은 병사가 300명이나 되었다. 그러나 곽자의는 그들에게 화를 내며 말했다.

　"나는 대신(大臣)이니 그가 천자의 밀지(密旨)를 받지 않고서야 어찌 감히 나를 해치겠느냐? 만약 천자의 칙명이 내려졌다면 너희들이 무얼 하겠느냐?"

---

35) 관군용사(觀軍容使) : 당나라 때 임시로 설치한 군직(軍職)으로, 대부분 권세 있는 환관이 맡았다.

그러고는 혼자 동복 10여 명과 함께 그곳으로 갔더니 어조은이 놀라며 말했다.

"어찌하여 기병을 대동하지 않았습니까?"

곽자의는 들은 소문을 어조은에게 말해 주면서 이렇게 덧붙였다.

"괜한 걱정만 하실까 봐 그랬습니다."

어조은은 가슴을 매만지고 손을 받쳐 들면서 오열하고 눈물을 뿌리며 말했다.

"공과 같은 어르신이 아니라면 어찌 의심하지 않겠습니까!"

곽자의는 공고불상(功高不賞)36)의 두려움이 있었는데, 권세 있는 환관이 그의 공로를 몹시 시기해 마침내 도둑을 시켜 화주(華州)에서 곽 공의 조상 무덤을 도굴하게 했다. 곽 공의 비장(裨將 : 부장) 이회광(李懷光) 등이 분노하며 그 일당을 체포하려고 했다. 곽 공이 상주하러 입조해 황제를 대면하는 날에 스스로 죄인임을 자처하고 소리쳐 울면서 상주했다.

"신은 군사를 이끌고 정벌하러 나갔다 하면 해를 넘기곤

---

36) 공고불상(功高不賞) : 공신의 공훈이 너무 커서 더 이상 내릴 상이 없다는 뜻으로, 이런 경우에는 대개 해를 입게 된다.

했는데, 그때마다 남의 형을 해치고 남의 아비를 죽인 경우가 많았습니다. 그래서 절의(節義) 있는 사람 중에는 신의 배에 칼을 꽂으려는 자가 많습니다. 지금 치욕을 당한 것은 당연히 그 허물 때문이지만, 다만 신은 나라를 위하는 마음뿐이니 죽더라도 후회는 없습니다."

이로 인해 조정 안팎의 사람들이 모두 곽 공을 칭송하면서 그의 도량이 얼마나 넓은지 헤아리지 못했다. 미 : 이미 간사한 도당의 마음을 안심시킬 수 있고, 공훈을 좋아하는 장수를 경계시킬 수 있으며, 또한 군주를 감동시켜 측은한 마음에 공신을 보전하게 할 수 있다. 곽 공은 늘 친인리(親仁里)에서 저택을 크게 개방해 길거리의 장사치들에서부터 위로 공자(公子)와 고관들에 이르기까지 아무런 제지도 받지 않고 출입하게 했다. 어떤 사람이 말했다.

"공의 부인 왕씨(王氏)와 사랑하는 딸 조씨(趙氏)37)가 한창 거울 앞에서 단장하고 있을 때, 종종 공의 휘하 장수와 관리가 진(鎭)으로 나가게 되어 인사하러 오면 그 속관들까지 모두 불러들여, 그들에게 물을 떠 나르고 수건을 들고 있게 하면서 그들을 노복과 다름없이 여기더군요."

---

37) 사랑하는 딸 조씨(趙氏) : 곽자의의 일곱째 딸로 화주자사(和州刺史) 조종(趙縱)에게 시집갔기 때문에 조씨라고 한 것이다.

다른 날 곽 공의 자제들이 늘어서서 간언했지만 곽 공이 재삼 응답하지 않자, 이어서 자제들이 울며 말했다.

"아버님께서는 공업을 이미 이루셨는데도 자신을 높이 내세우지 않으시며, 귀한 자나 천한 자나 모두 안방까지 드나들게 하시니, 저희들은 옛날 [초나라] 이윤(伊尹)이나 [한나라] 곽광(霍光)도 이처럼 하지는 않았을 것이라고 생각합니다."

곽 공이 웃으면서 말했다.

"이는 너희가 진실로 헤아릴 수 있는 바가 아니다. 나에게는 나라의 양곡을 먹는 말이 5000필이나 있고 나라의 봉록을 받는 관리가 1000명이나 있는데, 그들은 나아가도 갈 곳이 없고 물러나도 의지할 곳이 없다. 만약 저택의 담을 높이 치고 문을 걸어 잠가 안팎을 통하지 않게 할 경우, 어떤 사람이 원망해 내가 불충하다고 모함하고 거기다가 공로를 탐내면서 남의 능력을 시기하는 무리가 가세해 그 일을 만들어 낸다면, 우리는 구족(九族)이 가루가 될 것이니 그때 가서는 배꼽을 물어뜯으며 후회한다 해도 소용없는 일이다. 지금 집이 탁 트여서 막힌 게 없고 사방의 문이 활짝 열려 있으니, 비록 나에 대한 참소와 비방이 일어난다 하더라도 벌을 내릴 근거가 없다." 미 : 탁월한 식견이다.

자제들은 모두 감복했다.

평 : 《유씨구사(柳氏舊史)》에서 이르길, "신운경(辛雲景)이 일찍이 곽 공의 속관으로 있다가 나중에 담주도독(潭州都督)으로 제수되었는데, 작별 인사를 하려 했지만 며칠 동안 곽 공을 만날 수 없었다. 그래서 곽 공의 부인 왕씨와 사랑하는 딸 조씨가 신운경에게 말하길, '내가 그대를 위해 영공(令公 : 곽자의)께 말씀드릴 테니 그대는 일단 떠나시오'라고 했다. 신운경이 마당에서 절을 하자, 부인이 안에서 화장하면서 말하길, '나는 크게 기쁘니 그대가 한 끼 밥을 먹을 수 있는 곳을 얻게 되어 기쁘오'라고 했다. 조씨의 딸이 계단에서 손을 씻으려 하면서 신운경에게 물을 떠 오라고 하자, 부인이 말하길, '그가 떠나도록 보내 주어라'라고 했다. 신운경은 그제야 급히 달려 나갔다"라고 했다.

사서(史書)를 살펴보니, 상곤(常袞)이 재상으로 있을 때 시랑(侍郎) 최우보(崔祐甫)를 탄핵해 하남소윤(河南少尹)으로 폄적시키자, 곽자의가 입조해 최우보를 폄적시키는 것이 옳지 않다고 진언했다. 덕종(德宗)은 상곤이 황상을 기망한 것에 분노해 즉시 두 사람의 관직을 바꿔 상곤을 하남소윤에 임명하고 최우보를 평장사(平章事 : 재상에 해당함)에 임명했다. 덕종의 이 조치는 진실로 사람들의 마음을 크게 후련하게 했으며, 또한 곽 공이 단순히 일 만드는 것을 걱정해 구차하게 영합함으로써 부귀를 보전하는 자가 아님을 보여 주었다. 생각건대 곽 공은 평소에 진심을 솔직하게 드러내 믿음을 얻었기 때문에 일에 임해서 과감하게 진언한 것이로다! 아! 천고에 한 사람뿐이다.

郭子儀爲中書令, 觀容使魚朝恩請遊張敬寺, 子儀許之. 丞相意其不相得, 使吏諷請無往. 吏自中書馳告郭公 : "軍相將不利於公." 亦告諸將. 須臾, 朝恩使至, 子儀將行, 士衣甲請從者三百人. 子儀怒曰 : "我大臣也, 彼非有密旨, 安敢害我? 若天子之命, 爾曹胡爲?" 獨與童僕十數人赴之, 朝恩驚曰 : "何車騎之省也?" 子儀以所聞對, 且曰 : "恐勞思慮耳." 朝恩撫胸捧手, 嗚咽揮涕曰 : "非公長者, 得無疑乎!"
子儀有功高不賞之懼, 中貴害其功, 遂使盜於華州掘公之先人墳墓. 公裨將李懷光等怒, 欲求捕其黨. 及公入奏, 對揚之日, 但號泣自罪, 因奏曰 : "臣領師徒, 出外征伐, 動經歲年, 害人之兄, 殺人之父多矣. 其有節夫義士, 欲推刃於臣腹中者衆. 今構釁辱, 宜當其辜, 但臣爲國之心, 雖死無悔." 由是中外翕然, 莫測公之弘廣. 眉 : 旣可安奸黨之心, 又可警喜功之將, 又能感動人主, 令惻然保全功臣也. 常於親仁里大啓其第, 里巷負販之人, 上至公子簪纓之士, 出入不問. 或云 : "王夫人・趙氏愛女, 方妝梳對鏡, 往往公麾下將吏出鎭去, 及郎吏皆被召, 令汲水持帨, 視之不異僕隷." 他日, 子弟列諫, 公三不應, 繼之以泣曰 : "大人功業已成, 而不自崇重, 貴賤皆遊臥內, 某等以爲雖伊・霍不當如此也." 公笑謂曰 : "爾曹固非所料. 且吾官馬粟者五百匹, 官餼者一千人, 進無所往, 退無所據. 向使崇垣扃戶, 不通內外, 一怨將起, 構以不臣, 其有貪功害能之徒, 成就其事, 則九族齏粉, 噬臍莫追. 今蕩蕩無間, 四門洞開, 雖讒毀是興, 無所加也." 眉 : 高見. 諸子皆伏.

評:《柳氏舊史》云: "辛雲景曾爲公使, 後除潭州都督, 將辭, 累日不獲見. 夫人王氏及趙氏愛女乃謂雲景曰: '汝第去, 吾爲汝言於令公.' 雲景拜於庭, 夫人傅粉於內曰: '吾大喜, 且喜你得一喫飯處.' 趙氏女臨階濯手, 令雲景汲水, 夫人曰: '放伊去.' 雲景始趨而出."
按史, 常袞爲宰相, 劾侍郞崔祐甫, 貶河南少尹, 郭子儀入言祐甫不宜貶. 德宗怒袞罔上, 卽兩換職, 袞爲少尹, 而祐甫平章事. 德宗此舉, 固大快人意, 亦見郭公非一味怕事, 苟容以保富貴者. 意其平日坦衷取信, 故臨事敢言乎! 吁! 千古一人而已.

* 이 고사는《태평광기》권176〈기량·곽자의〉에 실려 있다.

22-38(0542) 육상선

육상선(陸象先)

출《건손자(乾㬢子)》

 연국공(兗國公) 육상선이 불경을 신봉하자 동생 육경융(陸景融)이 사사로이 비판했더니 육상선이 말했다.

 "만약 저승으로 가는 나루터와 다리가 없다면 100년 후에 나는 진실로 너와 같을 것이다. 그러나 만일 죄와 복이 있다면 나의 운명은 너보다 나을 것이다."

 육상선이 풍익태수(馮翊太守)로 있을 때 참군(參軍) 등은 대부분 귀족 자제들이었는데, 그들은 육상선의 성품이 어질고 후덕하다고 여기면서 관부의 관료들과 함께 장난으로 내기를 했다. 그중 한 사람이 말했다.

 "나는 청사 앞에서 홀(笏)을 돌리며 눈에 힘을 주고 삐딱하게 사군(使君 : 육상선)께 읍(揖)한 뒤에 소리치며 나가려는데 할 수 있어 보이는가?"

 사람들이 모두 말했다.

 "정말로 그처럼 한다면 기꺼이 술 한턱을 내겠네."

 그 사람이 곧 그렇게 했지만 육상선은 보고도 보지 못한 척했다. 또 한 참군이 말했다.

 "자네가 한 것은 너무 쉬운 일이네. 나는 사군의 청사 앞에서 얼굴에 검은 칠을 하고 푸른 적삼을 입고는 신무(神舞) 한 곡을 춘 다음에 천천히 나오겠네."

관료들이 모두 말했다.

"그건 할 수 없는 일이네. 정말로 감히 그처럼 한다면 우리는 녹봉 5000냥을 걷어서 내기 돈으로 주겠네."

두 번째 참군이 곧 그렇게 했지만 육상선은 역시 보지 못한 척했다. 모두들 내기를 걸어 시합하면서 장난치며 놀았다. 세 번째 참군이 또 말했다.

"자네가 한 것은 아주 쉬운 일이네. 나는 사군의 청사 앞에서 여인의 화장을 하고 새로 시집온 여인이 시부모님에게 하듯이 네 번 절을 할 수 있는데 어떠한가?"

사람들이 말했다.

"그렇게 할 수는 없네. 만약 감히 그렇게 한다면 우리는 녹봉 만 냥을 걷어 내기 돈으로 주겠네."

세 번째 참군은 결국 화장하고 머리를 높이 틀어 올리고 여자 옷을 입고 재빨리 들어가 네 번 절했는데, 육상선은 또 괴이하게 여기지 않았다. 육경융이 크게 화를 내며 말했다.

"형님께서는 삼보[三輔 : 도성 주변 지역의 경조윤(京兆尹)·우부풍(右扶風)·좌풍익(左馮翊)]의 자사(刺史)로 있으면서 지금 천하 사람들의 웃음거리가 되었습니다!"

그러자 육상선이 육경융에게 천천히 말했다.

"이는 그 참군들이 스스로 웃음거리가 되는 것이지 어찌 내가 웃음거리가 되겠느냐?" 미 : 그림자놀이를 할 때 그림자는 놀이꾼에게 놀잇감이 되는 줄을 알지 못한다.

　처음에 방관(房琯)은 풍익현위(馮翊縣尉)로 있었는데, 육상선 수하의 공목관(孔目官) 당분(黨芬)이 넓은 큰길에서 그를 만났을 때 말을 늦게 피하자, 방관이 당분을 말에서 끌어 내려 등을 수십 대 때렸다. 당분이 육상선에게 하소연했더니 육상선이 말했다.

　"너는 어디 사람이냐?"

　당분이 말했다.

　"풍익 사람입니다."

　또 물었다.

　"방관은 어디 관리냐?"

　당분이 말했다.

　"풍익현위입니다."

　육상선이 말했다.

　"풍익현위가 풍익 백성을 때렸는데, 왜 나에게 하소연하느냐?"

　방관이 또 들어와서 그를 뵙고 그 일을 말하며 사직하겠다고 하자 육상선이 말했다.

　"만약 당분이 죄를 범했다면 때려도 되고 때리지 않아도 된다. 또 관리가 때렸으니 사직해도 되고 사직하지 않아도 된다."

몇 년 후에 방관은 홍농군(弘農郡)의 호성현령(湖城縣令)으로 있다가 전임되어 문향(閿鄕)을 대신 다스렸다. 때마침 육상선이 강동(江東)에서 조정으로 초징되어 들어가다가 문향에 이르러 낮에 방관을 만났는데, 날이 저물 때까지 머물렀으나 방관은 감히 말을 하지 않았다. 육상선이 갑자기 방관에게 말했다.

"이불을 가져와서 밤새 얘기나 해 보세."

방관은 그렇게 했지만 결국 한마디 말도 나누지 않았다. 육상선은 대궐에 도착한 날 방관을 감찰어사(監察御使)로 추천했다. 육경융이 또 말했다.

"근자에 방관이 풍익에 있을 때 형님께서는 그를 전혀 모르는 것 같았습니다. 지금 4~5년을 떨어져 지내다가 길에서 만나 한마디 말도 나누지 않았는데, 대궐에 도착해서 그를 감찰어사로 추천하시니 어찌 된 일입니까?"

육 공(陸公 : 육상선)이 말했다.

"너는 이해하지 못한다. 방관의 사람됨은 모든 일에 부족함이 없지만, 단지 흠이라면 말을 하지 않아야 하는 것이었다. 지금은 말을 하지 않으니 그 때문에 그를 추천한 것이다." 미 : 어사는 본래 말을 많이 하는 것을 귀하게 여기지 않음을 알 수 있으니, 말이 사리에 들어맞아야 귀한 것이다.[38]

袞[1]公陸象先, 崇信內典, 弟景融竊非之, 象先曰 : "若果無冥道津梁, 百歲之後, 吾固當與汝等. 萬一有罪福, 吾則分數勝汝." 及爲馮翊太守, 參軍等多名族子弟, 以象先性仁厚, 於是與府寮共約戲賭. 一人曰: "我能旋笏於廳前, 硬努眼眶, 衡揖使君, 唱喏而出, 可乎?" 衆皆曰: "誠如是, 甘輸酒食一席." 其人便爲之, 象先視之, 如不見. 又一參軍曰: "爾所爲全易. 吾能於使君廳前, 墨塗其面, 著碧衫子, 作神舞一曲, 慢趨而出." 群寮皆曰: "不可. 誠敢如此, 吾輩當斂俸錢五千, 爲所輸之費." 其二參軍便爲之, 象先亦如不見. 皆賽所賭, 以爲戲笑. 其第三參軍又曰: "爾所爲絕易. 吾能於使君廳前, 作女人梳妝, 學新嫁女拜舅姑四拜, 則如之何?" 衆曰: "如此不可. 倘敢爲之, 吾輩願輸俸錢十千." 其第三參軍遂施粉黛, 高髻, 衣女人衣, 疾入四拜, 象先又不以爲怪. 景融大怒曰: "家兄爲三輔刺史, 今乃成天下笑具!" 象先徐語景融曰: "是渠參軍兄等笑具, 我豈爲笑哉?" 眉: 弄影者不知爲弄所弄. 初房琯嘗尉馮翊, 象先下孔目官黨芬於廣衢相遇, 避馬遲, 琯拽芬下, 決脊數十下. 芬訴之, 象先曰: "汝何處人?" 芬曰: "馮翊人." 又問: "房琯何處官人?" 芬曰: "馮翊尉." 象先曰: "馮翊尉決馮翊百姓, 告我何也?" 琯又入見, 訴其事, 請去官, 象先曰: "如黨芬所犯, 打亦得, 不打亦得. 官人打了, 去亦得, 不去亦得." 後數年, 琯爲弘農湖城令, 移攝閿鄉. 値象先自江東徵入, 次閿鄉, 日中遇琯, 留適至昏黑, 琯不敢言. 忽謂琯曰: "携衾裯來, 可以賓話." 琯從之, 竟不

---

38) 말이 사리에 들어맞아야 귀한 것이다 : 이 미비(眉批)의 원문은 "언□중내귀(言□中乃貴)"라 되어 있어 한 글자가 판독 불가한데, 문맥을 고려해 추정해서 번역했다. 쑨다펑(孫大鵬)의 교점본에서는 "언유중내귀(言有中乃貴)"로 추정했다.

交一言. 到闕日, 薦琯爲監察御史. 景融又曰: "比年房琯在馮翊, 兄全不知之. 今別四五年, 因途次會, 不交一詞, 到闕薦爲監察御史, 何哉?" 公曰: "汝不自解. 房琯爲人, 百事不欠, 祗欠不言. 今則不言矣, 是以用之." 眉: 可知御史原不貴多言, 言□中乃貴.

* 이 고사는《태평광기》권496〈잡록·조존(趙存)〉에 실려 있다.
1 곤(袞):《태평광기》에는 "연(兗)"이라 되어 있는데 타당하다.
2 빈(賓):《태평광기》명초본에는 "소(宵)"라 되어 있는데, 문맥상 보다 타당하다.

22-39(0543) 엄진

엄진(嚴震)

　엄진이 산남(山南)을 진수할 때 어떤 사람이 돈 300관(貫)을 요구했는데, 그 행동이 너무 거만했다. 엄진이 아들 엄공필(嚴公弼) 등을 불러 물었더니 엄공필이 말했다.

　"이자는 미친놈일 뿐이니 아버님께서는 응대하실 필요가 없습니다."

　엄진이 화를 내며 말했다.

　"너는 필시 우리 가문을 망치겠구나! 다만 나에게 힘써 좋은 일을 행하도록 권해야 하거늘 어째서 나에게 재물을 아끼라고 권하느냐? 또한 그 사람은 서로 알지도 못하는데[不辨, 미 : 불변(不辨)은 불상식(不相識)과 같은 말이다. 나에게 300관을 요구했으니 정말 평범한 사람이 아니다."

　그리고는 좌우 사람들에게 명해 그 사람이 요구한 액수대로 주게 했다. 협 : 누가 기꺼이 이렇게 하겠는가? 이에 삼천[三川 : 검남서천(劍南西川)·검남동천(劍南東川)·산남서도(山南西道)의 3진(鎭)]의 선비들이 뒤질세라 다투어 그에게 귀속했으며, 또한 함부로 지나친 요구를 하는 사람도 없었다. 협 : 어떠한가?

嚴震鎭山南, 有一人乞錢三百千, 去就過活[1]. 震召子公弼等問之, 公弼曰: "此患風耳, 大人不足應之." 震怒曰: "爾必墜吾門! 祇可勸吾力行善事, 奈何勸吾悋惜金帛? 且此人不辨, 眉 : 不辨, 猶云不相識也. 向吾乞三百千, 的非凡也." 命左右准數與之. 夾 : 誰肯? 於是三川之士, 歸心恐後, 亦無造次過求者. 夾 : 如何?

* 이 고사는《태평광기》권496〈잡록·엄진〉에 실려 있는데,《태평광기》명초본에는 출전이 "《인화록(因話錄)》"이라 되어 있고, 진전(陳鱣) 교본(校本)에는 출전이 "《건손자(乾𦠼子)》"라 되어 있다.
1 활(活):《태평광기》명초본에는 "오(傲)"라 되어 있는데, 문맥상 보다 타당하다.

22-40(0544) 우적

우적(于頔)

출《운계우의(雲溪友議)》 미 : 〈호협〉부에 넣을 수도 있고 〈의기〉부에 넣을 수도 있다(亦可入〈豪俠〉, 亦可入〈義氣〉).

낭중(郎中) 정태목(鄭太穆)이 금주자사(金州刺史)로 있을 때 양양(襄陽)에 있는 사공(司空) 우적[39]에게 서신을 보냈다. 정태목은 오만하고 제멋대로여서 군사(郡使 : 자사)로서의 예의가 없는 듯했다. 서신에 이렇게 썼다.

"각하께서는 남명(南溟)의 큰 붕새이자 하늘의 한 기둥이십니다. 뛰어오르시면 해와 달이 어두워지고 몸을 흔드시면 산악이 무너져 내리니, 진정 천자의 수호자이며 제후들의 귀감이십니다. 저의 외롭고 어린 식구 200여 명은 양경(兩京 : 장안과 낙양)에서 굶주림과 추위에 시달리고 있는데, 작은 군(郡)의 박봉으로는 입을 것과 먹을 것도 대 주지 못합니다. 해서 돈 1000관(貫 : 1관은 1000냥), 비단 1000필,

---

39) 우적 : 우적은 당시 사공으로 있으면서 산남동도절도사(山南東道節度使)를 겸해 양주(襄州)·등주(鄧州)·균주(均州)·방주(房州)·금주(金州)·상주(商州) 등을 다스렸는데, 금주자사는 바로 우적의 휘하 관리였다.

기물 1000가지, 쌀 1000석, 사내종과 계집종 각각 열 명씩을 내려 주시길 청합니다."

또 이렇게 덧붙였다.

"1000그루 나무에서 나뭇잎 하나의 그림자를 나누어 주신다면 제게는 바로 우거진 녹음이 되며, 사해에서 몇 방울의 물만 덜어 주신다면 제게는 바로 기름진 연못이 됩니다."

우 공(于公 : 우적)은 그 서신을 읽고 나서도 탄식하거나 의심하지 않은 채 말했다.

"정 사군(鄭使君 : 정태목)이 필요로 하는 것 중에서 각각 그 숫자의 절반씩 주도록 하라. 지금은 군비를 지출해야 하는 때이므로 그의 본래 바람을 온전히 들어줄 수 없다." 미 : 탄식하거나 의심한 후에 주면 바로 다른 생각에 빠지게 된다.

또 광려(匡廬 : 여산)의 대산인(戴山人)이라는 사람이 삼척동자를 시켜 몇 척이나 되는 서신을 보내면서 산을 구입할 돈 백만 냥을 달라고 했다. 우 공은 결국 그 돈을 주고 아울러 종이와 먹과 의복 등도 주었다. 또 최교(崔郊)라는 수재(秀才)가 한수(漢水) 가에 살고 있었는데, 학문과 기예를 갖추고 있었으나 재산이 아무것도 없었다. 얼마 지나지 않아 최교는 고모 집의 계집종과 사통하고 늘 완함(阮咸)[40]처

---

40) 완함(阮咸) : 죽림칠현(竹林七賢)의 한 사람으로, 노장(老莊)을 숭

럼 방탕하게 지냈다. 그 계집종은 단아하고 아름다운 용모에 음악적 재능이 풍부했으며 한수 이남의 최고 미인이었다. 고모는 집이 가난해서 계집종을 연수(連帥 : 절도사 우적)에게 팔았다. 연수는 그녀를 좋아해 돈 40만 냥을 주고 데려와서 더욱 총애했다. 최교는 그녀를 그리워해 마지않다가 직접 부서(府署)로 가서 그녀를 한번 보고 싶었다. 때마침 한식(寒食)날이어서 계집종이 밖으로 나왔다가 버드나무 그늘 아래에 서 있는 최교를 만났는데, 그녀는 최교를 보자마자 눈물을 주르륵 흘리면서 산과 강처럼 변치 않을 사랑을 맹세했다. 최교는 그녀에게 다음과 같은 시를 주었다.

"공자(公子)와 왕손(王孫)들이 뒤쫓아 오며 먼지 일으키니, 녹주(綠珠)[41]가 흘린 눈물 비단 수건에 떨어지네. 왕후의 대문은 한번 들어가면 바다처럼 깊어, 이로부터 소랑(蕭郞)[42]은 낯선 사람 되었네."

최교를 시기한 어떤 사람이 그 시를 우 공의 자리에 적어 놓았다. 우 공은 시를 보고 최생(崔生 : 최교)을 불러들이라

상해 거리낌 없이 행동한 것으로 유명했다.
[41] 녹주(綠珠) : 진(晉)나라의 부호 석숭(石崇)의 애첩. 후에 손수(孫秀)가 그녀를 빼앗으려고 하자 자살했다. 여기서는 계집종을 가리킨다.
[42] 소랑(蕭郞) : 여자를 사모하는 남자를 지칭한다.

고 했는데, 좌우 사람들은 영문을 알 수 없었다. 최교는 몹시 근심하고 후회했지만 달아나 숨을 곳이 없었다. 우 공은 최교를 보더니 그의 손을 잡고 말했다.

"'제후의 대문은 한번 들어가면 바다처럼 깊어, 이로부터 소랑은 낯선 사람 되었네'란 구절은 바로 공이 지은 것이오? 40만 냥은 작은 돈이니, 편지 한 통 쓰는 게 뭐 어렵다고 좀 더 일찍 나에게 보여 주지 않았소?"

그러고는 계집종에게 최교와 함께 돌아가라고 하면서 휘장과 화장갑에 이르기까지 모두 새로 꾸며 주었으며, 최생을 조금 부유하게 만들어 주었다. 미 : 이런 큰 호걸이 있어서 마침내 질투하는 소인의 낯가죽을 다 벗겨 버렸다. 이전에 영릉(零陵)에서 온 어떤 손님이 있었는데, 그가 사군 융욱(戎昱)의 연회 석상에 노래를 잘하는 기녀가 있다고 하자 우 공이 급히 그녀를 불러들이라고 명했다. 융 사군(戎使君 : 융욱)은 감히 명을 거스를 수 없어서 한 달 뒤에 그녀를 보냈다. 그녀가 도착한 뒤 노래를 시켰는데, 그 노래는 바로 융 사군이 기녀를 보내면서 준 시편(詩篇)이었다. 이에 우 공이 말했다.

"대장부로 태어나 공훈을 세워 후대에 칭송을 받지는 못할망정 어찌 다른 사람이 사랑하는 여자를 빼앗아 자신의 즐거움으로 삼겠는가?"

그러고는 기녀에게 많은 비단을 주어 보내면서 손수 편지를 써서 융 사군에게 겸손히 사과했다. 융 사군의 시는 이러했다.

"보석 비녀 꽂고 비췻빛 치마 입은 아리따운 아가씨, 화장하고 눈물 훔치며 구름처럼 떠나려 하네. 진심을 다해 양왕(襄王)43)의 마음 얻을 것이며, 양대(陽臺) 향해 사군(使君)44)의 꿈일랑 꾸지 마시게."

평 : 이는 바로 화통한 대장부이니 기량에만 머물지 않는다.

鄭太穆郞中爲金州刺史, 致書於襄陽于司空頔. 鄭傲睨自若, 似無郡使之禮. 書曰:"閣下爲南溟之大鵬, 作中天之一柱. 騫騰則日月暗, 搖動則山嶽頹, 眞天子之爪牙, 諸侯之龜鏡也. 太穆孤幼二百餘口, 饑凍兩京, 小郡俸薄, 衣食不給. 乞賜錢一千貫, 絹一千匹, 器物一千兩, 米一千石, 奴婢各十人." 且曰:"分千樹一葉之影, 卽是濃陰, 減四海數滴之泉, 便爲膏澤." 于公覽書, 亦不嗟訝, 曰:"鄭使君所須, 各依來數一半. 以戎費之際, 不全副其本望也." 眉:嗟訝而後與之,

---

43) 양왕(襄王) : 본래 송옥(宋玉)의 〈고당부(高堂賦)〉에 따르면, 전국시대 초(楚)나라 양왕의 선왕(先王)인 회왕이 무산(巫山)의 신녀(神女)를 만나 양대(陽臺)에서 운우(雲雨)의 정을 나누었다고 하는데, 후대에 흔히 회왕과 양왕을 혼동하곤 한다. 양왕은 경양왕(頃襄王)이라고도 하며, 회왕의 아들이다. 여기서는 우적을 가리킨다.

44) 사군(使君) : 여기서는 융욱 자신을 가리킨다.

便落第二念. 又有匡廬戴山人, 遣三尺童子, 賣數尺之書, 乞買山錢百萬. 公遂與之, 仍加紙墨衣服等. 又有崔郊秀才者, 寓居於漢上, 蘊積文藝, 而物産罄懸. 無何, 與姑婢通, 每有阮咸之縱. 其婢端麗, 饒音伎之能, 漢南之最姝也. 姑貧, 鬻婢於連帥. 連帥愛之, 給錢四十萬, 寵盼彌深. 郊思慕無已, 卽强親府署, 願一見焉. 其婢因寒食果出, 値郊立於柳陰, 馬上連泣, 誓若山河. 郊贈以詩曰: "公子王孫逐後塵, 綠珠垂淚滴羅巾. 侯門一入深如海, 從此蕭郞是路人." 或有嫉郊者, 寫詩於座. 于公睹詩, 令召崔生, 左右莫之測也. 郊甚憂悔, 無處潛遁. 及見, 握郊手曰: "'侯門一入深如海, 從此蕭郞是路人', 便是公制作也? 四百千小哉, 何惜一書, 不早相示?" 遂命婢同歸, 至幃幌奩匣, 悉爲增飾之, 小阜崔生矣. 眉: 有此大豪傑, 遂剝盡嫉妒小人面皮. 初有客自零陵來, 稱戎昱使君席上有善歌者, 于公遽命召焉. 戎使君不敢違命, 逾月而至. 及至, 令唱歌, 歌乃戎使君送伎之什也. 公曰: "丈夫不能立功業, 爲異代之所稱, 豈有奪人姬愛, 爲己嬉娛?" 遂多以繒帛贈行, 手書遜謝焉. 戎使君詩曰: "寶鈿香娥翡翠裙, 妝成掩泣欲行雲. 殷勤好取襄王意, 莫向陽臺夢使君."

評: 此乃慷慨大丈夫, 不止器量而已.

* 이 고사는 《태평광기》 권177 〈기량·우적〉에 실려 있다.

22-41(0545) 무원형

무원형(武元衡)

출《건손자》

 무 황문(武黃門 : 황문시랑 무원형)이 [검남서천절도사(劍南西川節度使)가 되어] 서천에 갔을 때 종사(從事)들에게 큰 잔치를 베풀었다. 그런데 [검남동천절도사] 양사복(楊嗣復)이 술주정을 부리면서 무원형에게 큰 술잔에 술을 마시라고 강요했다. 무원형이 마시지 않자 결국 양사복은 무원형에게 술을 끼얹었다. 그러나 무원형은 두 손을 마주 잡은 채 예를 갖추면서 꼼짝도 하지 않았다. 양사복이 술을 다 끼얹자 무원형은 천천히 일어나 옷을 갈아입었으며, 끝내 잔치를 파하지 못하게 했다.

武黃門之西川, 大宴從事. 楊嗣復狂酒, 逼元衡大觥. 不飲, 遂以酒沐之. 元衡拱手不動. 沐訖, 徐起更衣, 終不令散宴.

* 이 고사는 《태평광기》 권177 〈기량·무원형〉에 실려 있다.

22-42(0546) 귀숭경

귀숭경(歸崇敬)

출《담빈록》

　귀숭경은 여러 벼슬을 거쳐 선부낭중(膳部郞中 : 상서성의 속관)이 된 뒤에 신라책립사(新羅冊立使)에 충임되었다. [신라로 가던 중에] 배가 바다 한가운데에 이르렀을 때 파도가 급해지더니 배가 부서져 물이 새어 들어오자 사람들이 모두 놀라 허둥댔다. 뱃사공이 귀숭경에게 작은 배로 옮겨 타라고 청하자 귀숭경이 말했다.

　"배 안에 수십 수백 명의 사람이 있는데, 어찌 나 혼자만 살겠는가?"

　얼마 후에 파도가 점점 가라앉더니 결국 배 안의 사람들이 모두 피해를 면할 수 있었다.

歸崇敬累轉膳部郞中, 充新羅冊立使. 至海中流, 波濤迅急, 舟船壞漏, 衆咸驚駭. 舟人請以小艇載, 崇敬曰 : "舟人凡數十百, 我豈獨濟?" 逡巡, 波濤稍息, 擧舟竟免爲害.

* 이 고사는 《태평광기》 권177 〈기량 · 귀숭경〉에 실려 있다.

22-43(0547) 하후자

하후자(夏侯孜)

출《옥천자(玉泉子)》

왕생(王生)이란 자는 하후자와 함께 과거 시험장에 있었다. 왕생은 당시에 명성이 알려졌지만 하후자는 그에 미치지 못했다. 일찍이 두 사람은 낙방해 함께 도성 서쪽을 유람했는데, 봉상연수(鳳翔連帥 : 봉상절도사)가 그들을 머물게 해 주었다. 하루는 종사(從事 : 절도사의 속관)가 잔치를 열어 두 사람을 불렀다. 술이 거나해졌을 때 종사가 주사위로 점을 치면서 말했다.

"두 수재(秀才)가 내년에 만약 과거에 급제한다면 마땅히 당인(堂印)45)이 나올 것입니다."

왕생은 자신의 재주와 명성을 자부하던 터라 화를 내며 말했다.

"나는 진실로 천박하지만 어찌 하후자와 동년(同年 : 같은 해에 과거에 합격한 사람)이 되겠습니까?"

왕생은 불쾌해하며 떠났다. 하후자는 급제한 뒤에 여러

---

45) 당인(堂印) : 주사위를 던져서 연달아 4가 나오는 것을 말한다. 재상이 정사당(政事堂)에서 사용하는 관인(官印)이라는 뜻도 있다.

벼슬을 거처 재상에 이르렀으나, 왕생은 끝내 들리는 소식이 없었다. 하후자가 포진(蒲津)에서 벼슬할 때 옛날의 상황을 모르던 왕생의 아들이 우연히 하후자와 부친이 예전에 왕래하면서 주고받았던 서찰 수십 통을 발견했는데, 모두 하후자의 친필이었다. 왕생의 아들은 기뻐하며 그 서찰을 가지고 하후자를 배알했는데, 하후자는 그를 접견하고 나서 그가 하고 싶은 것을 물어보고 모두 그 뜻대로 해 주었다. 협: 후덕하다. 하후자는 곧 여러 종사들을 불러 당시의 일을 말해 주었다.

평 : 그(왕생의 아들)에게 줌으로써 후덕함을 밝히고, 그들(종사들)에게 얘기함으로써 천박함을 경계시켰다.

有王生者, 與夏侯孜同在擧場. 王生有時價, 孜且不侔矣. 嘗落第, 偕遊京西, 鳳翔連帥館之. 一日, 從事有宴召焉. 酣, 從事以骰子祝曰 : "二秀才明年若俱得登第, 當擲堂印." 王自負才雅, 怒曰 : "吾誠淺薄, 與夏侯孜同年乎?" 不悅而去. 孜及第, 累官至宰相, 王竟無所聞. 孜在蒲津, 王之子不知其故, 偶獲孜與父平昔所嘗來往事禮札十數幅, 皆孜手迹也. 欣然挈之以謁孜, 孜既見, 問其所欲, 一以依之. 夾 : 厚德. 卽召諸從事, 以話其事.
評 : 與之以明厚, 話之以儆薄.

* 이 고사는 《태평광기》 권177 〈기량·하후자〉에 실려 있다.

22-44(0548) 갈주

갈주(葛周)

출《옥당한화》

[오대] 후량(後梁)의 시중(侍中) 갈주가 연주(兗州)를 진수할 때, 일찍이 종차정(從此亭)을 유람한 적이 있었다. 갈공(葛公: 갈주)에게는 아무개라는 청두(廳頭: 관청 수비군의 우두머리)가 있었는데, 장성했지만 아직 장가들지 않고 있었다. 그는 풍채가 멋있고 말타기와 활쏘기를 잘했으며 담력이 다른 사람보다 뛰어났다. 그는 우연히 무슨 일을 아뢰러 갔는데 갈 공이 그를 불러들였다. 그때 마침 여러 첩들이 갈 공의 주위에서 함께 시중들고 있었는데, 그 가운데 경국지색의 한 애첩이 늘 갈 공의 곁에 있었다. 아무개는 그 애첩을 훔쳐보며 눈을 떼지 못했다. 갈 공이 물어볼 것이 있어 세 번이나 질문했지만, 아무개는 그녀의 빼어난 미색을 곁눈질하느라 그만 대답하는 것도 잊어버렸다. 갈 공은 그저 머리를 숙이고만 있었다. 그가 나가고 난 뒤에 갈 공은 빙그레 웃었다. 어떤 사람이 아무개에게 그 사실을 알려 주자 아무개는 그제야 두려워하면서, 그저 정신이 나가 있던 바람에 갈 공이 자신에게 분부한 일도 기억나지 않는다고 했다. 며칠 동안 아무개는 자신이 무슨 벌을 받을지 몰라 걱정했

다. 그러나 갈 공은 그가 몹시 걱정하고 있다는 것을 알고 온화한 얼굴로 그를 대해 주었다. 얼마 지나지 않아 조정에서 갈 공에게 출정을 명하는 조서를 내려 황하 가에서 후당(後唐)의 군사를 막으라고 했다. 당시 적군과 결전을 벌이면서 며칠 동안 싸웠지만 적군의 견고한 진지는 요지부동이었다. 날이 저물자 군사들은 굶주림과 목마름에 거의 사람 꼴이 아니었다. 갈 공이 아무개를 불러 말했다.

"너는 적의 진지를 함락할 수 있겠느냐?"

아무개가 말했다.

"네, 할 수 있습니다."

그러고는 즉시 말고삐를 쥐고 말에 뛰어올라 기병 수십 명과 함께 적군으로 돌진해 수십 명의 머리를 잘랐다. 대군이 그 뒤를 따라 들어가자 후당의 군대는 대패했다. 미:그가 벌을 두려워하는 것을 헤아리고 은밀히 공을 세워 속죄하게 했으니, 이는 사람을 쓰는 데 뛰어난 자다. 갈 공이 개선한 뒤에 그 애첩에게 말했다.

"아무개가 전공을 세웠기에 마땅히 상을 주어야 하니 너를 그의 아내로 주려고 한다."

애첩이 눈물을 흘리며 명을 거절하자 갈 공이 그녀를 달래며 말했다.

"다른 사람의 처가 되는 것이 첩이 되는 것보다 낫지 않겠느냐?"

그러고는 그녀를 단장시키고 재물을 주었는데 그 값이 수천 민(緡 : 1민은 1000냥)이나 되었다. 갈 공이 아무개를 불러 말했다.

"너는 황하 가에서 전공을 세웠는데 나는 네가 아직 결혼하지 않은 것을 알고 있으니, 지금 한 여자를 아내로 주고 아울러 너를 열직(列職)46)에 임명하겠다. 이 여자는 바로 네가 눈여겨보았던 사람이다."

아무개는 한사코 죽을죄를 지었다고 하면서 감히 명을 받들려 하지 않았지만 갈 공이 한사코 주었다. 갈 공은 후량의 명장으로 그 위엄 있는 명성이 적군에게도 알려졌기에, 하북(河北)에 이런 속담이 있었다.

"산동(山東)에 한 줄기 칡[葛 : 갈주를 비유함]이 있으니 아무 까닭 없이 건드리지 마라."

梁葛侍中周鎭兗之日, 嘗遊從此亭. 公有廳頭甲者, 年壯未婿. 有神彩, 善騎射, 膽力出人. 偶因白事, 葛公召入. 時諸姬妾並侍左右, 內一寵姬, 國色也, 嘗在公側. 甲窺見, 目之不已. 葛公有所顧問, 至於再三, 甲方流眄殊色, 竟忘對答. 公但俯首而已. 旣罷, 公微哂之. 或有告甲者, 甲方懼, 但云神思迷惑, 亦不記憶公所處分事. 數日之間, 慮有不測. 公

---

46) 열직(列職) : 열장(列將), 즉 편장(偏將). 절도사의 속관이다.

知其憂甚, 以溫顏接之. 未幾, 有詔命公出征, 拒唐師於河上. 時與敵決戰, 數日, 敵軍堅陣不動. 日暮, 軍士饑渴, 殆無人色. 公召甲謂之曰:"汝能陷此陣否?"甲曰:"諾." 卽攬轡超乘, 與數十騎馳赴敵軍, 斬首數十級. 大軍繼之, 唐師大敗. 眉:度其懼罪, 陰以功贖, 是善用人者. 及葛公凱旋, 乃謂愛姬曰:"甲立戰功, 宜有酬賞, 以汝妻之." 愛姬泣涕辭命, 公勉之曰:"爲人妻, 不愈於爲妾耶?" 令具飾資妝, 直數千緡. 召甲告之曰:"汝立功於河上, 吾知汝未婚, 今以某妻, 兼署列職. 此女卽所目也." 甲固稱死罪, 不敢承命, 公堅與之. 葛公爲梁名將, 威名著於敵中, 河北諺曰:"山東一條葛, 無事莫撩撥."

* 이 고사는 《태평광기》 권177 〈기량·갈주〉에 실려 있다.

권23 정찰부(精察部)

정찰(精察)

23-1(0549) 엄준

엄준(嚴遵)

출《익도기구전(益都耆舊傳)》

엄준이 양주자사(揚州刺史)가 되어 관할 지역을 순시하고 있을 때, 길옆에서 어떤 여자가 곡하는 소리를 들었는데 그 소리가 슬프지 않았다. 그래서 물었더니 그 여자의 남편이 불에 타 죽었다고 했다. 엄준은 관리에게 명해 시체를 실어 오게 한 뒤에 사람에게 지키게 하면서 말했다.

"틀림없이 어떤 것이 올 것이다."

다음 날 파리가 시체의 머리 부분에 모여들자, 엄준이 그곳을 들춰서 살펴보라 했더니 바로 쇠 송곳이 정수리를 꿰뚫고 있었다. 여자를 심문했더니, 다른 남자와 간통하다가 남편을 살해했다고 했다.

평 : 정자산(鄭子産)에게도 이런 일이 있었고, 또 한황(韓滉)이 윤주(潤州)에 있을 때도 같은 일이 있었다.[47]

---

[47] 《태평광기》 권172 〈정찰 · 한황〉에 두 고사가 나온다.

嚴遵爲揚州刺史, 行部, 聞道傍女子哭而聲不哀. 問之, 亡夫遭燒死. 遵敕吏輿尸到, 令人守之曰:"當有物往." 更日, 有蠅聚頭所, 遵令披視, 鐵錐貫頂. 考問, 以淫殺夫.
評:鄭子產有此事, 又韓滉在潤州亦同.

* 이 고사는 《태평광기》 권171 〈정찰(精察)·엄준〉에 실려 있다.

23-2(0550) 장항

장항(蔣恒)

출《조야첨재》

[당나라] 정관(貞觀) 연간(627~649)에 위주(衛州) 판교(板橋) 객점의 주인 장적(張迪)의 처가 친정 부모를 뵈러 가고 없을 때, 위주의 삼위(三衛)⁴⁸⁾로 있던 양진(楊眞) 등 세 명이 그 객점에 투숙했다가 오경에 일찍 떠났다. 밤에 어떤 사람이 삼위의 칼을 꺼내 장적을 살해하고 그 칼을 도로 삼위의 칼집에 넣어 두었는데, 양진 등은 그 사실을 알지 못했다. 날이 밝은 뒤 객점 사람들이 양진 등을 추격해 그들의 칼을 살펴보았더니 혈흔이 있어 그들을 잡아 가두고 고문했는데, 양진 등은 고통이 너무 심해 결국 거짓 자백을 했다. 그러나 황상(皇上 : 태종)은 이를 의심해 어사(御史) 장항을 파견해서 다시 조사하도록 했다. 장항은 위주에 도착한 뒤, 당시 객점에 있던 15세 이상 된 사람들을 모두 집합시켰는데, 사람 숫자가 부족했지만 일단은 그들을 해산시켰으며, 오직

---

48) 삼위(三衛) : 당나라 때 금위군(禁衛軍)에 속한 친위(親衛)·훈위(勳衛)·익위(翊衛)에 대한 통칭. 여기서는 위주성(衛州城)의 경호 책임을 맡은 관리를 말한다.

80세 넘은 노파 한 명만 붙잡아 두었다가 밤에 풀어 주었다. 그러고는 옥리에게 은밀히 그녀를 감시하라고 하면서 말했다.

"노파가 나가면 틀림없이 한 사람이 노파에게 말을 걸 것이니, 그 사람의 성명을 즉시 기록하되 발설하지 않도록 하라."

과연 한 사람이 노파와 함께 얘기하므로, 옥리는 즉시 그 사람의 성명을 기록했다. 다음 날에도 다시 이렇게 했는데, 그 사람이 또 노파에게 물었다.

"조정에서 파견된 관리가 무슨 심문을 했소?"

사흘 동안 이렇게 했는데, [노파에게 물어본 사람은] 모두 그 사람이었다. 마침내 장항은 남녀 300여 명을 모두 집합시켜 놓고 그중에서 노파와 얘기를 나눈 한 사람만 불러낸 뒤, 나머지 사람들은 모두 해산시켰다. 그 사람을 심문했더니 그가 죄를 모두 인정하면서 말했다.

"장적의 처와 간통하고 그를 살해한 사실이 있습니다."

장항이 심문 결과를 황상께 아뢰었더니, 황상은 칙명을 내려 그에게 비단 200단(段)을 하사하고 그를 시어사(侍御史)에 제수했다.

貞觀中, 衛州板橋店主張迪妻歸寧, 有衛州三衛楊眞等三人投宿, 五更早發. 夜有人取三衛刀殺張迪, 其刀却內鞘中, 眞等不知之. 至明, 店人趣眞等, 視刀有血痕, 囚禁拷訊, 眞等苦毒, 遂自誣. 上疑之, 差御史蔣恒覆推. 恒至, 總追店人十五已上俱集, 爲人不足, 且散, 唯留一老婆年八十已上, 晚放出. 令獄典密覘之, 曰:"婆出, 當有一人與婆語者, 卽記取姓名, 勿令漏洩." 果有一人共語, 卽記之. 明日復爾, 其人又問婆:"使人作何推勘?" 如是者三日, 並是此人. 恒總追集男女三百餘人, 就中喚與老婆語者一人出, 餘並放散. 問之, 具伏云:"與迪妻奸殺有實." 奏之, 敕賜帛二百段, 除侍御史.

* 이 고사는《태평광기》권171〈정찰·장항〉에 실려 있다.

23-3(0551) 왕경

왕경(王璥)

출《조야첨재》

[당나라] 정관(貞觀) 연간(627~649)에 좌승상(左丞相) 이행렴(李行廉)의 동생인 이행전(李行詮)의 전처 아들 이충(李忠)이 계모와 간통했는데, 그는 남몰래 그녀를 데려와 은밀히 숨겨 놓고 그녀가 칙명에 의해 궁중으로 들어갔다고 말했다. 이행렴은 그런 줄도 모르고 곧바로 장계를 올렸더니, 칙명을 받든 관리가 매우 급박하게 추궁했다. 계모가 거짓으로 목도리로 목을 묶은 채 길거리에 누워 있자, 장안현(長安縣)의 관원이 캐물었더니 그녀가 말했다.

"어떤 사람이 칙명을 사칭하고 저를 불러 갔는데, 자주색 도포를 입고 성명을 알 수 없는 한 사람이 며칠 밤 동안 저를 붙잡아 두었다가 제 목을 묶어 길거리에 방치했습니다."

이충은 당황하고 두려워서 남몰래 염탐하러 갔다가, 불량인(不良人)[49] 미 : 불량인은 지금의 번자수(番子手)[50]의 무리다.

---

49) 불량인(不良人) : 당나라 때 죄인의 정탐과 체포를 담당하던 관리. 착불량(捉不良)이라고도 한다.

50) 번자수(番子手) : 명청 시대에 도적의 체포를 담당하던 관리.

당나라 때 불량수(不良帥 : 불량인의 우두머리)가 있었다.51) 에게 의심당해 현으로 압송되었다. 현위(縣尉) 왕경이 그를 끌고 계모의 방으로 가서 심문했지만, 그들은 사실을 부인했다. 그전에 왕경은 한 사람에게 그녀의 침상 밑에 엎드려 엿듣게 하고, 다른 한 사람에게 "장사(長使 : 현령)께서 부르십니다"라고 알리게 했다. 왕경이 방문을 잠그고 떠나자, 이충과 계모가 서로 말했다.

"절대로 죄를 인정해서는 안 된다."

그러면서 함께 은밀히 얘기를 주고받았다. 그때 왕경이 당도해 문을 열었고 침상 밑에 숨어 있던 사람도 일어나자, 계모와 이충은 대경실색하면서 함께 죄를 인정하고 처형되었다.

貞觀中, 左丞李行廉弟行詮前妻子忠烝其後母, 遂私將潛藏, 云敕追入內. 行廉不知, 乃進狀, 奉敕推詰峻急. 其後母詐以領巾勒項, 臥街中, 長安縣詰之, 云 : "有人詐宣敕喚去, 一紫袍人見留數宿, 不知姓名, 勒項送置街中." 忠惶恐, 私就卜問, 被不良人 眉 : 不良人卽今番子手之屬. 唐有不良□帥. 疑之, 執送縣. 縣尉王璥引就房內推問, 不承. 璥先令一人

---

51) 당나라 때 불량수(不良帥 : 불량인의 우두머리)가 있었다 : 이 미비(眉批)의 원문은 "당유불량□수(唐有不良□帥)"라 되어 있어 한 글자가 판독 불가한데, 문맥을 고려해 추정해서 번역했다.

伏案褥下聽之, 令一人報云長使喚. 璥鎖房門而去, 子母相謂曰:"必不得承." 并私密之語. 璥至開門, 案下人亦起, 母子大驚, 并具承伏法.

* 이 고사는 《태평광기》 권171 〈정찰·왕경〉에 실려 있다.

23-4(0552) 이걸

이걸(李傑)

출《국사이찬》

이걸이 하남윤(河南尹)으로 있을 때, 어떤 과부가 자신의 아들을 불효죄로 고발했다. 그녀의 아들은 자신을 변호하지도 않고 단지 이렇게만 말했다.

"어머님께 죄를 지었으니 죽음을 달게 받겠습니다!"

이걸은 그가 불효자가 아님을 간파하고 과부에게 말했다.

"너는 과부로 살면서 오직 이 아들 하나만 두었는데, 지금 그를 고발해 사형에 처해진다 하더라도 후회하지 않겠느냐?"

과부가 말했다.

"자식 놈이 무뢰(無賴)하니 더 이상 무엇이 아깝겠습니까?"

이걸이 말했다.

"정녕 그러하다면 관을 사 가지고 와서 아들의 시체를 담아 가도록 해라."

그러고는 사람을 시켜 그녀의 뒤를 감시하도록 했다. 과부는 관아를 나간 뒤에 한 도사에게 말했다.

"일이 끝났어요."

얼마 후 과부가 관을 들고 오자, 이걸은 여전히 그녀가 후회하기를 바라는 마음에서 재삼 타일렀지만 그녀는 처음처럼 뜻이 완강했다. 이걸은 은밀히 사람을 보내 관아 문밖에 서 있던 도사를 체포하게 했다. 한차례의 심문 끝에 도사는 모든 것을 시인했는데, 그가 과부와 사통할 때마다 항상 그녀의 아들에게 들켰기 때문에 죽이려고 했다는 것이었다. 이걸은 그 아들을 풀어 주고 도사와 과부를 곤장 쳐서 죽인 뒤 같은 관에 그들을 담았다. 미 : 또한 적절하게 잘 처리했다.

李傑爲河南尹, 有寡婦訟子不孝. 其子不能自理, 但云 : "得罪於母, 死所甘分!" 傑察其非不孝子, 謂寡婦曰 : "汝寡居, 唯有一子, 今告之, 罪至死, 得無悔乎?" 寡婦曰 : "子無賴, 寧復惜乎?" 傑曰 : "審如此, 可買棺木來取兒尸." 因使人覘其後. 寡婦旣出, 謂一道士曰 : "事了矣." 俄持棺至, 傑尙冀有悔, 再三喩之, 寡婦執意如初. 道士立於門外, 密令擒之. 一訊承伏, 與寡婦私通, 常爲兒所知, 故欲除之. 傑放其子, 杖殺道士及寡婦, 便同棺盛之. 眉 : 還便宜了他.

* 이 고사는 《태평광기》 권171 〈정찰·이걸〉에 실려 있다.

23-5(0553) 최갈

최갈(崔碣)

출《당궐사(唐闕史)》

    최갈은 하남윤(河南尹)으로 있을 때 간사한 자들을 징벌하고 난폭한 자들을 잘라 내 천하 관리의 모범이 되었다. 이전에 왕가구(王可久)라는 상인이 있었는데 매우 부자였다. 그는 매년 강호에서 차를 팔아 늘 많은 이익을 얻어 돌아왔다. 그해도 왕가구는 재물을 싣고 초(楚) 땅으로 갔다가 돌아오는 길에 막 배가 팽문[彭門 : 서주(徐州)]에 이르렀는데, 때마침 방훈(龐勛)의 난[52]이 일어나는 바람에 반란군의 주둔지에 갇혀 약속한 기한이 넘도록 집에 돌아오지 못했다. 왕가구에게는 젊고 아름다운 처가 있었는데, 친척이 적었기에 그녀는 늘 많은 돈을 걸고 사람들을 모집해 반란군 지역의 사방을 수소문했지만 결국 그의 종적을 찾아낸 사람은

---

52) 방훈(龐勛)의 난 : 당나라 함통(咸通) 9년(868)에 계림(桂林)에 주둔해 있던 서주(徐州)·사주(泗州)의 병사 800여 명이 수자리 서느라 오랫동안 고향으로 돌아가지 못하자, 방훈을 수장으로 추대하고 북쪽으로 가면서 호남(湖南)·절서(浙西)를 거쳐 회남(淮南)으로 들어가 일으킨 난을 말한다.

아무도 없었다. 어떤 사람이 말했다.

"그는 이미 도적에게 살해되었을 것이다."

낙성(洛城)에 양건부(楊乾夫)라는 점을 잘 치는 사람이 있었는데, 왕가구의 처는 새벽에 비단 한 필을 가지고 양건부를 찾아가 의심나는 것을 알아보려고 했다. 양생(楊生 : 양건부)은 평소 그 일을 잘 알고 있었고 또한 그녀의 재물과 미색을 탐내고 있었으므로, 계책을 세워 차지하려고 마음먹었다. 그래서 점대를 바르게 놓고 경건하게 빈 뒤 점괘가 나오자 말했다.

"근심하는 바가 혹시 남편이 아닙니까? 이 사람은 숨이 끊어진 지 오래되었습니다. 괘상(卦象)에 무덤이 나타나는 것으로 보아 강도를 만나 살해된 것 같습니다."

왕가구의 처가 소리쳐 울며 떠나려고 하자, 양생은 다시 그녀에게 권유했다.

"날이 이미 저물었으니 좋은 날을 가려 맑은 태양이 떴을 때 다시 물어보시면 마땅히 다시 빌어 보겠습니다."

왕가구의 처는 그 말을 진심으로 믿고 다른 날 다시 가서 점을 쳤는데, 전날과 똑같은 점괘가 나왔다. 이에 양생이 말했다.

"신기하군요. 더 이상 희망이 없습니다."

그러면서 말했다.

"큰 소리로 통곡하는 것은 예법이 아니니, 다만 택일해 애도를 표하면서 불상을 그리고 스님에게 공양함으로써 명복을 비십시오."

왕가구의 처는 슬프기도 하고 부끄럽기도 했으며, 양생의 말을 진심이라 생각하고 크고 작은 일을 막론하고 모든 것을 그에게 맡겼다. 양생은 일을 주관해 처리하면서 늘 마음을 다했으며, 한편으로 또 그녀에게 말했다.

"부인은 혼자 살지만 많은 재물을 가지고 있는데, 지금 한창 도적이 활개를 쳐서 몸에 재앙이 닥칠 것이니, 망자에 대한 사랑을 끊고 편안한 삶을 도모하는 것이 마땅합니다."

왕가구의 처가 처음에 그 말을 받아들이지 않자, 양생은 저녁에 몰래 자갈을 던져 그녀를 두려움에 떨게 했고 대낮에는 도적 이야기를 떠벌려서 그녀를 불안하게 만들었으며, 그런 다음에 매파를 보내 그녀를 유혹했다. 왕가구의 처는 양생의 뜻을 좋게 여겨 마침내 그에게 시집가기로 허락했다. 미 : 생쥐가 소를 갉아 먹어도 소는 알지 못한다. 양생은 마침내 많은 재산을 차지했다. 또 한 달이 지나자 양생은 옛 재산을 모두 팔아 치운 뒤 왕가구의 처를 데리고 낙거(樂渠)의 북쪽에 거처를 정했다. 이듬해에 서주(徐州)가 평정되어 천하에 전쟁이 그치자, 조정에서 조서를 내려 도적의 수괴를 사로잡는 것 이외에 그들에게 협조한 자들은 모두 죄를 묻지 않고 용서해 주었고, 통행증을 주어 증표로 삼아 고향으로 돌아가도록 놓아주게 했다. 왕가구는 머리를 깎이고 벌거벗겨

진 채로 고향으로 돌아왔는데, 파리하게 야윈 몸에 옴투성이인 채로 길에서 걸식했다. 고향에 도착해서 집을 찾아갔더니 이미 주인이 바뀌어 있었다. 또 여러 방면으로 처를 수소문했지만 그녀가 있는 곳을 알지 못했다. 왕가구는 추위와 배고픔에 시달리며 길을 따라가면서 슬피 울부짖었다. 나중에 왕가구의 사정을 알게 된 사람이 그의 처가 새로 이사한 곳을 가르쳐 주었다. 왕가구는 처와 양생이 문에 있는 것을 보고 다가가 인사하며 아는 체하려고 했는데, 오히려 양생이 그에게 욕하며 막대기로 때렸다. 왕가구는 억울함을 가누지 못해 관아에 고소했다. 법사(法司: 사건 심리를 맡은 관리)가 사건을 조사했지만 양생은 이미 뇌물을 써 놓았고 그 처를 증인으로 삼아 결국 왕가구가 없는 말을 지어냈다고 무고했다. 당시 하남윤으로 있던 정장후(正長厚)는 간교함을 판별해 내지 못하고 왕가구에게 무고죄를 씌워 밧줄로 그의 등을 흠씬 때렸다. 왕가구는 원통함과 고통에 사무쳐 거의 죽을 지경이었지만 실낱같은 목숨은 끊어지지 않았다. 낙양윤(洛陽尹: 하남윤)이 바뀐 뒤에 왕가구는 피를 머금고서 신임 관리에게 억울함을 호소했지만, 그 역시 판별해 낼 수 없었다. 이전에 그를 심문했던 관리는 터무니없는 말로 악독함을 자행하면서, 그의 등짝을 찢은 후에 멀리 떨어진 고을로 유배해 심한 노역을 하게 했다. 왕가구는 두 눈에 피눈물을 흘려 눈이 멀 지경이었다. 미: 어찌 살피지 않을 수 있단 말인가? 당시 박릉공(博陵公 : 최갈)은 부윤(府尹)을 그만두고 한가롭게 지내고 있었는데, 그 일의 전말을 다 듣고 있었다. 그런데 하늘이 좋은 기회를 열어 주어 박릉공이 다시 삼천(三川)53) 지역을 다스리게 되었는데, 박릉공은 말을 타고 풍속을 살피던 사흘째 되던 날에 은밀히 명을 내려 부역하는 곳으로 가서 왕가구를 꺼내 데려오게 하고, 다시 관리에게 명해 양건부 일가와 본래 왕가구를 심문했던 관리를 잡아 오게 해서 그들의 목에 모두 형구를 씌웠다. 또한 왕가구에게 집안의 가락지나 노리개 같은 패물을 암기해 적게 했는데, 남아 있던 것이 여전히 많았다. 왕가구를 심문했던 관리가 뇌물을 받은 추악한 행적을 명백히 밝혀내, 그 옆구리를 채찍으로 때리고 다시 등에서 피가 나도록 매질한 뒤에 머리카락을 뽑고 다리를 분질러 한 구덩이에 함께 묻었다. 협 : 마음이 통쾌하다! 또한 그들의 가산을 몰수해 직접 왕가구에게 넘겨주었다. 미 : 세상에 박릉공과 같은 사람이 없어서 담당 관리가 사람을 억울하게 한 일이 오래되었으니 한탄스럽도다! 당시 달이 필수(畢宿)54)에서 벗어나 날씨가 차갑고 구름까지

---

53) 삼천(三川) : 낙양 부근에 있는 하수(河水) · 낙수(洛水) · 이수(伊水)를 말한다.
54) 필수(畢宿) : 28수(宿) 가운데 하나. 옛날에는 달이 필수에서 벗어나면 며칠 동안 비가 내리고 날씨가 추워진다고 여겼다.

짙게 끼었는데, 그 사건을 판결하는 날에 태양이 환하게 빛나자 사람들이 한길로 몰려나와 서로 축하했으며 눈물을 흘리는 자도 있었다.

崔碣任河南尹, 懲奸剪暴, 爲天下吏師. 先是有賈客王可久者, 膏腴之室. 歲鬻茗於江湖間, 常獲豐利而歸. 是年, 又笈賄適楚, 始返楫於彭門, 値龐勛作亂, 阱於寇域, 逾期不歸. 有妻美少, 且寡戚屬, 常善價募人, 訪於賊境之四裔, 竟無究其跡者. 或曰: "已戕於盜矣." 洛城有楊乾夫者善卜, 妻晨持一縑, 決疑於彼. 楊生素熟其事, 且利其財色, 思以計中之. 乃爲端蓍虔祝, 旣兆, 則曰: "所憂豈非伉儷耶? 是人絶氣久矣. 象見墳墓矣, 遇劫殺與身並矣." 妻號咷將去, 卽又勉之曰: "陽烏已晩, 幸擇良晨, 淸旭更問, 當爲再祝." 妻誠信之, 他日復往布算, 宛得前卦. 乃曰: "神也異也. 無復望也." 仍言: "號慟非所以成禮者, 第擇日擧哀, 繪佛飯僧, 以資冥福." 妻且悲且愧, 以爲誠言, 無巨細事, 一以託之. 楊生主辦, 雅竭其志, 則又謂曰: "婦人煢獨而衷財賄, 寇盜方熾, 身之災也, 宜割愛以謀安適." 妻初不納, 夕則飛礫以懼之, 晝則聲寇以危之, 次則役媒以餌之. 妻多楊之義, 遂許嫁焉. 眉: 鼷鼠食牛而牛不知. 楊生遂雄據厚産. 又逾月, 皆貨舊業, 挈妻卜居樂渠之北. 明年, 徐州平, 天下洗兵, 詔大憝就擒外, 脅從者宥而不問, 給篆爲信, 縱歸田里. 可久髡髽而返, 瘠瘁疥穢, 丐食於路. 至則訪其廬舍, 已易主矣. 曲訊妻室, 不知其所. 展轉饑寒, 循路哀叫. 漸有人知者, 因指其新居. 見妻及楊在門, 欲爲揖認, 則訶杖詬辱. 不堪其冤, 訴於公府. 及法司按劾, 楊生賄賂已行, 取證於妻, 遂誣其妄. 時屬尹正長厚不能辨奸, 以誣罪加之, 痛繩其背. 可久冤楚相縈, 殆將溘盡, 命絲未絶. 洛尹改更, 則銜血贄寃於新政, 亦不能辨. 前所鞫吏, 得以肆其毒於簧言, 則又裂膞, 配邑之遏者, 隸執重役. 可久雙眥流血, 兩目枯焉. 眉: 豈可不察? 時博陵公罷尹燕居, 備聆始卒. 天啓良便, 再領三川, 攬轡觀風之三日, 潛命就役所, 出可久以至, 乃敕吏掩乾夫一家, 枲素鞫脣, 同桎其頸. 且命可久暗籍家之服玩物, 所存尙夥. 而鞫吏賄賂醜迹昭焉, 旣捶其脅, 復血其背, 然後擢髮折足, 同瘞一坎. 夾: 快心! 收錄家産, 手授可久. 眉: 世無博陵公, 而有司之寃人也久矣, 嗟哉! 時離畢作冷, 衣雲復鬱, 斷獄之日, 陽輪洞開, 通逵相慶, 有出涕者.

* 이 고사는《태평광기》권172〈정찰·최갈〉에 실려 있다.

23-6(0554) 장초금

장초금(張楚金)

출《조야첨재》

[당나라] 수공(垂拱) 연간(685~688)에 측천무후(則天武后)가 집정하자 날조된 사건들이 일어났다. 호주좌사(湖州佐史) 강침(江琛)은 자사(刺史) 배광(裴光)이 쓴 공문서를 가져다 글자를 잘라 내고 합쳐서 다른 문장을 만든 뒤, 그가 서경업(徐敬業)에게 보낸 모반 서신이라고 날조해 고발했다. 조정에서 파견한 차사(差使)가 배광을 심문했는데, 글씨체는 배광의 글씨였지만 문장은 배광의 어투가 아니라는 의심이 들었다. 계속해서 세 명의 차사가 그를 심문했지만 판결할 수 없었다. 미 : 이런 의심을 할 수 있으니 오히려 명찰한 관리다. 배광이 살아날 기회는 오로지 여기에 있다. 그래서 사건을 잘 심리해 사실을 정확히 밝혀낼 사람을 추천하라는 칙명이 내려지자 모두들 말했다.

"장초금(張楚金)이면 할 수 있습니다."

그래서 그에게 사건을 맡겼다. 장초금은 근심하고 고민하면서 서쪽 창가에 드러누워 있다가, 해를 향해 그 서신을 살펴보았더니 글자가 덧붙여 만들어진 것 같았는데, 그냥 봤을 때는 알아차리지 못했다. 그래서 장초금은 주부(州府)

의 관원들을 소집하고 한 동이의 물을 가져오게 해서 강침에게 그 서신을 물속에 던지라고 했는데, 서신의 글자가 하나하나 분리되자 강침은 머리를 조아리며 죄를 인정했다. 측천무후는 칙명을 내려 강침을 곤장 100대에 처한 후에 참수하게 했으며, 장초금에게는 명주 비단 100필을 상으로 주었다.

垂拱年, 則天監國, 羅織事起. 湖州佐史江琛取刺史裴光判書, 割字合成文理, 詐爲徐敬業反書以告. 差使推光, 款書是光書, 疑語非光語. 前後三使推, 不能決. 眉 : 能存此疑, 尙是察吏. 光之生機全在此. 敕令差能推事人勘當取實, 僉曰 : "張楚金可." 乃使之. 楚金憂悶, 仰臥西窗, 向日看之, 字似補作, 平看則不覺. 令喚州官集, 索一甕水, 令琛投書於水中, 字一一解散, 琛叩頭伏罪. 敕令決一百, 然後斬之, 賞楚金絹百匹.

* 이 고사는 《태평광기》 권171 〈정찰 · 장초금〉에 실려 있다.

23-7(0555) 동행성과 장작
동행성 · 장작(董行成 · 張鷟)
출《조야첨재》

회주(懷州) 하내현(河內縣)의 동행성은 도둑을 잡는 계책에 뛰어났다. 어떤 사람이 하양(河陽)의 장점(長店)에서 길손의 나귀 한 마리와 가죽 부대를 훔쳐서 날이 밝을 무렵에 회주에 도착했다. 그때 동행성이 길에서 그를 보고 꾸짖으며 말했다.

"도둑놈은 멈춰라!"

도둑은 즉시 나귀에서 내려와 죄를 자백했다. 사람들이 동행성에게 물었다.

"어떻게 그 사실을 알았습니까?"

동행성이 말했다.

"이 나귀는 급하게 가고 땀을 흘리니 먼 길을 가는 것이 아니고, 이자는 사람을 보면 고삐를 당겨 멀리 비껴가니 두려운 것이오. 이러한 정황으로 알게 되었소."

그리고는 도둑을 붙잡아 현으로 압송했다. 잠시 후 나귀 주인이 뒤쫓아 왔는데, 모든 것이 그가 말한 대로였다.

장작이 하양현위(河陽縣尉)로 있을 때, 어떤 길손이 고삐가 끊어진 나귀를 안장과 함께 잃어버렸는데, 사흘 동안 수소문했으나 찾지 못해 현에 신고했다. 장작이 급박하게 추적 조사하자, 도둑은 밤에 나귀만 풀어 주고 5000냥의 값이 나가는 안장은 숨겨 놓았다. 장작이 말했다.

"이 일은 가히 알 만하다."

그러고는 나귀의 굴레를 벗겨 놓아주게 했더니, 나귀가 이전에 꼴을 먹었던 곳으로 향했다. 장작이 그 집을 수색하게 했더니, 풀 더미 아래에서 그 안장을 찾았다.

懷州河內縣董行成能策賊. 有一人從河陽長店盜行人驢一頭幷皮袋, 天欲曉, 至懷州. 行成至街中見之, 叱曰 : "個賊住!" 卽下驢來, 遂承伏. 人問 : "何以知之?" 行成曰 : "此驢行急而汗, 非長行也, 見人則引繮遠過, 怯也. 以此知之." 捉送縣. 有頃, 驢主踪至, 皆如其言.

張鷟爲河陽縣尉日, 有一客驢繮斷, 幷鞍失, 三日訪不獲, 告縣. 鷟推勘急, 夜放驢出而藏其鞍, 可直五千錢. 鷟曰 : "此可知也." 令將却籠頭放之, 驢向舊喂處. 鷟令搜其家, 其鞍於草積下得之.

* 이 고사는 《태평광기》 권171 〈정찰·동행성〉과 〈장작〉에 실려 있다.

23-8(0556) 소무명

소무명(蘇無名)

출《기문》

[당나라] 측천무후(則天武后) 때 일찍이 태평 공주(太平公主)에게 진귀한 기물과 보물을 두 찬합 가득 하사했는데, 그 값이 황금 1000일(鎰 : 1일은 20냥 또는 24냥)이나 되었다. 태평 공주는 그것을 장롱 속에 잘 넣어 두었는데 1년이 지난 뒤에 꺼내 보았더니 모두 도적이 훔쳐 가고 없었다. 태평 공주가 그 사실을 아뢰었더니 측천무후는 대노하며 낙주 장사(洛州長史)를 불러들여 말했다.

"사흘 안에 도적을 잡지 못하면 사형에 처하겠다."

장사는 두려워하며 두 현(縣)55)의 주도관(主盜官 : 도적 체포를 주관하는 관리)에게 말했다.

"이틀 안에 도적을 잡지 못하면 사형에 처할 것이다."

그러자 현위(縣尉)는 다시 아졸(衙卒)과 유요(遊徼)56)에

---

55) 두 현(縣) : 낙주(洛州)에 속한 하남현(河南縣)과 낙양현(洛陽縣)을 말한다.
56) 유요(遊徼) : 도적 체포와 순찰을 담당하는 말단 관리로 품급(品級)이 없었다.

게 말했다.

"하루 안에 반드시 도적을 사로잡아야 하니 만약 사로잡지 못하면 너희가 먼저 죽게 될 것이다." 미 : 하명에 대한 보고를 다그치면 억울함이 여기에서 시작된다.

아졸과 유요는 두려웠지만 아무리 생각해도 방법이 없었다. 그러다가 그들은 큰길에서 호주별가(湖州別駕) 소무명을 만나 함께 그를 모시고 현으로 갔다. 유요가 현위에게 아뢰었다.

"보물을 훔친 도적을 붙잡아 왔습니다."

그때 소무명이 급히 나아가 계단에 이르자, 현위가 그를 맞이하며 어찌 된 영문인지 물었더니 소무명이 말했다.

"저는 호주별가인데 입계(入計)[57]하러 이곳에 왔습니다."

현위가 아졸을 불러 호통쳤다.

"어찌하여 터무니없이 별가를 모욕하느냐?"

그러자 소무명이 웃으며 말했다.

"당신은 화내지 마십시오. 아졸에게도 그렇게 한 이유가 있습니다. 제가 관직을 역임한 곳에서는 제가 숨은 도적을

---

57) 입계(入計) : 각 주(州)에서 매년 4~6월 사이에 해당 지역의 재정 통계를 내서 연말이나 그 이듬해 초에 상경해 상서성(尚書省)에 보고하는 일을 말한다.

잘 잡아낸다는 명성이 있습니다. 매번 도적이 제 앞에 오기만 하면 도망칠 수가 없습니다. 이 사람들도 분명 이전부터 그런 소문을 들었기 때문에 저를 데려와서 곤경을 해결하길 바란 것입니다."

현위가 기뻐하며 소무명에게 방도를 청해 묻자 소무명이 말했다.

"당신과 함께 주부(州府)로 가면 당신이 먼저 들어가 장사께 아뢰십시오."

현위가 그 연유를 장사에게 아뢰자 장사는 크게 기뻐하며 계단을 내려와 소무명의 손을 부여잡고 말했다.

"오늘 공을 만나게 된 것은 내 목숨을 살려 주는 것과 같습니다."

그러면서 그 방도를 청하자 소무명이 말했다.

"당신과 함께 폐하를 알현하길 청해 옥계(玉階: 어전을 뜻함)에 서게 되면 그 방도를 말씀드리겠습니다."

그래서 측천무후가 소무명을 불러들여 말했다.

"경은 도적을 잡을 수 있는가?"

소무명이 말했다.

"만약 신에게 도적 체포의 일을 맡기신다면 기일을 한정하지 마십시오. 또한 부(府)와 현(縣)에도 다그치지 말고 추적을 중단하라 명하십시오. 그리고 두 현의 도적 체포 담당 아졸들을 모두 신에게 넘겨주십시오. 신이 폐하를 위해 도적을 체포하는 것은 수십 일을 넘기지 않을 것입니다." 미 : 오묘하도다!

측천무후는 그렇게 하겠다고 허락했다. 그러자 소무명은 아졸들에게 분부하며 도적 추적을 한 달 남짓 늦추게 했다. 한식날이 되었을 때 소무명은 아졸들을 모두 불러 약속했다.

"10명 또는 다섯 명씩 한 패를 이루어 동문과 북문에서 감시하고 있다가, 호인(胡人) 무리 10여 명이 모두 상복을 입고 서로 따라 북망산(北邙山)으로 나가는 것이 보이면, 그들의 뒤를 추적하고 나에게 보고하라."

아졸들이 감시하고 있었더니 과연 호인들이 나타났기에 급히 달려가 소무명에게 보고했다. 소무명이 감시병에게 물었다.

"호인들이 어떻게 하더냐?"

감시병이 말했다.

"호인들이 어떤 새로운 무덤에 가서 제사 음식을 차려 놓았는데 곡을 하면서도 슬퍼하지는 않았습니다. 또한 제사 음식을 거두고는 곧장 무덤 주위를 돌면서 서로 보며 웃었습니다."

소무명이 기뻐하며 말했다.

"이제 잡았다!"

그러고는 아졸들에게 호인들을 모두 체포하게 하고 그

무덤을 파게 했다. 무덤을 파헤친 뒤 관을 부수고 보았더니 잃어버린 보물이 관 속에 모두 있었다. 이 일을 상주했더니 측천무후가 소무명에게 물었다.

"경은 무슨 남다른 재능과 지혜를 지녔기에 이 도적을 잡았는가?"

소무명이 대답했다.

"신은 별다른 계책이 있는 게 아니라 단지 도적의 습성을 잘 알고 있을 뿐입니다. 신이 도성에 도착한 날은 바로 그 호인들이 출상(出喪)하던 때였습니다. 신은 그들을 보자마자 도적이라는 것을 알았지만 훔친 물건을 묻어 둔 곳은 알지 못했습니다. 오늘은 성묘하러 가는 한식날이므로 그들이 틀림없이 성을 나갈 것이라고 생각했기에 그들이 가는 곳을 추적해 그 무덤을 알아낼 수 있었습니다. 도적들이 제사 음식을 차려 놓고 곡을 하면서도 슬퍼하지 않은 것은 묻은 것이 사람이 아님이 분명하며, 제사를 마치고 나서 무덤을 돌면서 서로 보며 웃은 것은 무덤이 손상되지 않음을 기뻐한 것입니다. 이전에 만약 폐하께서 부와 현에 도적을 잡아들이라고 급하게 재촉하셨더라면, 이 도적들은 다급하다고 생각해 틀림없이 훔친 물건을 가지고 도망쳤을 것입니다. 그러나 근자에 더 이상 추적하지 않자 그들은 자연히 마음이 느긋해져서 훔친 물건을 가지고 떠나지 않았던 것입니다."

미 : 이는 배진공[裵晉公 : 배도(裵度)]이 관인(官印) 찾는 일을 늦춘

것58)과 같은 계책이다.

측천무후가 말했다.

"훌륭하도다!"

그러고는 그에게 황금과 비단을 하사하고 관직을 두 품급(品級) 올려 주었다.

天后時, 嘗賜太平公主細器寶物兩食合, 所直黃金千鎰. 公主納之藏中, 歲餘取之, 盡爲盜所竊矣. 公主言之, 天后大怒, 召洛州長史謂曰:"三日不得盜, 罪死." 長史懼, 謂兩縣主盜官曰:"兩日不得賊, 死." 尉謂吏卒·遊徼曰:"一日必擒之, 擒不得, 先死." 眉:急於報命, 寃始此矣. 吏卒·遊徼懼, 計無所出. 衢中遇湖州別駕蘇無名, 相與請之至縣. 遊徼白尉:"得盜物者來矣." 無名邊進至階, 尉迎問故, 無名曰:"吾湖州別駕也, 入計在茲." 尉呼吏卒:"何誣辱別駕?" 無名笑曰:"君無怒, 吏卒抑有由也. 無名歷官所在, 擒奸摘伏有名. 每偸至無名前, 無得過者. 此輩應先聞, 故將來, 庶解圍耳." 尉喜, 請其方, 無名曰:"與君至府, 君可先入白之." 尉白其故, 長史大悅, 降階執其手曰:"今日遇公, 却賜吾命." 遂請其由, 無名曰:"請與君求對玉階, 乃言之." 於是天后召之, 謂曰:"卿得賊乎?" 無名曰:"若委臣取賊, 無拘日月. 且寬府縣, 令不追求. 仍以兩縣擒盜吏卒, 盡以付臣. 臣爲陛下

---

58) 배진공[裵晉公]이 관인(官印) 찾는 일을 늦춘 것:《태평광기》권177〈기량·배도(裵度)〉에 이 고사가 실려 있다.

2115

取之, 亦不出數十日耳." 眉 : 妙哉! 天后許之. 無名戒使卒, 緩賊月餘. 値寒食, 無名盡召吏卒, 約曰 : "十人五人爲侶, 於東門北門伺之, 見有胡人與黨十餘, 皆衣縗絰, 相隨出赴北邙者, 可踵之而報." 吏卒伺之, 果得, 馳白無名. 問伺者 : "諸胡何若?" 伺者曰 : "胡至一新冢設奠, 哭而不哀. 徹奠, 卽巡行冢旁, 相視而笑." 無名喜曰 : "得之矣!" 因使吏卒盡執諸胡, 而發其冢. 冢開, 割棺視之, 棺中盡寶物也. 奏之, 天后問無名 : "卿何才智過人, 而得此盜?" 對曰 : "臣非有他計, 但識盜耳. 當臣到都之日, 卽此胡出葬之時. 臣一見, 卽知是偸, 但不知其葬物處. 今寒節拜掃, 計必出城, 尋其所之, 足知其墓. 賊旣設奠而哭不哀, 明所葬非人也, 奠而哭畢, 巡冢相視而笑, 喜墓無損傷也. 向若陛下迫促府縣捕賊, 計急, 必取之而逃. 今者更不追求, 自然意緩, 故未將出." 眉 : 此與裴晉公緩於覓巾¹同機括. 天后曰 : "善!" 賜金帛, 加秩二等.

* 이 고사는 《태평광기》 권171 〈정찰·소무명〉에 실려 있다.

1 건(巾) : "인(印)"의 오기로 보인다. 《태평광기》 권177 〈기량·배도(裴度)〉의 고사에 따르면, 배도가 중서령(中書令)으로 있을 때 관인을 잃어버렸는데, 그 범인 수색을 늦추었더니 며칠 뒤에 관인이 되돌아왔다고 한다. 그 밖에 두건과 관련한 고사는 보이지 않는다.

23-9(0557) 원자

원자(袁滋)

견국공(汧國公) 이면(李勉)이 봉상부(鳳翔府)를 다스리고 있을 때, 관할 현읍(縣邑)의 백성이 밭에서 김을 매다가 말발굽 모양의 황금이 들어 있는 항아리 하나를 발견해서 현청(縣廳)으로 보내자, 현청에서는 공문서를 작성해 그것을 주부(州府)에 갖다 놓을 작정이었다. 현령은 그 보물을 얻은 것을 기뻐하며 그 일을 자신의 뛰어난 공적으로 삼으려 했는데, 관아의 창고 관리가 단단히 지키지 못할까 봐 걱정해 자신의 거처에 두도록 했다. 그러나 이틀 뒤에 관리들과 함께 그 항아리를 다시 열어 보았더니, 황금이 모두 흙덩이로 변해 있었다. 황금이 들어 있는 항아리를 땅에서 꺼냈을 때 마을 사람과 관리들이 모두 와서 확인했는데, 이제 와서 갑자기 흙덩이로 변해 버렸으니 크게 놀라 장계를 올려 부주(府主)에게 보고했다. 논자들이 모두 말했다.

"현령이 간교한 계책으로 바꿔치기한 것이다."

마침내 상부에서 이조(理曹 : 형부)의 관원과 군졸 몇 사람을 파견해 그 사건을 심문하게 했다. 현령은 심문받으면서 너무 심한 모욕을 당하자, 마침내 황금을 바꿔치기했다고 죄를 시인했다. 관원은 현령의 진술서와 서명까지 모두 받았지만 황금을 숨겼거나 사용한 곳은 밝혀내지 못하자, 현령의 노복들을 잡아들였더니 자신들은 억울하다고 분분하게 떠들었다. 견국공이 연회에 참석해서 술잔을 들고 그 사건을 언급하자, 그 자리에 있던 빈객들이 모두 그 사건을 농담 삼아 얘기했다. 협 : 아첨 떠는 소인들이다. 미 : 황금을 숨기는 것이 선물꾸러미를 포장하는 것도 아니고 또 그 사실이 이미 주부(州府)에 알려졌으니 필시 몽땅 착복한 것도 아니다. 이런 이치는 쉽게 알 수 있는데도 견국공은 어찌 그리 사리에 어두운가! 당시 상국(相國) 원자도 그 자리에 있었는데, 고개를 숙인 채 아무 말도 하지 않자 이 공(李公 : 이면)이 그를 서너 번 쳐다보다가 말했다.

"그 현령이 혹시 판관(判官 : 원자)의 친척이 아니오?"

원 상(袁相 : 원자)이 말했다.

"그와는 전혀 관계가 없습니다."

이 공이 말했다.

"그런데 그의 죄상을 듣고 어찌하여 몹시 언짢아하는 것이오?"

원 상이 말했다.

"이 사건은 아직 완전히 해결되지 않은 것이라고 깊이 의심하고 있으니, 다시 철저히 조사하시길 공께 청합니다."

견국공이 말했다.

"황금을 바꿔치기한 죄상이 너무나 명백한데 아직 해결

되지 않았다고 말한다면 틀림없이 다른 소견이 있다는 뜻이니, 판관이 아니면 그 사건의 진위를 밝혀낼 수 없을 것이오."

원 상이 말했다.

"그렇게 하겠습니다."

원자는 피의자들을 주부(州府)로 이감해 다시 심문했다. 원자가 문제의 항아리 속을 살펴보게 했더니 250여 개의 흙덩이가 나왔는데, 그것을 처음 캐낸 사람에게 물었더니 흙덩이의 수량과 모양이 처음 황금을 캐낼 때와 일치한다고 했다. 협: 모양을 바꾸는 것은 쉽지 않다. 그래서 시장의 여러 가게에서 황금을 거두어 그 흙덩이의 모양과 똑같게 주조했다. 금괴가 모두 완성되자, 처음 그 절반만 달아 보았는데도 이미 300근이나 되었다. 처음에 황금을 메고 간 일꾼을 수소문했더니, 바로 농부 두 명이 대나무 장대로 현청까지 메고 갔다는 것이었다. 황금의 대강 수량만 헤아려 봐도 도저히 두 명이 대나무 장대로 들어 올릴 수 없었으므로, 처음 현청으로 옮길 때 황금이 이미 흙덩이로 변해 있었다는 사실이 분명했다. 이에 여러 의심이 한꺼번에 풀렸고, 현령도 마침내 누명을 깨끗이 씻게 되었다. 견국공은 탄복해 마지않았다.

李汧公勉鎭鳳翔, 有屬邑民因耨田得馬蹄金一甕, 送於縣署, 公牒將置府庭. 宰邑喜獲茲寶, 欲自以爲殊績, 慮公藏主守不嚴, 因置私室. 信宿, 與官吏重開視之, 則皆爲塊矣. 甕金出土之際, 鄕社悉來觀驗, 遽爲變更, 靡驚駭, 以狀聞於府主. 議者僉云:"邑宰奸計換之." 遂遣理曹掾與軍吏數人, 就鞫其案. 詰辱旣甚, 遂以易金伏罪. 詞款具存, 未窮隱用之所, 拘縶僕隸, 紛紜枉撓. 汧公因有宴, 停杯語及斯事, 列坐賓客, 咸共談謔. 夾: 獻諸小人. 眉: 藏金非苞苴比, 且業已聞府, 必非乾沒. 此理易明, 何汧公之昏也! 時袁相國滋亦在幕中, 俯首略無詞對, 李公目之數四, 曰:"宰邑者非判官懿親乎?" 袁相曰:"與之無素." 李公曰:"聞彼之罪, 何不樂甚乎?" 袁相曰:"甚疑此事未了, 便請爲公詳之." 汧公曰:"換金之狀極明, 若言未了, 當別有所見, 非判官莫探情僞." 袁相曰:"諾." 因俾移獄於府中案問. 乃令閱甕間, 得二百五十餘塊, 詰其初獲者, 卽本質存焉. 夾: 模換不易. 遂於列肆索金, 鎔寫與塊形相等. 旣成, 始秤其半, 已及三百斤矣. 詢其負擔人力, 乃二農夫以竹舁至縣境. 計其金大數, 非二人以竹擔可擧, 明其卽路之時, 金已化爲土矣. 於是群疑大豁, 宰邑者遂獲淸雪. 汧公歎伏無已.

* 이 고사는《태평광기》권171〈정찰·원자〉에 실려 있다.

23-10(0558) 이덕유

이덕유(李德裕)

출《계원총담(桂苑叢談)》

이덕유가 조정을 나와 절우(浙右) 지방을 진수하고 있을 때 감로사(甘露寺)의 한 주지승이 있었는데, 그가 건네받은 사원의 기물 중에서 황금 약간 냥을 빼돌렸다고 전임 주지승에게 고소당했다. 이에 전임 주지승 몇 명을 증인으로 불러들였는데, 모두 교체될 때 넘겨준 문서를 가지고 있었으며 황금의 양이 분명히 적혀 있고 여러 사람의 말이 모두 일치했다. 심문을 하고 옥사가 성립되자 신임 주지승은 자신의 죄를 인정했지만, 그 물건의 사용처는 알 수 없었다. 혹자는 중이 승려의 수행에 구애받지 않고 재물을 함부로 사용했다고 여겼기에, 신임 주지승은 자신의 억울한 사정을 하소연할 길이 없어서 그저 죽기만을 기다렸다. 어느 날 아침에 법을 집행하던 중에 이 공(李公 : 이덕유)이 무언가 미진하다고 생각해서 자신의 생각을 넌지시 말했더니, 신임 주지승이 사실대로 얘기해 주었다.

"절에 사는 스님들은 지사(知事 : 주지)가 되기를 좋아하는데, 전후로 이를 맡은 스님들은 여러 해 동안 황금의 양을 적은 문서를 비워 두었으며 사실 황금은 없습니다. 그들은 제가 혼자 지내면서 자신들과 어울리지 않는다고 해서 이번 기회를 이용해 저를 밀쳐 내려고 합니다."

그러면서 눈물을 흘리며 억울함을 가누지 못하자, 이 공이 측은해하며 말했다.

"그것은 정말로 어려운 일이 아니오."

이 공이 잠깐 있다가 말했다.

"내가 해결할 수 있소!"

이 공은 곧장 두자(兜子: 의자만 있는 가마) 몇 대를 가져오라 재촉하고 관련 스님들을 불러 대질하게 했다. 이 공은 그들을 두자에 앉게 하고 발을 내린 뒤에 문 쪽을 향하게 해서 서로 보지 못하게 했다. 그러고는 황토를 가져오게 해서 각자에게 전후로 건네주었을 때의 황금 모양을 만들게 해서 이를 증거로 삼았다. 스님들은 애초에 황금의 형태를 몰랐기 때문에 결국 모양을 만들지 못했다. 미: 정말 절묘하도다! 공이 화를 내며 전임 주지승 몇 명을 심문하게 했더니 모두 하나하나 죄를 인정했다. 그들에게 배척받은 신임 주지승은 마침내 억울함을 깨끗하게 씻었다.

李德裕出鎭浙右日, 有甘露寺主事僧, 訴交代得常住什物, 被前主事僧隱用金若干兩. 引證前數輩, 皆有遞相交割傳領文籍, 分兩分明, 衆詞皆一. 鞫成具獄, 伏罪, 然未窮破用之所. 或以僧人不拘僧行而費之, 以無理可伸, 甘之死地. 一旦引憲之際, 公疑其未盡, 微以意揣之, 乃具實以聞曰: "居寺者樂於知事, 前後主之者, 積年已來, 空放分兩文書, 其實無金矣. 群衆以某孤立, 不洽輩流, 欲乘此擠排之." 流涕不勝其寃, 公惻然曰：" 此固非難也." 俯仰之間曰：" 吾得之矣!" 乃立促召兜子數乘, 命關連僧人對事. 咸遣坐兜子, 下簾子畢, 指住門, 不令相見. 命取黃泥, 各令模前後交付下次金物, 以憑證據. 僧旣不知形段, 竟模不成. 眉：妙甚! 公怒, 令劾前數輩等, 皆一一伏罪. 其所排者, 遂獲淸雪.

* 이 고사는《태평광기》권172〈정찰·이덕유〉에 실려 있다.

23-11(0559) 이이간

이이간(李夷簡)

출《국사보》

재상 이이간은 아직 급제하지 못했을 때 정현승(鄭縣丞)으로 있었다. 경군(涇軍)의 난59)이 일어나자, 한 사신이 나귀를 몰아 아주 급히 동쪽으로 달려갔다. 이이간이 주부(州府)로 들어가서 자사에게 아뢰었다.

"도성에 변고가 일어났다고 들었는데, 이 사신은 틀림없이 조정의 명을 받은 자가 아닐 것이니 붙잡아서 물어보시길 청합니다."

과연 그 사람은 주차(朱泚)가 주도(朱滔)에게 보낸 사신이었다.

李相夷簡未登第時, 爲鄭縣丞. 涇軍之亂, 有使走驢東去甚急. 夷簡入白刺史曰 : "聞京城有故, 此使必非朝命, 請執問之." 果朱泚使於朱滔者.

* 이 고사는 《태평광기》 권172 〈정찰·이이간〉에 실려 있다.

59) 경군(涇軍)의 난 : 당나라 덕종(德宗) 건중(建中) 4년(783)에 경원절도사(涇原節度使)로 있던 주차(朱泚)가 일으킨 난.

23-12(0560) 유태

유태(劉蛻)

출《당궐사》

    배휴(裴休)는 옛것을 숭상하고 기이한 것을 좋아했다. 그가 황제의 조서를 관장하고 있을 때, 한 친척이 곡부현(曲阜縣)의 읍재(邑宰 : 현령)로 임명되었다. 그곳의 농부가 밭을 개간하다가 앙(盎 : 동이)이라고 하는 옛날 기물을 얻었는데, 그 동이는 배가 세 말 정도 들어갈 크기였고 얕은 목에 낮은 다리, 그림쇠 모양의 주둥이에 곱자 모양의 귀를 하고 있었으며 소박하고 예스러웠다. 좀과 흙덩이를 깨끗이 씻어 내고 다시 광이 나도록 문지르고 나서 보았더니, 동이의 허리 부분에 옛 전서(篆書) 아홉 글자가 희미하게 드러났다. 그러나 곡부의 읍재는 그것을 판별할 수 없었다. 연주(兗州)에 노씨(魯氏) 성을 가진 어떤 서생이 있었는데 팔체서(八體書)60)에 능했기에, 읍재가 그를 현읍으로 불러들여 동이를 꺼내 보여 주었더니 그가 말했다.

---

60) 팔체서(八體書) : 진(秦)나라 때에 있었던 여덟 가지 서체(書體)로, 대전(大篆)·소전(小篆)·각부(刻符)·충서(蟲書)·모인(摹印)·서서(署書)·수서(殳書)·예서(隸書)를 말한다.

"이것은 대전(大篆)으로 오늘날 통행되는 글자는 아니지만 제가 일찍이 배운 적이 있습니다. 이 아홉 글자는 바로 '제환공회어규구세주(齊桓公會於葵丘歲鑄 : 제나라 환공이 규구에서 회맹한 해에 주조하다)'입니다."

읍재가 그 말을 크게 기이해하면서 전서를 가져다 확인해 보았더니 정말로 그런 자체(字體)가 있었다. 읍재는 동이를 수레에 실어 하동공(河東公 : 하동절도사 배휴)의 집으로 보냈다. 하동공은 《인경(麟經 : 춘추)》[61] 때의 물건이라 여기고 종결(鍾玦)[62]과 고정(郜鼎)[63]처럼 보배롭게 여겼다. 하동공은 조서의 초안을 살펴보고 나서 틈이 날 때면 교분이 깊은 친구들을 불러들여 그 동이를 보여 주곤 했기 때문에 도성에서 지극한 보물로 소문나게 되었다. 배 공(裵公 : 배휴)이 나중에 소종백(小宗伯 : 예부시랑)으로서 지공거(知貢擧)가 되었을 때, 문생(門生) 중에서 그 동이 보물을 보여 달라고 청한 자가 있었다. 그래서 배 공이 어느 날 음식을

---

61) 《인경(麟經)》: 《춘추(春秋)》의 별칭. 《인사(麟史)》라고도 한다. 《춘추》가 "애공십사년춘(哀公十四年春), 서수획린(西狩獲麟)"의 구절로 끝난 데서 유래했다.

62) 종결(鍾玦) : 종산(鍾山)에서 나는 패옥. 종산은 곤륜산(崑崙山)을 말한다.

63) 고정(郜鼎) : 춘추 시대 고국(郜國)의 대정(大鼎).

차려 놓고 문하의 제자들을 불러 모아 뜰에서 동이를 꺼내 보여 주었더니, 모두들 동이에서 떨어져 빙 둘러선 채로 구경하면서 번갈아 가며 훌륭하다고 칭송했다. 그런데 중서사인(中書舍人) 유태(劉蛻)만은 그 동이가 근세에 위조된 물건이라고 여겼다. 그러자 배 공이 불쾌해하면서 말했다.

"근거가 있는가?"

자미[紫微 : 자미사인(紫微舍人 : 중서사인) 유태]가 말했다.

"저는 어려서부터 좌구명(左丘明)의 책[《춘추좌전(春秋左傳)》]을 깊이 공부했습니다. 그것에 따르면 환공(桓公)이 아홉 번 제후들을 규합했는데, 규구의 모임은 여덟 번째 회맹이었습니다. 또한 《예경(禮經)》에 따르면, 제후들이 5월에 환공을 장사 지내자 동맹국들이 이르렀으며, 장사를 지내고 나서 돌아와 우제(虞祭)[64]를 지냈고 우제를 지낸 후에 졸곡(卒哭)[65]했으며 졸곡한 후에 시호를 정했다고 되어 있습니다. 이로 보아 규구에서의 회맹은 실제로 환공이 살아

---

64) 우제(虞祭) : 장사를 지내고 돌아와서 지내는 제사로, 초우(初虞)·재우(再虞)·삼우(三虞)의 총칭.

65) 졸곡(卒哭) : 삼우 뒤에 지내는 제사 이름. '졸곡'은 곡을 마친다는 뜻으로, 졸곡하면 상주가 무시곡(無時哭)을 마치고 조석곡(朝夕哭)만 한다.

있을 때의 일이므로, 그때에는 환공이라는 시호로 칭할 수가 없습니다."

배 공은 멍하니 있다가 사실을 깨닫고서 동이를 깨뜨려 부수게 한 후에 잔을 들어 실컷 술을 마시고 자리를 파했다.

미 : 가짜를 남겨 후세 사람을 미혹하게 하지 않은 것이다.

裴休尙古好奇. 掌綸誥日, 有親表調曲阜宰. 土人墾田, 得古器曰盎, 腹容三斗, 淺項卑足, 規口矩耳, 樸素古醜. 將蠱土壤者, 旣洗滌之, 復磨礱之, 視盎之腰, 隱隱有古篆九字. 曲阜宰不能辯. 兗州有書生姓魯, 能八體書, 召至邑, 出盎示之, 曰 : "此大篆, 非今之所行者, 惟某嘗學之. 是九字曰 : '齊桓公會於葵丘歲鑄.'" 邑宰大奇其說, 及以篆驗, 則字勢存焉. 乃輦至河東公之門. 公以爲《麟經》時物, 寶之猶鍾玦 · 郜鼎也. 視草之暇, 輒引親友之分深者觀之, 以是京華聲爲至寶. 公後以小宗伯掌貢擧, 生徒有以盎寶爲請者. 一日設食, 會門弟子, 出器於庭, 則離立環觀, 迭詞稱美. 獨劉舍人蛻以爲近世僞物. 公不悅曰 : "有說乎?" 紫微曰 : "某幼專丘明之書. 具載桓公九合諸侯, 葵丘之會第八盟. 又按《禮經》, 諸侯五月而葬, 同盟至, 旣葬, 然後反虞, 虞然後卒哭, 卒哭然後定諡. 葵丘之役, 實在生前, 不得以諡稱." 裴公恍然而悟, 命擊碎, 然後擧爵盡飮而罷. 眉 : 不留僞以惑後世.

* 이 고사는《태평광기》권172〈정찰 · 배휴(裴休)〉에 실려 있다.

23-13(0561) 배자운과 조화

배자운 · 조화(裴子雲 · 趙和)

출《조야첨재》출《당궐사》

위주(衛州) 신향현령(新鄕縣令) 배자운은 기묘한 계책을 좋아했다. 관할 지역의 백성 왕경(王敬)이 변경에 수자리를 서러 가면서 암소 여섯 마리를 외삼촌 이진(李進)의 집에 맡겨 두었는데, 외삼촌이 5년간 기르는 사이에 송아지 30마리를 낳았으며 마리당 값이 10관(貫) 이상이었다. 나중에 왕경이 돌아와 소를 돌려 달라고 했더니, 외삼촌은 두 마리가 이미 죽었다고 하면서 늙은 소 네 마리만 돌려주었으며, "나머지는 모두 너의 소가 낳은 것이 아니다"라고 하면서 끝내 돌려주려고 하지 않았다. 왕경은 화가 나서 현에 고발장을 냈다. 배자운은 왕경을 압송해 감옥에 가두게 하고, 소도둑 이진을 추포해 오게 했다. 이진이 두려움에 떨며 현에 도착하자, 배자운이 그를 질책하며 말했다.

"도둑이 너와 함께 소 30마리를 훔쳐서 너의 집에 숨겨 놓았다고 하니 도둑을 불러 대질 심문하겠다."

그러고는 베적삼으로 왕경의 머리를 덮어씌워 남쪽 담 아래에 세워 두었다. 그러자 이진이 다급해서 사실대로 실토했다.

"30마리의 소는 모두 외조카의 암소가 낳은 것이며, 정말로 훔친 것이 아닙니다."

배자운이 베적삼을 벗기게 했더니, 이진은 그가 왕경인 것을 보고 말했다.

"이 사람은 저의 외조카입니다."

배자운이 말했다.

"그렇다면 즉시 그에게 소를 돌려주어라."

이진이 말없이 잠자코 있자 배자운이 말했다.

"5년 동안 소를 기르느라 고생했으니, 몇 마리만 네가 갖고 나머지는 모두 왕경에게 돌려주도록 하라."

온 현의 사람들이 그의 정확하고 명찰함에 탄복했다.

[당나라] 함통(咸通) 연간(860~874) 초에 초주(楚州) 회음현(淮陰縣)의 동쪽 이웃 농가가 있었는데, 집문서를 서쪽 이웃에게 저당 잡히고 1000민(緡 : 1민은 1000냥)을 빌린 뒤 내년에 이자를 계산해서 갚겠다고 계약했다. 약속한 기한이 되자 그는 돈을 준비해 계약서를 찾으러 가서 먼저 800민을 갚고 그저 계약서를 확인만 하고 그대로 두었다. 약속한 이틀날 그는 나머지 돈을 가지고 집문서를 바꾸러 갔다. 그는 이틀 사이이고 또한 오랫동안 알고 지내던 집이란 것만 믿고 800민을 먼저 갚았다는 문서를 요구하지 않았다. 이튿날 나머지 돈을 가지고 갔더니 서쪽 이웃은 돈을 받았다는 사실을 부인했다. 그래서 동쪽 이웃은 현에 호소했지만, 현에

서도 증거가 없다며 억울함을 해결해 주지 않았다. 그는 다시 주부(州府)에 호소했지만 역시 마찬가지였다. 동쪽 이웃은 그 분함을 이기지 못하다가, 강음현령(江陰縣令)으로 있는 천수(天水) 사람 조화가 송사를 잘 판결한다는 소문을 들었다. 그래서 곧장 강을 건너 남쪽으로 가서 조 재(趙宰: 조화)에게 호소했더니 조 재가 말했다.

"현령은 지위가 낮고 또 관할 지역을 벗어나 있으니, 어떤 방법으로 자네의 누명을 풀어 줄 수 있겠는가?"

동쪽 이웃은 원통해 울면서 말했다.

"이곳에서 처리할 수 없다면 스스로 억울함을 씻을 방법이 없습니다!"

조 재가 말했다.

"일단 내 집에 머물러 있으면 방도를 한번 생각해 보겠네."

조 재는 하룻밤 지내고 나서 그를 앞으로 불러 말했다.

"계책이 섰네."

그러고는 도적 체포에 능숙한 포졸 몇 명을 부르더니 공문서를 가지고 회연(淮壖: 회음현)으로 가서 말하게 했다.

"패거리를 지어 강호에서 도적질하는 자들이 있는데, 사건을 조사해 이미 사안이 갖추어졌습니다."

그러면서 같은 악당이 모처에 살고 있다고 말했는데, 그 성명과 모습으로 모두 서쪽 이웃을 지목했으며 그에게 수갑을 채워 이곳으로 압송해 달라고 청했다. 이전부터 이웃 주의 법에 따르면, 칼을 지니고 강을 건넌 사람은 숨겨 줄 수 없었다. 게다가 추포 문서를 가지고 그곳에 갔기 때문에 과연 서쪽 이웃을 사로잡아 올 수 있었다. 그러나 서쪽 이웃은 증거가 없음을 자신하고 그다지 두려워하지 않았다. 조 재가 버럭 소리를 지르며 말했다.

"뜻밖에 너는 밭 갈고 베 짜면서 스스로 살아가는 자인데, 어찌하여 강호에서 도적질을 했느냐?"

죄인(서쪽 이웃)은 크게 소리 지르고 눈물을 흘리며 말했다.

"저는 농사짓는 일개 농부로 일찍이 배를 타 본 적이 없습니다!"

조 재가 또 말했다.

"증언이 아주 많고 성명도 틀림이 없으니, 혹 거짓을 말하며 완강히 버틴다면 네 살갗을 피로 물들여서라도 사실을 밝혀내겠다."

죄인이 크게 두려워하며 피가 날 때까지 머리를 찧었는데, 마치 그 억울함을 이겨 내지 못하는 것 같았다. 조 재가 또 말했다.

"훔친 물건은 의외로 금은보화와 비단이 대부분인데, 그것은 농가에서 비축할 수 있는 것이 아니다. 너는 마땅히 집안의 재산을 적어 자신을 변호해야 할 것이다."

죄인은 그제야 조금 마음을 놓으며 마침내 자신이 모은 재산을 상세히 언급했는데, 뜻밖에 동쪽 이웃이 현을 넘어 소송했던 이야기가 나왔다.

"벼 몇 곡(斛)은 장객(莊客 : 소작인) 아무개 등이 갖다 바친 것이고, 명주 몇 필(匹)은 집의 베틀로 짠 것이며, 돈 몇 관(貫)은 동쪽 이웃이 계약서와 바꾸어 간 것이고, 은그릇 몇 가지는 장인 아무개가 불려 만든 것입니다."

조 재는 크게 기뻐하며 즉시 그 일을 다시 심문해 말했다.

"만약 네가 강호에서 도적질한 자가 아니라면, 어째서 동쪽 이웃이 갚은 800민을 숨기고 말하지 않았느냐?"

그러고는 마침내 소송을 제기한 동쪽 이웃을 데려와 그와 대질하게 했다. 그러자 서쪽 이웃은 부끄럽고 두려워서 얼굴색이 변하더니 청사 앞에서 죽을죄를 지었다고 빌었다. 조 영(趙令 : 조화)은 그에게 수갑을 채워 본현(회음현)으로 돌려보내 계약서를 조사한 후에 법에 따라 처벌했다.

衛州新鄕縣令裴子雲好奇策. 部人王敬戍邊, 留牸牛六頭於舅李進處, 養五年, 產犢三十頭, 例十貫已上. 敬還索牛, 兩頭已死, 祇還四頭老牛, "餘並非汝牛生", 總不肯還. 敬忿之, 投縣陳牒. 子雲令送敬付獄, 叫追盜牛賊李進. 進惶怖至縣, 叱之曰 : "賊引汝同盜牛三十頭, 藏於汝家, 喚賊共對." 乃以布衫籠敬頭, 立南牆之下. 進急, 乃吐款云 : "三十頭牛總是外甥牸牛所生, 實非盜得." 雲遣去布衫, 進見是敬, 曰 : "此是外甥也." 雲曰 : "若是, 卽還他牛." 進默然, 雲曰 : "五年養牛辛苦, 與數頭, 餘並還敬." 一縣服其精察.

咸通初, 有楚州淮陰東鄰之莊家, 以莊券質於西鄰, 貸得千緡, 約來歲計利取贖. 至期, 備財贖契, 先納八百緡, 第檢置契書. 期明日以殘資換券. 所隔信宿, 且恃通家, 因不徵納緡之籍. 明日, 賫餘鏹至, 遂爲西鄰不認. 訴於縣, 縣以無證不直之. 復訴於州, 亦然. 東鄰不勝其憤, 聞天水趙和令江陰, 善聽訟. 乃越江而南, 訴於趙宰, 趙宰謂曰: "縣政地卑, 且復逾境, 何計奉雪?" 東隣則宽泣曰: "此地不得理, 無由自滌也!" 趙曰: "第止吾舍, 試爲思之." 經宿, 召前曰: "計就矣." 乃召捕賊之幹者數輩, 賫牒至淮壖, 曰: "有嘯聚而寇江者, 案劾已具." 言有同惡在某處居, 名姓形狀, 具以西鄰指之, 請梏送至此. 先是鄰州條法, 唯持刀截江, 無得藏匿. 追牒至彼, 果擒以至. 然自恃無跡, 未甚知懼. 趙厲聲曰: "幸耕織自活, 何爲寇江?" 囚則朗叫淚隨曰: "稼穡之夫, 未嘗舟楫!" 趙又曰: "證詞甚具, 姓氏無差, 或言僞而堅, 則血膚取實." 囚大恐, 叩頭見血, 如不勝其宽者. 趙又曰: "所盜幸多金寶錦彩, 非農家所置蓄者. 汝宜籍舍之產以辯之." 囚意稍解, 遂詳開所貯者, 且不虞東鄰之越訟也, 乃言: "稻若干斛, 莊客某甲等納到者, 紬絹若干匹, 家機所出者, 錢若干貫, 東鄰贖契者, 銀器若干件, 匠某鍛成者." 趙宰大喜, 即再審其事, 謂曰: "如果非寇江者, 何謂諱東鄰所贖八百千." 遂引訴鄰, 令其偶證. 於是慚懼失色, 祈死廳前. 趙令梏往本土, 檢付契書, 然後置之於法.

* 이 고사는 《태평광기》 권171 〈정찰 · 배자운〉과 권172 〈정찰 · 조화〉에 실려 있다.

23-14(0562) 유숭귀

유숭귀(劉崇龜)

출《옥당한화》

유숭귀가 남해군(南海郡)을 진수하던 해에 젊고 뽀얀 얼굴을 한 부상(富商)의 아들이 강기슭에 배를 정박했는데, 그 위의 문루(門樓)를 보았더니 스무 살 남짓 되어 보이고 눈부시게 아름다운 한 여자가 있었으며 또한 사람을 피하지 않았다. 그래서 상인의 아들이 기회를 틈타 장난삼아 말했다.

"황혼 무렵에 제가 댁으로 찾아가겠습니다."

여자는 전혀 난색을 표하지 않고 그저 미소만 지을 뿐이었다. 날이 저문 뒤에 여자는 과연 사립문을 열어 놓고 그를 기다렸다. 상인의 아들이 약속에 맞춰 가기 전에 어떤 도둑이 도둑질하러 곧장 그 집으로 들어갔는데, 촛불이 켜져 있지 않은 한 방을 보고 곧바로 들어갔다. 여자는 [상인의 아들이 온 줄로 알고] 기뻐하면서 다가갔는데, 도적은 여자가 자신을 잡으려 한다고 생각해서 백정 칼로 그녀를 찌른 뒤 미: 착오 중의 착오다. 칼을 버리고 달아났다. 그 집에서도 이를 알아차리지 못했다. 잠시 후에 도착한 상인의 아들은 피를 밟고 미끄러져 방바닥에 넘어졌는데, 처음에는 물이라 생각하며 손으로 만져 보았더니 피비린내가 났고 또 손으로 더듬었더니 어떤 사람이 쓰러져 누워 있자 깜짝 놀라 도망쳤다. 곧장 배에 올라 그 밤으로 닻줄을 풀고 달아나 동이 틀 무렵에는 이미 100리를 갔다. 여자의 집에서는 핏자국을 추적해 강기슭에 이르렀으며, 마침내 관아에 그 사실을 알렸다. 관리가 강기슭 위에 사는 사람을 추궁했더니 그 사람이 말했다.

"그날 밤에 아무개의 객선(客船)이 그 밤으로 곧장 출발했습니다."

관리는 즉시 사람을 보내 상인의 아들을 추포했는데, 그는 감옥에서 형구를 찬 채 온갖 고문을 받은 끝에 사실대로 다 털어놓았지만, 사람을 죽인 일은 시인하지 않았고 백정 칼도 알아보지 못했다. 그래서 부주(府主 : 유숭귀)가 명을 내렸다.

"아무 날에 크게 잔치를 벌일 것이니, 온 경내의 백정은 마땅히 격구장에 모여 짐승 도살을 준비하도록 하라." 미 : 당나라 때의 백정에게는 근거할 만한 명부가 있었던 것 같은데, 만약 지금이라면 이런 계책은 효과가 없을 것이다.

백정들이 모이고 나자, 부주는 다시 명을 바꿔 다음 날에 모이라고 하면서 각자 부엌에 칼을 놔두고 돌아가게 했다. 부주는 곧바로 살인에 쓰인 칼을 그 가운데 한 칼과 바꾸어 놓았다가, 이튿날 아침에 백정들에게 관아에 와서 칼을 가져가라고 했다. 다른 사람들은 모두 자신의 칼을 알아보고 가져갔는데, 오직 한 백정만이 맨 뒤에까지 남아서 칼을 가져가지 않으려고 했다. 부주가 캐물었더니 그 백정이 말했다.

"이것은 제 칼이 아니고 분명 아무개의 것입니다."

이에 그 사람이 사는 곳을 물어보아 즉시 잡아 오라 명했지만 범인은 이미 달아난 뒤였다. 그래서 부주는 다른 사형수로 상인의 아들을 대신해 밤중에 저잣거리에서 처형했다. 달아난 범인은 죄수가 처형되었다는 소식을 듣고 나서 채 이틀도 지나지 않아 과연 집으로 돌아왔다. 미 : 절묘함이 여기에 있다. 즉시 그를 사로잡아 살인죄를 자백받고 법에 따라 처형했다. 상인의 아들은 밤에 남의 집에 들어갔다는 이유로 간통죄가 인정되어 등에 곤장만 맞았다.

劉崇龜鎭南海之歲, 有富商子少年而白晳, 泊船江岸, 上有門樓, 見一姬, 年二十餘, 艷妖奪目, 亦不避人. 遂乘便戲言 : "某黃昏當詣宅矣." 姬了無難色, 微哂而已. 旣昏暝, 果啓扉伺之. 此子未及赴約, 有盜者徑入行竊, 見一房無燭, 卽突入. 姬欣然就焉, 盜謂其見擒, 以庖刀刺之, 眉 : 錯中錯. 遺刀而逸. 其家亦未之覺. 商人子旋至, 踐血仆地, 初謂是水, 以手捫之, 聞血腥, 又捫之, 有人僵臥, 驚而走. 徑登船, 一夜解維, 比明, 已行百里. 其家跡其血至江岸, 遂陳狀. 詰岸上居人, 云 : "其夜有某客船, 一夜徑發." 卽差人追及, 械於圄室, 拷掠備至, 具以情吐, 唯不招殺人, 及不認庖刀. 府主乃下令 : "某日大設, 合境庖丁, 宜集球場, 以候宰殺." 眉 : 唐時庖丁疑有名籍可據, 若今日, 此策不神矣. 屠者旣集, 復改令翌日, 使各留刀於廚而去. 府主乃以殺人之刀, 換下一口, 來早各令詣衙請刀. 諸人皆認本刀而去, 唯一屠最後, 不肯持刀. 府主乃詰之, 對曰 : "此非某刀, 合是某乙者." 問其住處, 卽命擒之, 已竄矣. 於是以他死囚代商人子, 侵夜斃之於市. 竄者旣聞囚斃, 不一兩夕, 果歸家. 眉 : 妙在此. 卽擒之, 具首殺人之咎, 遂置於法. 商人子夜入人家, 以奸罪杖背而已.

* 이 고사는 《태평광기》 권172 〈정찰·유숭귀〉에 실려 있다.

23-15(0563) 처를 죽인 자

살처자(殺妻者)

출《옥당한화》

옛날에 어떤 사람이 다른 곳에 갔다가 돌아와서 보았더니 그의 처가 살해되어 있었는데, 그 머리는 사라지고 몸체만 남아 있었다. 그 사람은 슬퍼하고 두려워하면서 처가에 그 사실을 알렸는데, 처가에서 사위를 붙잡아 관아로 들어가 그가 사랑하는 딸을 죽였다고 말했다. 혹독하게 매질을 당한 사위는 고통을 감당할 수 없어 결국 자신이 처를 죽였다고 거짓으로 자백했다. 사안이 이루어지자 사람들은 모두 잘못되지 않았다고 생각했다. 군주(郡主: 태수)가 종사(從事)에게 판결을 맡겼는데, 종사는 의심하며 사군(使君: 태수)에게 말했다

"저는 외람되이 막부의 자리를 더럽히고 있지만, 마땅히 충절을 다해 도리를 받들어야 합니다. 사람의 목숨은 지극히 중요하니, 반드시 판결을 늦추어 자세히 살펴보길 청합니다. 또한 남편 된 도리로 누가 차마 자신의 처를 살해하겠습니까? 하물며 부부의 도의는 거안제미(擧案齊眉: 부부가 서로 존경함)에 있는데, 어떻게 그 목을 자를 수 있겠습니까? 설령 불화가 생겨 처를 살해했다면, 어째서 화를 피할

방법을 생각해 병으로 죽었다고 핑계를 대거나 갑작스럽게 죽었다고 변명하지 않았을까요? 지금 시신은 남겨 두고 그 머리만 버렸으니 그 이유는 아주 분명합니다."

사군이 그 사건에 대한 재조사를 허락하자, 종사는 곧장 죄인을 별실로 옮기고 술과 밥을 주었다. 그런 연후에 성에 있는 오작항인(仵作行人 : 관아에 속한 검시 인원)을 두루 조사해, 각자에게 근래에 남의 집을 위해 무덤을 안치한 횟수와 매장한 곳을 문서로 보고하게 했다. 얼마 후에 한 사람씩 면담하며 물었다.

"너희들이 남의 집을 위해 장례를 치러 주면서 혹시 의심할 만한 자는 없었느냐?"

한 사람이 말했다.

"저는 한 부잣집에서 장례를 치러 주었는데, 모두들 말하길, 누군가가 한 유모를 살해해 담장 위로 시신을 들고 나갔다고 했습니다. 장례 기물에는 그다지 특별한 것은 없었고, 지금 아무 동네에 묻혀 있습니다."

그 무덤을 파 보았더니 과연 여자의 머리 하나가 나왔다. 마침내 머리를 가져다 시신에 맞춘 뒤에 죄인을 고소한 사람에게 확인하게 했더니 그 사람이 말했다.

"제 딸이 아닙니다."

그래서 그 부잣집 일가를 잡아 와 심문했더니 그들이 죄를 인정했다. 알고 보았더니 그들은 한 유모를 죽이고 머리를 관에 넣어 묻은 뒤에 그녀의 시신을 이 양갓집 부인의 시신과 바꾸어 자기 집에 두었던 것이다. 결국 부잣집 일가는 기시형(棄市刑)에 처해졌다.

昔有人因他適回, 見其妻被殺, 但失其首, 支體具在. 旣悲且懼, 遂告於妻族, 妻族執婿入官, 謂殺其愛女. 鞭棰旣嚴, 不任其苦, 乃自誣殺人. 款案旣成, 皆以不繆. 郡主委諸從事, 從事疑之, 謂使君曰: "某濫塵幕席, 宜竭節奉理, 人命至重, 必請緩而窮之. 且爲夫之道, 孰忍殺妻? 況義在齊眉, 曷能斷頸? 縱有隙而害之, 盍作脫禍之計, 或推病殞, 或托暴亡? 今存尸而棄首, 其理甚明." 使君許其讞, 從事乃遷此繫者於別室, 仍給以酒食. 然後遍勘在城仵作行人, 令各供通近來應與人家安厝墳墓多少去處文狀. 旣而一一面詰之曰: "汝等與人家擧事, 還有可疑者乎?" 有一人曰: "某於一豪家擧事, 共言殺却一奶子, 於牆上舁過. 凶器中甚似無物, 見在某坊." 發之, 果得一女首級. 遂將首對尸, 令訴者驗認, 云: "非也." 遂收豪家鞫之, 豪家款伏. 乃是殺一奶子, 函首而葬之, 以尸易此良家之婦, 私室蓄之. 豪乃棄市.

* 이 고사는 《태평광기》 권172 〈정찰・살처자〉에 실려 있다.

권24 준변부(俊辯部) 유민부(幼敏部)

준변(俊辯)

24-1(0564) 변문례

변문례(邊文禮)

출《세설(世說)》

[한나라] 변문례[변양(邊讓)]가 원봉고[袁奉高 : 원굉(袁閎)]를 방문했을 때 응대의 차례를 잃고 말았다. 그러자 원봉고가 그를 조롱하며 말했다.

"옛날 요(堯)가 허유(許由)를 초빙했으나 허유는 얼굴에 당황한 기색이 없었는데, 선생은 어찌하여 옷을 거꾸로 입을 정도로 당황하시오?"

변문례가 대답했다.

"명부(明府 : 태수의 존칭)께서 처음 부임하시어 요와 같은 덕이 아직 드러나지 않은지라, 이 때문에 이 미천한 백성이 옷을 거꾸로 입을 정도로 당황한 것일 뿐입니다."

邊文禮見袁奉高, 失次序. 奉高因嘲曰 : "昔堯聘許由, 面無怍色, 先生何爲顚倒衣裳?" 文禮答曰 : "明府初臨, 堯德未彰, 是以賤民顚倒衣裳耳."

* 이 고사는 《태평광기》 권173 〈준변 · 변문례〉에 실려 있다.

24-2(0565) 제갈정

제갈정(諸葛靚)

출《세설신어(世說新語)》

제갈정이 오(吳)나라에 있을 때 조정에서 큰 모임이 열렸다. 손호(孫皓 : 오나라의 마지막 군주)가 물었다.

"경은 자가 중사(仲思)인데, 생각하는 바가 무엇이오?"

제갈정이 대답했다.

"집에 있을 때는 효(孝)를 생각하고, 임금을 섬길 때는 충(忠)을 생각하며, 벗을 사귈 때는 신(信)을 생각하니, 이와 같을 따름입니다."

諸葛靚在吳, 於朝堂大會. 孫皓問 : "卿字仲思, 爲何所思?" 對曰 : "在家思孝, 事君思忠, 朋友思信, 如斯而已."

* 이 고사는 《태평광기》 권173 〈준변 · 제갈정〉에 실려 있다.

24-3(0566) 손자형

손자형(孫子荊)

출《세설신어》

　　진(晉)나라의 손자형[孫子荊 : 손초(孫楚)]이 젊었을 때 은거하고 싶었는데, 왕무자[王武子 : 왕제(王濟)]에게 당연히 "돌로 베개 삼고 냇물로 양치한다"라고 말해야 할 것을 "돌로 양치하고 냇물로 베개 삼는다"라고 잘못 말했다. 왕무자가 말했다.

　　"냇물로 베개 삼을 수 있고 돌로 양치할 수 있소?"

　　손자형이 말했다.

　　"냇물로 베개 삼는 것은 귀를 씻고자 함이고, 돌로 양치하는 것은 치아를 갈고자 함이지요."

晉孫子荊年少時欲隱, 語王武子云當"枕石漱流", 誤曰"漱石枕流." 王曰 : "流可枕, 石可漱乎?" 子荊曰 : "所以枕流, 欲洗其耳, 所以漱石, 欲礪其齒."

* 이 고사는《태평광기》권245〈회해(詼諧)·손자형〉에 실려 있다.

24-4(0567) 허계언

허계언(許誡言)

출《기문》

허계언이 낭야태수(琅邪太守)로 있을 때 어떤 죄수가 옥중에서 목을 매어 죽자, 곧장 지난해 감옥을 수리했던 관리를 잡아다가 매질했다. 그 관리가 변명하며 말했다.

"소인은 감옥 보수를 맡았을 뿐입니다."

허계언은 여전히 화를 내며 말했다.

"너희 서리(胥吏)의 거동은 본디 볼기를 맞아야 마땅하거늘, 또 무엇을 하소연한단 말이냐?" 미 : 이치를 따질 것도 없이 이것이 이미 지극한 이치다.

許誡言爲琅琊太守, 有囚縊死獄中, 乃執去年修獄典鞭之. 典辯曰 : "小人主修獄耳." 誡言猶怒曰 : "汝胥吏擧動自合笞, 又何訴?" 眉 : 莫論理, 已是至理.

* 이 고사는 《태평광기》 권494 〈잡록(雜錄) · 허계언〉에 실려 있다.

24-5(0568) 범백년

범백년(范百年)

출《담수》

송(宋: 유송)나라 양주(梁州) 사람 범백년이 일이 있어 명제(明帝)를 알현했는데, 명제가 광주(廣州)의 탐천(貪泉)을 언급하면서 그에게 물었다.

"경이 사는 주에도 이런 샘물이 있는가?"

범백년이 대답했다.

"양주에는 오직 문천(文川)과 무향(武鄕), 염천(廉泉)과 양수(讓水)만 있습니다."

명제가 또 물었다.

"경의 집은 어디에 있는가?"

범백년이 말했다.

"신의 집은 염천과 양수 사이에 있습니다."

명제는 훌륭하다고 칭찬했으며, 나중에 그를 양주자사(梁州刺史)에 제수했다.

宋梁州范百年因事謁明帝, 帝言及廣州貪泉, 因問曰: "卿州復有此水否?" 百年答曰: "梁州唯有文川武鄕·廉泉讓水." 又問: "卿宅在何處?" 曰: "臣居廉讓之間." 上稱善, 後除梁州刺史.

* 이 고사는 《태평광기》 권173 〈준변·범백년〉에 실려 있다.

24-6(0569) 장융

장융(張融)

출《담수》

    오군(吳郡) 사람 장융은 자가 사광(思光)이다. 일찍이 태극서당(太極西堂)에서 [제나라] 태조(太祖)를 알현하기로 했는데, 한참이 지나서야 당으로 올라오자 태조가 웃으며 말했다.

    "경은 어째서 늦게 도착했는가?"

    장융이 대답했다.

    "땅에서 하늘로 올라왔으니 빨리 올 수 있을 리가 없습니다."

    장융이 한번은 이렇게 탄식했다.

    "내가 옛사람을 만나지 못하는 것은 안타깝지 않지만, 옛사람이 나를 만나지 못하는 것이 안타깝구나!"

    장융은 또 초서(草書)와 예서(隷書)에 뛰어났는데 태조가 그에게 말했다.

    "경의 글씨에는 남다른 꼿꼿한 힘이 있으나, 다만 이왕(二王: 왕희지와 왕헌지 부자)의 필법이 없는 것이 아쉽네."

    장융이 대답했다.

    "신에게 이왕의 필법이 없는 것이 아쉬운 게 아니라, 이

왕에게 신의 필법이 없는 것이 아쉽습니다."

吳郡張融, 字思光. 嘗謁太祖於太極西堂, 彌時方登, 上笑曰: "卿至何遲?" 答曰: "自地升天, 理不得速." 融嘗嘆曰: "不恨我不見古人, 恨古人不見我!" 又善草隸, 太祖語曰: "卿書殊有骨力, 但恨無二王法." 答曰: "非恨臣無二王法, 亦恨二王無臣法."

* 이 고사는 《태평광기》 권173 〈준변·장융〉에 실려 있다.

24-7(0570) 유고지

유고지(庾杲之)

출《담수》

제(齊)나라 무제(武帝)가 하루는 신하들에게 말했다.

"나는 이후에 어떤 시호(諡號)가 합당하겠소?"

아무도 대답하는 사람이 없었다. 왕검(王儉)이 유고지에게 대답하라고 눈짓하자 유고지가 말했다.

"폐하의 수명은 남산(南山)만큼이나 길고 해와 달만큼이나 오래도록 빛나실 것이니, 천 년 후의 일을 어찌 신등이 가볍게 헤아릴 수 있겠습니까?"

당시 사람들은 그의 답변을 칭찬했다.

齊武帝嘗謂群臣曰 : "我後當何諡?" 莫有對者. 王儉因目庾杲之對, 杲之曰 : "陛下壽比南山, 與日月齊明, 千載之後, 豈臣等輕所度量?" 時人稱其辯答.

* 이 고사는 《태평광기》 권173 〈준변 · 유고지〉에 실려 있다.

24-8(0571) 이응과 상갱
이응 · 상갱(李膺 · 商鏗)
출《담수》

 양(梁)나라의 이응은 말재간이 있었는데, 무제(武帝)가 그에게 말했다.
 "지금의 이응은 옛날 [한나라의] 이응과 견주면 어떠한가?"
 이응이 대답했다.
 "신이 낫다고 생각합니다. 옛날의 이응은 [한나라] 환제(桓帝)와 영제(靈帝)의 조정에서 벼슬했지만, 지금의 이응은 당(唐)나라의 요(堯)와 우(虞)나라의 순(舜)과 같은 군주를 모시고 있기 때문입니다."
 사람들이 모두 기뻐하며 감복했다.
 동군(東郡)의 상갱은 아들의 이름을 외신(外臣)이라고 지었는데, 상외신(商外臣)이 정위평(廷尉評)에 임명되자 상갱이 입조해 성은에 감사드리니 [양나라] 무제(武帝)가 물었다.
 "경은 아들의 이름을 외신이라고 지었으면서 어찌하여 그를 벼슬길에 들게 했는가?"
 상갱이 대답했다.

"외신은 제(齊)나라 말에 태어났기 때문에 당시 사람들은 종적을 감추고 싶어 했지만, 지금은 다행히 태평성대를 만나 산림과 강호에 더 이상 세상을 버린 사람이 없습니다."

무제가 크게 기뻐했다.

梁李膺有才辯, 武帝謂之曰 : "今之李膺, 何如昔時?" 膺答曰 : "臣以爲勝. 昔時李膺仕桓·靈之朝, 今之李膺奉唐·虞之主." 衆皆悅服.

東郡商鏗, 名子爲外臣, 外臣任爲廷尉評, 鏗入謝恩, 武帝問 : "卿名子外臣, 何爲令其入仕?" 鏗答曰 : "外臣生於齊季, 故人思匿跡. 今幸遭聖代, 草澤無復遺人." 上大悅.

* 이 고사는 《태평광기》 권173 〈준변·이응〉과 〈상갱〉에 실려 있다.

24-9(0572) 장후예

장후예(張後裔)

출《담빈록》

장후예가 병주(并州)에 있을 때 [당나라] 태종(太宗)이 그에게서 《춘추좌씨전(春秋左氏傳)》을 배웠다. 나중에 태종이 [즉위하고 나서] 그를 불러들여 주연을 베풀다가 옛날 일을 언급하면서 조용히 물었다.

"오늘 제자는 어떠한지요?"

장후예가 대답했다.

"옛날에 공자(孔子)는 문도 3000명을 이끌었지만 따르는 자들 중에 자(子)나 남(男)의 작위에 오른 이는 없었습니다. 그러나 신은 한 사람만 보좌했는데 그 사람이 바로 만승(萬乘)의 군주가 되셨으니, 헤아려 보건대 신의 이 공은 선성(先聖: 공자)보다 낫습니다."

태종은 크게 기뻐하며 그에게 말 다섯 필을 하사했다. 나중에 장후예는 예부상서(禮部尙書)가 되었다.

張後裔在并州, 太宗就受《春秋左氏傳》. 後因召入賜宴, 言及平昔, 從容謂曰: "今日弟子何如?" 後裔對曰: "昔孔子領徒三千, 徒者無子男之位. 臣翼贊一人, 卽爲萬乘主, 計臣此功, 愈於先聖." 太宗大悅, 卽賜馬五匹. 後爲禮部尙書.

* 이 고사는 《태평광기》 권174 〈준변·장후예〉에 실려 있다.

24-10(0573) 소침

소침(蕭琛)

출《담수》

 [양나라] 소침이 한번은 어좌(御座) 앞에서 북사(北使 : 북위의 사신)인 원외상시(員外常侍) 이도고[李道固 : 이표(李彪)]에게 술을 권했는데, 이도고가 술을 받지 않으며 말했다.

 "공무를 논하는 조정에서는 사사로운 예절을 차리는 법이 없으니, 경이 권하는 술은 받을 수 없습니다."

 모두들 아연실색하며 소침이 응수하지 못할까 봐 근심했는데, 소침이 천천히 말했다.

 "《시경(詩經)》66)에서 이르길, '우리 임금님의 밭에 비가 오니, 결국 우리 밭까지 적시네'라고 했소이다."

 이도고는 마침내 굴복하고 술을 받았다.

武帝嘗於御座飮酒, 勸北使員外常侍李道固, 不受, 曰 : "公庭無私禮, 不容受卿勸." 衆皆失色, 恐無以酬, 琛徐曰 : "

---

66) 《시경(詩經)》 : 인용된 구절은 《시경》〈소아(小雅) · 북산(北山)〉에 나온다.

《詩》所謂'雨我公田, 遂及我私'." 道固乃屈伏受酒.

* 이 고사는《태평광기》권173〈준변·소침〉에 실려 있다.

24-11(0574) **최광**

최광(崔光)

출《담수》

후위(後魏 : 북위)의 고조[高祖 : 효문제(孝文帝)]는 아들의 이름을 순(恂)·유(愉)·열(悅)·역(懌)으로 지었고, 최광은 아들의 이름을 여(勵)·욱(勖)·면(勉)으로 지었다. 고조가 최광에게 말했다.

"내 아들의 이름 옆에는 모두 마음 심(心) 자가 있고, 경의 아들의 이름 옆에는 모두 힘 역(力) 자가 있구려."

최광이 대답했다.

"이른바 '군자는 마음을 수고롭게 하고 소인은 힘을 수고롭게 한다'[67]는 것입니다."

고조가 크게 기뻐했다.

後魏高祖名子曰恂·愉·悅·懌, 崔光名子勵·勖·勉. 高祖謂光曰 : "我兒名傍皆有心, 卿兒名傍皆有力." 答曰 : "所謂'君子勞心, 小人勞力'." 上大悅.

[67] 군자는 마음을 수고롭게 하고 소인은 힘을 수고롭게 한다 : 《좌전(左傳)》〈양공(襄公) 9년〉에 나오는 구절이다.

* 이 고사는 《태평광기》 권173 〈준변 · 최광〉에 실려 있다.

24-12(0575) 양개

양개(陽玠)

출《담수》

수(隋)나라 경조윤(京兆尹) 두공첨(杜公瞻)이 한번은 양개를 집으로 초대했는데, 술자리가 무르익자 농담을 꺼냈다. 두공첨이 말했다.

"노형의 성은 양씨인데, 양화(陽貨)[68]가 실제로 공자(孔子)를 욕보였지요."

양개가 말했다.

"현제(賢弟)의 성은 두씨인데, 두백(杜伯)[69]이 일찍이 [주나라] 선왕(宣王)을 활로 쏘았지요."

전내장군(殿內將軍)인 농서(隴西) 사람 우자충(牛子充)은 동료 관리들로부터 말재간이 뛰어나다고 추앙받았는데,

---

[68] 양화(陽貨) : 양호(陽虎). 춘추 시대 노(魯)나라 대부 계손씨(季孫氏)의 가신(家臣). 일찍이 반란을 일으켜 노나라를 혼란에 빠뜨렸다. 공자는 양화를 불인부지(不仁不知)하다고 했다.

[69] 두백(杜伯) : 주(周)나라의 대부. 선왕이 무고한 두백을 죽이려 하자 친구 좌유(左儒)가 아홉 차례나 간언했으나 결국 두백을 죽였다. 나중에 선왕이 제후들과 사냥할 때 두백의 화신이 나타나 선왕을 활로 쏘아 죽였다고 한다.

그가 일찍이 양개에게 말했다.

"그대는 양에 옴이 붙은 것이니,70) 요리를 맡기지 못하겠구려."

그러자 양개가 말했다.

"그대는 소[牛]가 실하게 살찐[充] 것이니, 잡아서 요리하기에 안성맞춤이겠구려."

태창령(太倉令) 장책(張策)이 운룡문(雲龍門)에서 양개와 이치를 논하다가 궁지에 몰리자 양개에게 말했다.

"그대는 본시 품덕과 도량이 없는데도 뜬금없이 숙보(叔寶 : 위개)71)와 이름이 같구려."

그러자 양개가 목소리를 높여 말했다.

"그대는 영웅이 아닌데도 감히 백부(伯符 : 손책)72)와 이름이 같구려."

태자세마(太子洗馬)인 난릉(蘭陵) 사람 소후(蕭詡)는 출

---

70) 양에 옴이 붙은 것이니 : '양(陽)'이 '양(羊)'과 발음이 같고 '개(玠)'가 옴을 뜻하는 '개(疥)'와 발음이 같기 때문에 이렇게 말한 것이다.

71) 숙보(叔寶) : 위개(衛玠)의 자. 위개는 서진(西晉) 때의 명사로, 식견이 탁월하고 사리에 통달해 청담에 뛰어났다. 양개도 자가 숙보다.

72) 백부(伯符) : 손책(孫策)의 자. 손책은 삼국시대 오(吳)나라 대제(大帝) 손권(孫權)의 형이다. 부친 손견(孫堅)이 전사하자 군대를 정비하고 강남으로 건너가 강동 지역에 손씨 정권을 세웠다.

중하고 말재간이 있었는데, 한번은 양개에게 말했다.

"[순(舜)임금이] 공공(共工)을 유주(幽州)로 유배 보냈으니, 역수(易水)의 북쪽73)은 아마도 안락한 땅이 아니었을 게요."

그러자 양개가 말했다.

"[순임금이] 환두(驩兜)를 숭산(崇山)으로 방축했으니, 강남이 어찌 좋은 땅이겠소이까?"

隋京兆杜公瞻, 嘗邀陽玠過宅, 酒酣, 因而嘲謔. 公瞻謂 : "兄旣姓陽, 陽貨實辱孔子." 玠曰 : "弟旣姓杜, 杜伯嘗射宣王." 殿內將軍隴西牛子充, 寮友推其機辯, 嘗謂玠曰 : "君陽有玠, 恐不任廚." 玠曰 : "君牛旣充, 正可烹宰." 太倉令張策, 在雲龍門與玠議理屈, 謂玠曰 : "卿本無德量, 忽共叔寶同名." 玠抗聲曰 : "爾旣非英雄, 敢與伯符連諱." 太子洗馬蘭陵蕭詡, 爽俊有才辯, 嘗謂玠曰 : "流共工於幽州, 易北恐非樂土." 玠曰 : "放驩兜於崇山, 江南豈是勝地?"

* 이 고사는 《태평광기》 권174 〈준변·양개〉에 실려 있다.

---

73) 역수(易水)의 북쪽 : 유주(幽州)를 말한다. 양개가 유주 사람이었기에 이렇게 말한 것이다.

24-13(0576) 설도형

설도형(薛道衡)

출《담수》

수(隋)나라 이부시랑(吏部侍郎) 설도형이 한번은 종산(鍾山)의 개선사(開善寺)를 유람하다가 어린 스님에게 말했다.

"금강역사(金剛力士)는 왜 눈을 부라리고 있고, 보살(菩薩)은 왜 눈썹을 낮게 드리우고 있는가?"

그러자 어린 스님이 대답했다.

"금강역사가 눈을 부라리고 있는 것은 사방의 마귀들을 항복시키기 위함이고, 보살이 눈썹을 낮게 드리우고 있는 것은 육도(六道)74)의 중생에게 자비를 베풀기 위함이지요."

설도형은 멍하니 놀라 대꾸할 수 없었다.

隋吏部侍郎薛道衡, 嘗遊鍾山開善寺, 謂小僧曰 : "金剛何爲

---

74) 육도(六道) : 지옥(地獄)・아귀(餓鬼)・축생(畜生)・아수라(阿修羅)・인간(人間)・천상(天上)의 여섯 세계. 육취(六趣)라고도 한다. 중생은 각자 자신이 지은 선악의 업보에 따라 이 육도 안에서 윤회한다고 한다.

努目, 菩薩何爲低眉?" 小僧答曰:"金剛努目, 所以降伏四魔, 菩薩低眉, 所以慈悲六道." 道衡憮然不能對.

* 이 고사는《태평광기》권174〈준변·설도형〉에 실려 있다.

24-14(0577) 달야 객사

달야객사(達野客師)

출《담수》

[북주(北周)의] 예부상서(禮部尙書)인 범양(范陽) 사람 노개(盧愷)가 이부상서(吏部尙書)를 겸임하고 있을 때, 달야 객사(達野客師)를 난주총관(蘭州總管)으로 선발했더니 달야 객사가 사양하며 말했다.

"제가 무슨 죄를 지었기에 돌궐(突厥)과 담장을 사이에 둔 곳으로 보내십니까?"

노개가 말했다.

"돌궐의 어느 곳에 담장이 있소?"

달야 객사가 말했다.

"그들은 가축으로 유즙(乳汁)을 만들고, 얼음으로 마실 것을 만들며, 궁려(穹廬 : 이동식 천막)로 장막을 만들고, 양탄자로 담장을 만듭니다."

禮部尙書范陽盧愷兼吏部, 選達野客師爲蘭州總管, 客師辭曰:"客師何罪, 遣與突厥隔牆?" 愷曰:"突厥何處得有牆?" 客師曰:"肉爲酥, 冰爲漿, 穹廬爲帳, 氈爲牆."

* 이 고사는 《태평광기》 권173 〈준변·노개(盧愷)〉에 실려 있다.

24-15(0578) 왕원경
왕원경(王元景)
출《세설》

　[북제(北齊)의] 왕원경[王元景 : 왕흔(王昕)]이 일찍이 술에 크게 취하자 양준언[楊遵彦 : 양음(楊愔)]이 그에게 말했다.
　"어찌하여 고개를 숙였다 쳐들었다 하는 것이오?"
　왕원경이 말했다.
　"기장은 익으면 고개를 숙이고 보리는 익으면 고개를 쳐드는데, 술에 기장과 보리가 모두 들어 있기 때문에 숙였다 쳐들었다 하는 것이지요."

王元景嘗大醉, 楊遵彦謂之曰 : "何太低昂?" 元景曰 : "黍熟頭低, 麥熟頭昂, 黍麥俱有, 所以低昂矣."

* 이 고사는 《태평광기》 권173 〈준변·왕원경〉에 실려 있는데, 출전이 "《담수(談藪)》"라 되어 있다.

24-16(0579) 이길보

이길보(李吉甫)

출《국사보》

[당나라] 헌종(憲宗)은 오랫동안 친히 정사를 보았는데, 갑자기 경조윤(京兆尹)이 몇 명인지 물었더니 재상 이길보가 대답했다.

"경조윤은 세 명으로, 한 명은 대윤(大尹)이고 두 명은 소윤(少尹)입니다."

사람들은 훌륭한 대답이라 여겼다.

憲宗久親政事, 忽問京兆尹幾員, 李相吉甫對曰 : "京兆尹三員, 一員大尹, 二員少尹." 以爲善對.

* 이 고사는 《태평광기》 권174 〈준변 · 이길보〉에 실려 있다.

24-17(0580) 권덕여

권덕여(權德輿)

출《가화록(嘉話錄)》

 승상(丞相) 권덕여는 들어 보지 않은 말이 없었으며, 또 수사(廋詞)에도 뛰어났다. 미 : '수사'라는 명칭이 매우 멋지다. 한번은 이이십육[李二十六 : 이정(李程)]을 만나 말 위에서 수사로 문답했는데, 듣는 사람은 그들이 하는 말을 알아듣지 못했다. 수사는 은어(隱語)이니, 《논어(論語)》[75]에서 "사람이 어찌 숨기리오! 사람이 어찌 숨기리오!"라고 말한 데서 나왔다.

權丞相德輿言無不聞, 又善廋詞. 眉 : 廋詞名甚雅. 嘗逢李二十六, 於馬上廋詞問答, 聞者莫知其所說焉. 廋詞, 隱語也, 《語》云 : "人焉廋哉! 人焉廋哉!"

* 이 고사는 《태평광기》권174 〈준변·권덕여〉에 실려 있다.

---

75) 《논어(論語)》: 인용한 구절은 《논어》〈위정(爲政)〉편에 나온다.

24-18(0581) **동방삭**

동방삭(東方朔)

출《본전(本傳)》미 : 이하는 모두 수사다(以下皆廋詞).

한(漢)나라 무제(武帝)가 한번은 은어(隱語)를 나누려고 동방삭을 불렀다. 당시 상림원(上林園)에서 대추를 바쳤는데, 무제가 막대기로 미앙궁(未央宮) 앞의 대전 난간을 두드리며 말했다.

"쯧쯧[叱叱], 가시[束束]가 먼저 났군."

동방삭이 이르러 말했다.

"상림원에서 대추 49개를 바쳤습니까?"

동방삭이 보았더니, 황상[上]이 막대기로 난간을 두드렸으니 두 나무[兩木]이고 두 나무는 숲[林]이며, 가시[束]가 둘이면 대추[棗]이고, 쯧쯧[叱叱]은 49[질질(叱叱)은 칠칠(七七)과 발음이 비슷하다]이기 때문이었다.

동방삭은 늘 곽 사인(郭舍人)과 어전에서 석복(射覆)[76]을 했는데, 곽 사인이 말했다.

"신이 동방삭에게 한 가지를 묻고자 하는데, 동방삭이 알

---

[76] 석복(射覆) : 옛날 수수께끼 놀이의 한 가지로, 물건을 그릇으로 덮어 놓고 그 속에 들어 있는 것이 무엇인지 알아맞히는 놀이를 말한다.

아맞히면 신이 매 100대를 맞을 것이고, 동방삭이 맞히지 못하면 마땅히 신에게 비단을 내려 주십시오."

그러고는 말했다.

"동쪽에서 오는 손님, 노래를 흥얼거리며 오네. 문으로 들어오지 않고, 우리 집 담장을 넘어오네. 뜰 안에서 노닐다가, 전당으로 올라 들어오네. 때릴 때는 팍팍, 죽은 놈은 툭툭. 싸우다 죽으니, 주인은 상처를 입네. 이것이 무엇이오?"

동방삭이 말했다.

"긴 부리에 가녀린 몸, 낮에는 숨고 밤에는 돌아다니네. 고기를 좋아하고 연기를 싫어하며, 늘 손바닥으로 쳐 맞네. 신 동방삭은 우매하나 그것을 이름하여 문(蟁 : 모기)이라 하겠습니다."

결국 곽 사인은 말이 궁해져 [매를 맞기 위해] 잠방이를 벗어야 했다.

漢武帝嘗以隱語召東方朔. 時上林獻棗, 帝以杖擊未央前殿檻曰 : "叱叱, 先生束束." 朔至曰 : "上林獻棗四十九枚乎?" 朔見上以杖擊檻, 兩木, 兩木, 林也, 束束, 棗也, 叱叱, 四十九也.

朔嘗與郭舍人於帝前射覆, 郭曰 : "臣願問朔一事, 朔得, 臣願榜百, 朔窮, 臣當賜帛." 曰 : "客來東方, 歌謳且行. 不從門入, 逾我垣牆. 遊戲中庭, 上入殿堂. 擊之拍拍, 死者攘攘. 格鬪而死, 主人被創. 是何物也?" 朔曰 : "長喙細身, 晝匿夜行. 嗜肉惡烟, 常所拍捫. 臣朔愚戇, 名之曰蟁." 舍人辭窮,當復脫褌.

* 이 고사는 《태평광기》 권174 〈준변·동방삭〉에 실려 있다.

24-19(0582) 이표

이표(李彪)

출《가람기(伽藍記)》

후위(後魏 : 북위)의 효문(孝文)황제가 한번은 궁전에서 신하들에게 연회를 베풀어, 거나하게 술을 마시며 마음껏 즐기다가 잔을 들어 신하들과 친왕(親王)들에게 술을 권하며 말했다.

"삼삼(三三)은 가로이고 양양(兩兩)은 세로인데, 누구든지 이것을 알아맞힐 수 있으면 금종을 내리겠노라."

어사중승(御史中丞) 이표가 말했다.

"술 파는 노파가 술항아리를 들고 술병에 술을 따르고, 백정이 자른 고기의 저울 무게가 똑같은 것입니다."

상서좌승(尙書左丞) 견침(甄琛)이 말했다.

"오(吳) 땅 사람들이 물에 떠서 스스로 수영을 잘한다 하고, 재주꾼이 허공에 밧줄을 던지는 것입니다."

팽성왕(彭城王) 탁발협(拓跋勰)이 말했다.

"신은 그것이 '습(習)' 자77)라고 생각합니다."

---

77) '습(習)' 자 : 습(習)의 이체자인 습(習)은 가로로 9획이고 세로로 4획이다. 그래서 효문제가 "삼삼(三三)은 가로이고 양양(兩兩)은 세로"

고조(高祖 : 효문제)는 금종을 이표에게 하사했다. 조정에서는 이표의 총명함과 견침의 응대 역시 신속함에 탄복했다.

後魏孝文皇帝嘗殿會群臣, 酒酣歡極, 帝因擧巵屬群臣及親王等酒曰 : "三三橫, 兩兩縱, 誰能辨之賜金鍾." 御史中丞李彪曰 : "沽酒老嫗甕注坷, 屠兒割肉與稱同." 尙書左丞甄琛曰 : "吳人浮水自云工, 技兒擲袖[1]在虛空." 彭城王勰曰 : "臣思解此是'習'字." 高祖卽以金鍾賜彪. 朝廷服彪聰明, 甄琛和之亦速.

* 이 고사는 《태평광기》 권174 〈준변 · 이표〉에 실려 있다.
1 수(袖) : 금본 《낙양가람기(洛陽伽藍記)》에는 "승(繩)"이라 되어 있는데, 문맥상 보다 타당하다.

라고 말한 것이다. 이표와 견침은 '습' 자를 바로 말하지 않고 그 뜻에 해당하는 예를 들어 대답했는데, 위에 나온 예들은 당사자들에게는 너무도 익숙한 일이다.

24-20(0583) 반몽

반몽(班蒙)

출《계원총담》

당(唐)나라의 재상 영호도(令狐綯)가 회해절도사(淮海節度使)로 있을 때, 지사(支使: 절도사의 속관) 반몽이 종사(從事)들과 함께 대명사(大明寺)의 서쪽 낭하(廊下)를 유람하다가 문득 앞의 벽에 적혀 있는 글을 보았다.

"한 사람은 당당하고, 두 빛은 동시에 빛나네. 샘은 깊어 1척 1촌, 얼음 옆에서 점을 떼어 내네. 두 사람이 서로 붙어 있어, 한쪽이 부족하지 않네. 세 대들보와 네 기둥이 세차게 타오르고, 온전한 두 해에서 쌍 갈고리를 제거하네."

여러 빈객과 막료들이 그것을 돌아보고 발걸음을 멈춘 채 한참 동안 생각했지만 해독할 수 없었는데, 반몽 혼자만이 말했다.

"한 사람[一人]이란 '대(大)' 자가 아니겠습니까? 두 빛이란 해와 달[日月]이니, '명(明)' 자가 아니겠습니까? 1척 1촌은 11촌[十一寸]이니 '사(寺)' 자가 아니겠습니까? 그리고 얼음[氷]에서 점을 없애면 '수(水)' 자이고, 두 사람[二人]이 서로 붙어 있으면 '천(天)' 자이며, '불(不)' 자에서 한 변이 부족하면 '하(下)' 자입니다. 또 세 대들보와 네 기둥이 세차게 타오르는 것은 '무(無)' 자이고, 두 해[日日]에서 쌍 갈고리[丿丨]를 없애면 '비(比)' 자입니다. 그러니 '대명사수천하무비(大明寺水天下無比: 대명사의 물은 천하에 비할 것이 없다)'가 아니겠습니까?"

사람들은 모두 시원하게 이해하며 말했다.

"황견유부(黃絹幼婦)[78]의 기지와 또한 무엇이 다르겠는가!"

그러고는 온종일 찬탄했다.

唐令狐相綯出鎭淮海日, 支使班蒙與從事俱遊大明寺之西廊, 忽觀前壁所題云: "一人堂堂, 二曜同光. 泉深尺一, 點去冰傍. 二人相連, 不欠一邊. 三梁四柱烈火然, 除却雙勾兩日全." 諸賓慕顧之, 駐足良久, 莫之能辨, 獨班蒙曰: "一人, 豈非'大'字乎? 二曜者, 日月, 非'明'字乎? 尺一者, 十一寸, 非'寺'字乎? 點去氷, '水'字, 二人相連, '天'字, '不欠一邊, '下'字. 三梁四柱而烈火然, '無'字, 兩日除雙勾, '比'字. 得非'大明寺水, 天下無比'乎?" 衆皆洗然曰: "黃絹之奇智, 亦何異哉!" 稱嘆彌日.

* 이 고사는 《태평광기》 권174 〈준변·반몽〉에 실려 있다.

78) 황견유부(黃絹幼婦): 절묘(絶妙)하다는 뜻의 은어. '황견'은 색사(色絲)이므로 '절(絶)' 자가 되고, '유부'는 소녀(少女)이므로 '묘(妙)' 자가 된다. 조조(曹操)와 양수(楊修)의 고사에서 나온 말이다.

유민(幼敏)

24-21(0584) 가규

가규(賈逵)

출'왕자년《습유기》'

　　한(漢)나라의 가규는 다섯 살 때부터 다른 사람보다 총명하고 지혜로웠다. 그의 누나는 한요(韓瑤)의 부인이었는데, 한요는 후사가 없었지만 부인 역시 정숙하고 현명하다는 평판이 자자했다. 그녀는 이웃의 서생들이 책 읽는 것을 듣고 날마다 가규를 안고 울타리 너머에서 들었는데, 가규가 말없이 조용히 듣자 누나가 기뻐했다. 가규가 열 살이 되어 육경을 암송하자 누나가 가규에게 말했다.

　　"네가 어떻게 아느냐?"

　　가규가 말했다.

　　"누님이 옛날에 저를 안고 울타리 아래로 가서 이웃집에서 글 읽는 소리를 들었던 것을 기억하는데, 지금 하나도 잊지 않고 있습니다."

　　가규는 마당의 뽕나무 껍질을 벗겨서 공책으로 삼았으며, 때로는 문과 병풍에 글을 써 가면서 외우고 기억한 끝에 1년 만에 경서와 사서를 두루 통달하게 되었다. 문도(門徒)들이 만 리를 멀다 하지 않고 찾아와서 배웠으며, 어떤 이는 아들과 손자를 포대기에 업고 와서 문 옆에서 머물기도 했는데, 가규는 이들에게 모두 경문(經文)을 구술로 전수해 주었다. 이들이 가규에게 선물한 것이 곡식 창고에 가득했다. 세상에서는 이를 일러 "설경(舌耕 : 혀로 밭을 갈다)"이라고 했다.

漢賈逵五歲, 神明過人. 其姉韓瑤之婦, 瑤無嗣, 而婦亦以貞明見稱. 聞鄰里諸生讀書, 日抱逵隔籬而聽, 逵靜聽無言, 姉以爲喜. 年十歲, 乃暗誦六經, 姉謂逵曰 : "汝安知?" 逵曰 : "憶姉昔抱逵往籬下, 聽鄰家讀書, 今萬不失一." 乃剝庭中桑皮以爲牒, 或題於扉屛, 且誦且記, 期年, 經史遍通. 門徒來學, 不遠萬里, 或襁負子孫, 舍於門側, 皆口受經文. 贈獻者積虜盈倉. 世謂之"舌耕".

* 이 고사는 《태평광기》 권175 〈유민·가규〉에 실려 있다.

24-22(0585) 진원방

진원방(陳元方)

출《샹은운소설》

한나라 말에 진태구[陳太丘 : 진식(陳寔)]가 친구와 함께 출타하기로 약속했는데, 약속한 시간이 지나도록 친구가 도착하지 않자 진태구는 기다리지 않고 그냥 떠났으며, 그가 떠난 후에야 친구가 도착했다. 당시 그의 아들 진원방[陳元方 : 진기(陳紀)]은 일곱 살이었고 대문 밖에서 놀고 있었는데, 손님이 진원방에게 물었다.

"존친께서는 계시는가?"

진원방이 대답했다.

"당신을 기다렸으나 오지 않기에 이미 떠나셨습니다."

친구가 화를 내며 말했다.

"사람도 아니구먼! 남과 함께 출타하기로 약속해 놓고는 버려두고 그냥 떠나다니!"

그러자 진원방이 말했다.

"당신이 정오에 만나기로 약속해 놓고는 정오가 지나도록 오지 않은 것은 신의가 없음이며, 자식에게 대놓고 아비를 욕하는 것은 무례함입니다."

친구가 무색해하면서 수레에서 내려 그를 잡아끌었지만,

진원방은 대문 안으로 들어가서 뒤도 돌아보지 않았다.

漢末, 陳太丘與友人期行, 過期不至, 太丘捨去, 去後乃至. 其子元方年七歲, 戲於門外, 客問元方: "尊君在否?" 答曰: "待君不至, 已去." 友人怒曰: "非人! 與人期行, 相委而去!" 元方曰: "君期日中, 過中不來, 則是無信, 對子罵父, 則是無禮." 友人慚, 下車引之, 元方入門不顧.

* 이 고사는 《태평광기》 권174 〈유민·진원방〉에 실려 있다.

24-23(0586) 손책

손책(孫策)

출《어림(語林)》

손책(孫策)이 열네 살 때 수양(壽陽)에서 원술(袁術)을 찾아갔는데, 막 도착해서 조금 있다가 유 예주[劉豫州 : 유비(劉備)]가 도착하자, 손책이 곧장 떠나겠다고 했더니 원술이 말했다.

"유 예주가 그대와 무슨 상관인가?"

손책이 대답했다.

"영웅은 사람을 꺼리는 법이지요[英雄忌人]." 미 : 단지 넉 자이지만 곧바로 이미 그를 알고 있음을 알 수 있다.

그러고는 즉시 나가서 동쪽 계단으로 내려갔다. 유 예주가 서쪽 계단으로 올라오다가 손책의 걸음걸이를 돌아보았더니, 거의 앞으로 나아가지 못하는 지경이었다.

吳孫策年十四, 在壽陽詣袁術, 始至, 俄而劉豫州到, 便求去, 袁曰 : "劉豫州何關君?" 答曰 : "英雄忌人." 眉 : 祇四字, 便知已知彼. 卽出, 下東階. 而劉從西階上, 但轉顧視孫步, 殆不復前.

* 이 고사는《태평광기》권174 〈유민・손책〉에 실려 있다.

24-24(0587) 종육

종육(鍾毓)

출《소설(小說)》

종육과 종회(鍾會)는 어려서부터 훌륭한 명성이 있었는데, 그들이 열세 살 때 위(魏) 문제(文帝)가 이를 듣고 그 아버지 종요(鐘繇)에게 말했다.

"경의 두 아들을 들라 하시오."

그리하여 문제가 친견하게 되었는데, 종육의 얼굴에 땀이 흐르자 문제가 물었다.

"그대의 얼굴엔 어찌하여 땀이 흐르는가?"

종육이 대답했다.

"두렵고 황공해서 땀이 국물처럼 흐릅니다."

문제가 다시 종회에게 물었다.

"그대는 어찌하여 땀을 흘리지 않는가?"

종회가 대답했다.

"두렵고 떨려서 땀이 감히 나오지 않습니다."

또 두 형제는 아버지가 낮잠 자는 틈을 타서 함께 술을 훔쳐 먹었다. 그 아버지는 이때 깨어 있었지만 잠시 잠든 척하고 이를 지켜보았는데, 종육은 배례(拜禮)한 후에 마셨으나 종회는 마시면서도 배례하지 않았다. 얼마 후에 아버지가 그 이유를 물었더니 종육이 말했다.

"술을 마심으로써 예를 이루기 때문에 감히 배례하지 않을 수 없었습니다."

종회가 말했다.

"훔치는 것은 본래 예가 아니기 때문에 배례하지 않았습니다."

鍾毓·鍾會少有令譽, 年十三, 魏文帝聞之, 語其父繇曰 : "令卿二子來." 於是敕見, 毓面有汗, 帝問曰 : "卿面何以汗?" 毓對曰 : "戰戰惶惶, 汗出如漿." 復問會 : "卿何以不汗出?" 會對曰 : "戰戰慄慄, 汗不敢出." 又值其父晝寢, 因共偸酒飮. 父時覺, 且假寐以觀之, 毓拜而後飮, 會飮而不拜. 旣而問其說, 毓曰 : "酒以成禮, 不敢不拜." 會曰 : "偸本非禮, 所以不拜."

* 이 고사는 《태평광기》 권174 〈유민·종육〉에 실려 있다.

24-25(0588) 양수

양수(楊修)

출《계안록(啓顔錄)》

    양수는 아홉 살 때 매우 총명하고 지혜로웠다. 공군평[孔君平 : 공탄(孔坦)]이 그의 부친을 찾아왔는데 부친이 집에 없었기에, 양수가 공군평을 위해 과일을 차렸는데 그중에 양매(楊梅)가 있었다. 공군평이 말했다.

"이것이 그대 집안의 과일이로구나."

양수가 곧바로 대꾸했다.

"공작(孔雀)이 어르신 집안의 가금(家禽)이란 소리는 들어 보지 못했습니다."

楊修九歲, 甚聰慧. 孔君平詣其父, 不在. 修爲君平設果, 有楊梅. 君平曰 : "此是君家果." 修應聲答曰 : "未聞孔雀是夫子家禽也."

* 이 고사는《태평광기》권245〈회해・양수〉에 실려 있다.

24-26(0589) 손제유

손제유(孫齊由)

출《세설신어》

    손제유[孫齊由 : 손잠(孫潛)]와 손제장[孫齊莊 : 손방(孫放)] 두 사람이 어렸을 때 유 공[庾公 : 유양(庾亮)]을 찾아갔더니, 유 공이 손제유에게 물었다.

"자(字)가 무엇인가?"

"제유라고 합니다."

"누구와 나란히 하고자 하는가?"

"허유(許由)와 나란히 하고자 합니다."

또 손제장에게 물었다.

"자가 무엇인가?"

"제장이라고 합니다."

"누구와 나란히 하고자 하는가?"

"장주(莊周 : 장자)와 나란히 하고자 합니다."

그러자 유 공이 말했다.

"어찌하여 중니(仲尼 : 공자)를 흠모하지 않고 장주를 흠모하는가?"

손제장이 대답했다.

"성인(聖人 : 孔子)은 태어나실 때부터 도를 깨치신 분인지라 흠모하기가 어렵습니다."

유 공은 크게 기뻐했다.

孫齊由·齊莊二人小時, 詣庾公, 公問齊由 : "何字?" 曰; "齊由." 公曰 : "欲何齊耶?" 曰 : "齊許由." 又問齊莊 : "何字?" 答曰 : "齊莊." 公曰 : "欲何齊耶?" 曰 : "齊莊周." 公曰 : "何不慕仲尼而慕莊周?" 答曰 : "聖人生知, 故難慕." 庾公大喜.

* 이 고사는 《태평광기》 권174 〈유민·손제유〉에 실려 있다.

24-27(0590) 왕자

왕자(王慈)

출《담수》

　　왕자는 왕승건(王僧虔)의 맏아들이다. 그가 일곱 살 때 [외조부인] 강하왕(江夏王) 유의공(劉義恭)이 그를 데리고 중재(中齋)로 들어가서 많은 보물을 펼쳐 놓고 마음대로 가지게 했는데, 왕자는 단지 소금(素琴 : 장식하지 않은 소박한 금) 하나와 효자도(孝子圖)만 가질 뿐이었다. 사초종(謝超宗)은 왕자가 서예를 배우는 것을 보고 그에게 말했다.

　　"그대의 글씨는 건 공(虔公 : 왕승건)에 비해 어떠한가?"

　　왕자가 대답했다.

　　"저의 글씨와 부친의 글씨는 마치 닭을 봉새[鳳][79]에 비교하는 것과 같습니다."

　　사초종은 사봉(謝鳳)의 아들이다.

王慈, 僧虔長子. 年七歲, 江夏王劉義恭迎之入中齋, 施實寶

---

79) 봉새[鳳] : 옛날에는 상대방의 부친이나 조부의 성함을 언급하는 것을 금기시했는데, 사초종이 왕자의 부친 성함인 "건(虔)" 자를 말하자, 왕자가 이에 응수해 사초종의 부친 성함인 "봉(鳳)" 자를 말한 것이다.

物, 恣其所取, 慈唯取素琴一張・孝子圖而已. 謝超宗見慈學書, 謂之曰: "卿書何如虔公?" 答云: "慈書與大人, 如鷄之比鳳." 超宗, 鳳之子.

* 이 고사는 《태평광기》 권207 〈서(書)・왕승건(王僧虔)〉에 실려 있다.

24-28(0591) **왕현**

왕현(王絢)

출《척언(摭言)》

　송(宋 : 유송)나라 왕경문(王景文)은 본명이 왕욱(王彧)이었는데, 명제[明帝 : 유욱(劉彧)]와 이름이 같았기 때문에 자(字)로 불렸다. 당시 대여섯 살이었던 그의 큰아들 왕현은 매우 총명했는데, 외조부 하상지(何尚之)가 그를 남다르다고 칭찬했다. 한번은 하상지가 왕현에게 《논어(論語)》를 가르치면서 "욱욱호문재(郁郁乎文哉 : 찬란하도다, 그 문물제도여)!"[80]라는 대목에 이르자, 농담으로 왕현에게 말했다.

　"'야야호문재(邪邪乎文哉 : 아버지로다, 그 문물제도여)!'[81]라고 고쳐도 되겠구나."

　왕현이 그 말이 떨어지자마자 대답했다.

　"존친의 이름으로 어찌 농담을 하십니까? 그렇다면 '초옹

---

80) 욱욱호문재(郁郁乎文哉 : 찬란하도다, 그 문물제도여) :《논어》〈팔일(八佾)〉편에 나오는 구절.
81) 야야호문재(邪邪乎文哉 : 아버지로다, 그 문물제도여) : 위의 "욱(郁)"은 왕욱의 "욱(彧)"과 뜻과 음이 같으며, "욱(郁)"은 "야(邪)"와 통하고 "야(邪)"는 아버지라는 뜻의 "야(爺)"와 음이 같다.

지풍필구(草翁之風必偃 : 꼴 베는 늙은이 위로 바람이 불면
외숙부다)'82)라고 말할 수 있겠군요."

하언(何偃)은 하상지의 아들이다.

宋王景文, 本名彧, 與明帝名同, 故稱字. 長子絢, 年五六歲,
警悟, 外祖何尙之賞異焉. 嘗敎讀《論語》, 至"郁郁乎文哉!",
因戱之曰 : "可改'邪邪乎文哉!'" 絢應聲答曰 : "尊者之名, 安
可爲戱? 便可道'草翁之風必偃'." 偃, 尙之子也.

* 이 고사는《태평광기》권174〈유민・왕현〉에 실려 있는데, 출전이
  "《담수(談藪)》"라 되어 있다.

---

82) 초옹지풍필구(草翁之風必偃 : 꼴 베는 늙은이 위로 바람이 불면 외
숙부다) : 《논어》〈안연(顔淵)〉 편에 나오는 "초상지풍필언(草上之風
必偃 : 풀 위로 바람이 불면 풀이 반드시 눕는다)"을 가지고 농담한 것
이다. "상(上)"은 하상지의 "상(尙)"과 통한다. "언(偃)"은 하상지의 아
들의 이름으로, 왕경문에게는 외숙부가 된다.

24-29(0592) 이백약

이백약(李百藥)

출《담빈록》

이백약은 일곱 살에 문장을 잘 지었다. 북제(北齊)의 중서사인(中書舍人) 육예(陸乂)가 한번은 그의 부친 이덕림(李德林)을 만나 연회에 참석했는데, 어떤 사람이 서릉(徐陵)의 문장 가운데 "예낭야지도(刈琅邪之稻 : 낭야의 벼를 베다)"[83]라는 구절을 언급하자, 좌중의 빈객들은 모두 그 전고를 알지 못했다. 이때 이백약이 나아가 말했다.

"《좌전(左傳)》〈소공(昭公) 18년〉조에서 '우인적도(鄅人籍稻 : 우나라 사람이 적전(籍田)에 벼를 심었다)'라고 했으며, [두예(杜預)의] 주(注)에서 '우국(鄅國)은 낭야 개양현(開陽縣)에 있다'라고 했습니다."

사람들은 모두 놀라고 기뻐하면서 그를 신동(神童)이라 불렀다. 이백약은 어렸을 때 병치레를 많이 했기 때문에 할머니가 "백약"이라고 이름을 지어 주었다.

---

83) 예낭야지도(刈琅邪之稻 : 낭야의 벼를 베다) : "예(刈)"는 육예의 "예(乂)"와 음과 뜻이 같다.

李百藥七歲能屬文. 齊中書舍人陸乂, 常遇其父德林宴集, 有說徐陵文者, 云"刈琅邪之稻", 坐客並迷其事. 百藥進曰: "《傳》稱'鄅人籍稻', 注云: '鄅國在琅邪開陽縣'." 人皆驚喜, 呼爲神童. 百藥幼多疾, 故祖母以"百藥"爲名.

* 이 고사는 《태평광기》 권175 〈유민 · 이백약〉에 실려 있다.

24-30(0593) 노장도

노장도(盧莊道)

출《어사대기(御史臺記)》

노장도는 범양(范陽) 사람이다. 그의 부친 노언(盧彦)과 고사렴(高士廉)은 오랜 친구 사이였다. 노장도는 어렸을 때 부친을 여의었는데, 열두 살에 고사렴을 찾아갔더니 고사렴은 친구의 아들로서 대하며 앉으라고 했다. 때마침 고사렴에게 글을 올린 사람이 있었는데, 노장도가 그 글을 몰래 엿보고서 고사렴에게 말했다.

"이 글은 제가 지은 것입니다."

고사렴이 이상해하며 말했다.

"후생(後生 : 노장도)은 터무니없는 말을 하지 마라."

그러고는 그 글을 외워 보라고 했더니 과연 능통하게 외웠으며, 다시 거꾸로 외워 보라고 했더니 또 능통하게 외웠다. 고사렴이 한참 동안 찬탄했더니, 그제야 노장도가 무릎을 꿇고 사죄하며 말했다.

"사실은 제가 지은 것이 아니며, 옆에서 엿보고 외운 것일 뿐입니다."

고사렴이 다른 문장과 공문서를 꺼내 그에게 읽게 했는데, 노장도는 단 한 번 읽어 보고 거꾸로 외우기까지 했으며,

아울러 자신이 지은 문장을 보여 드렸다. 고사렴이 그 일을 갖추어 상주하자, [당나라] 태종(太宗)이 그를 불러 만나 본 뒤에 책시(策試)를 통해 급제시켰다. 그는 16세에 하지현위(河池縣尉)에 제수되었으며, 만 2년에 제거(制擧)에서 갑과(甲科)로 합격했다. 태종이 그를 불러 만나 본 뒤에 말했다.

"이 사람이 짐의 총명한 어린 신하인가?"

그러고는 특별히 장안현위(長安縣尉)에 제수했다. 태종은 장차 죄수들을 살펴보려고 했는데, 당시 노장도는 겨우 스무 살이었기에 현령은 그가 나이가 어려 일을 제대로 처리하지 못할까 봐 걱정해 다른 현위로 대체하려고 했으나, 노장도는 그 뜻을 따르지 않았다. 당시 옥에 갇힌 죄수는 400여 명이었고 그들의 죄상을 기록한 문서를 미리 갖추어 놓았는데, 노장도는 단지 한가로이 지내면서 그것들을 살펴보지 않았다. 그러자 현령과 현승(縣丞)이 걱정하며 누차 그에게 말했지만, 노장도는 태연자약할 뿐이었다. 다음 날 태종이 죄수들을 불렀을 때, 노장도는 이내 침착하게 문서를 가지고 나아가더니 여러 죄수들을 이끌고 들어가서 황상 앞에서 그들의 죄상의 경중과 구류할 기간을 판정했는데, 그 대답이 귀신같았다. 태종은 경탄하고 그날로 그를 감찰어사(監察御史)에 임명했다. 미 : 젊은 어사다.

盧莊道, 范陽人也. 父彦與高士廉有舊. 莊道少孤, 年十二造士廉, 廉以故人子, 引令坐. 會有上書者, 莊道竊窺覽, 謂士廉曰:"此文莊道所作." 士廉怪謂曰:"後生勿妄言." 請誦之, 果通, 復請倒誦, 又通. 士廉稱嘆久之, 乃跪謝曰:"實非莊道所作, 向傍窺而記耳." 士廉取他文及案牘, 命讀之, 一覽而倒誦, 並呈示所撰文章. 士廉具以聞, 太宗召見, 策試擢第. 年十六授河池尉, 滿二歲, 制擧擢甲科. 召見, 太宗曰:"此是朕聰明小兒邪?" 特授長安尉. 太宗將省囚徒, 莊道年纔二十, 縣令以幼年, 懼不擧, 將以他尉代之, 莊道不從. 時繫囚四百餘人, 俱預書狀, 莊道但閑暇, 不之省也. 令丞等憂懼, 屢以爲言, 莊道從容自若. 翌日, 太宗召囚, 莊道乃徐書狀以進, 引諸囚入, 莊道對御評其罪狀輕重, 留繫月日, 應對如神. 太宗驚嘆, 卽日拜監察御史. 眉:少年御史.

* 이 고사는 《태평광기》 권174 〈준변·노장도〉에 실려 있다.

24-31(0594) 왕발

왕발(王勃)

출《척언》·《담수》

   왕발은 자가 자안(子安)이며, 여섯 살에 문장을 잘 지었다. 열세 살 때 부친을 찾아뵈러 가다가 강서(江西)에 이르렀는데, 마침 그곳의 부수(府帥 : 자사)가 등왕각(滕王閣)에서 연회를 열었다. 그때 부수에게는 문장을 잘 짓는 사위가 있었는데, 미 : 믿는 건 이 사람이다. 부수는 빈객들에게 자랑하고 싶어서 사위에게 전날 밤에 〈등왕각서〉를 지어 놓으라고 한 뒤에 빈객들이 모이길 기다렸다가 꺼내서 마치 즉석에서 지은 것처럼 하려고 했다. 사람들이 모이고 나자 부수는 과연 여러 빈객에게 종이를 주며 글을 청했지만 빈객들은 사양했다. 왕발의 차례가 되자 왕발은 곧장 종이를 받았다. 부수는 자신의 뜻대로 되지 않은 데다가 그의 불손함에 화를 내며, 사람을 시켜 그가 쓰는 글을 엿보게 했다. 처음에 보고했다.

   "남창(南昌)은 옛 군(郡)의 이름이요, 홍도(洪都)는 새로운 부(府)의 명칭이다."

   부수가 말했다.

   "이는 또한 서생의 평범한 말일 뿐이다."

다음으로 보고했다.

"별자리로는 익수(翼宿)와 진수(軫宿)로 나뉘고, 땅으로는 형산(衡山)과 여산(廬山)에 접하고 있다."

부수는 한참 동안 말없이 생각에 잠겼다. 또 보고했다.

"지는 노을은 외로운 따오기와 나란히 날고, 가을 강물은 긴 하늘과 함께 한 빛깔이다."

부수가 말했다.

"이는 불후(不朽)의 문장이로다!"

왕발은 매번 비송(碑頌)을 지을 때면, 먼저 먹을 몇 되 정도 갈아 놓은 후에 이불을 끌어다 얼굴까지 덮고 누웠다가 갑자기 일어나 순식간에 문장을 써 내려갔는데, 애초에 점 하나도 고치지 않았다. 당시 사람들은 이를 "복고(腹稿 : 뱃속의 원고)"라고 불렀다.

王勃, 字子安, 六歲能屬文. 年十三, 省其父, 至江西, 會府帥宴於滕王閣. 時帥府有婿, 善爲文章, 眉 : 賴有此人. 帥欲誇之賓客, 乃宿構〈滕王閣序〉, 俟賓合而出之, 爲若卽席而就者. 旣會, 帥果授箋諸客, 諸客辭. 次至勃, 勃輒受. 帥旣拂其意, 怒其不讓, 乃使人伺其下筆. 初報曰 : "南昌故郡, 洪都新府." 帥曰 : "此亦老生常談耳." 次曰 : "星分翼軫, 地接衡廬." 帥沉吟移晷. 又曰 : "落霞與孤鶩齊飛, 秋水共長天一色." 帥曰 : "斯不朽矣!"
王勃每爲碑頌, 先磨墨數升, 引被覆面而臥. 忽起, 一筆書之, 初不點竄. 時人謂之"腹稿".

* 이 고사는 《태평광기》 권175 〈유민 · 왕발〉과 권198 〈문장 · 왕발〉에 실려 있다.

24-32(0595) 원가

원가(元嘉)

출《조야첨재》

원가는 어려서부터 총명하고 준수했다. 그는 왼손으로는 원을 그리면서 오른손으로는 네모를 그리고, 입으로는 경사(經史)를 외우면서 눈으로는 양 떼의 수를 세고 아울러 40자의 시[오언 율시]를 지었는데, 이 일들을 일시에 하면서 발로는 오언 절구(五言絶句)를 썼다. 여섯 가지 일을 동시에 했으므로, 사람들은 그를 이름 대신 "신선 동자(神仙童子)"라고 불렀다.

元嘉少聰俊. 左手畫圓, 右手畫方, 口誦經史, 目數群羊, 兼成四十字詩, 一時而就, 足書五言絶. 六事齊擧, 代號"神仙童子".

* 이 고사는《태평광기》권175〈유민·원가〉에 실려 있다.

24-33(0596) 배염지

배염지(裴琰之)

출《어사대기》

 배염지는 동주사호참군(同州司戶參軍)이 되었을 때, 겨우 약관(弱冠)의 나이였다. 그러나 그는 즐겁게 놀기만 할 뿐 거의 업무를 처리하지 않았다. 자사(刺史)인 초국공(譙國公) 이숭의(李崇義)가 괴이하게 여겨 호좌(戶佐 : 사호참군의 보좌관)에게 물었더니 호좌가 말했다.

 "사호는 고관대작의 아들이라 아마도 사안을 판결하는 데 익숙하지 않은 듯합니다."

 며칠 후에 이숭의가 배염지에게 말했다.

 "동주의 일은 번잡한데 사호는 특히 심하네. 공은 어찌하여 따로 경관(京官 : 도성의 관원)을 구하지 않는가? 이런 관직에서 지체하지 말게."

 배염지는 그러겠다고 대답했다. 다시 며칠 후에 관서의 일이 산적해 있자, 이숭의가 엄한 낯빛으로 말하면서 장차 상주해 그를 면직하려고 했다. 배염지가 호좌에게 말했다.

 "문건이 얼마나 되는가?"

 호좌가 대답했다.

 "200여 건입니다."

배염지가 말했다.

"그것이 뭐 그리 많다고 이리도 사람을 들볶는단 말인가!"

그러고는 사안마다 뒤에 종이 10장씩을 연달아 붙이게 하고, 또 대여섯 명에게 먹을 갈아 두도록 했다. 배염지는 사안 담당자에게 사안의 요지를 간략하게 말하라고 한 뒤에 기둥에 기대어 판결했는데, 문사는 거침없고 문장은 아름답고 찬란했으며, 손을 멈추지 않고 써 내려가자 종이가 나는 듯이 바닥으로 떨어졌다. 온 주(州)의 관료들이 구경하느라 담장을 두른 듯했으며, 탄성이 끊이지 않았다. 판결한 사안이 이숭의에게 전달되자 이숭의가 처음에 말했다.

"사호가 판결했느냐?"

호좌가 말했다.

"사호는 문필이 정말 대단합니다."

그러나 이숭의는 여전히 뛰어나다고 생각하지 않았는데, 40~50장쯤 되도록 문채가 더욱 정교하자 미 : 이것이야말로 유용한 문장이다. 이숭의는 송구해하면서 배염지를 불러 계단으로 내려가서 사과하며 말했다.

"공의 문장이 이처럼 뛰어난데 어찌하여 그 필봉을 감추어서 이 비루한 사람의 잘못을 만들게 했는가?"

그날로 온 주에 배염지의 명성이 진동했으며, 며칠 후에는 도성에까지 알려졌다.

裴琰之作同州司戶, 年纔弱冠. 但行樂, 略不事事. 刺史譙國公李崇義怪之而問戶佐, 佐曰:"司戶達官兒郎, 恐不嫺書判." 旣數日, 崇義謂琰之曰:"同州事繁, 司戶尤甚. 公何不別求京官? 無爲滯此司也." 琰之唯諾. 復數日, 曹事委積, 崇義厲色形言, 將奏免之. 琰之謂其佐曰:"文案幾何?" 對曰:"二百餘." 琰之曰:"有何多, 如此逼人!" 命每案後連紙十張, 仍命五六人以供硏墨. 琰之語主案者, 略言事意, 倚柱而斷之, 詞理縱橫, 文華燦爛, 手不停綴, 落紙如飛. 傾州官僚, 觀者如堵, 驚嘆之聲不已. 案達於崇義, 崇義初曰:"司戶解判邪?" 戶佐曰:"司戶大高手筆." 仍未之奇也, 比四五十案, 詞彩彌精, 眉:才是有用文章. 崇義悚怍, 召琰之, 降階謝曰:"公之詞翰若此, 何忍藏鋒, 成鄙夫之過?" 是日名動一州, 數日, 聞於京邑.

* 이 고사는 《태평광기》 권174 〈준변・배염지〉에 실려 있다.

24-34(0597) 소정

소정(蘇頲)

출《광인물지(廣人物志)》·《개천전신기》·《명황잡록》·《담빈록》·《송창록(松窗錄)》

　　소정이 다섯 살 때 배담(裴談)이 그의 부친을 방문했는데, 때마침 소정이 옆에 있자 배담이 시험 삼아 그에게 유신(庾信)의 〈고수부(枯樹賦)〉를 암송해 보라고 했다. 소정은 그 마지막 편에 이르자 [배담의] '담(談)' 자를 피해 그 운(韻)을 바꾸어[84] 읊었다.

　　"지난해에 버드나무를 옮기니, 한수 남쪽에서 한들거리네. 이제 잎이 흔들려 떨어지는 것을 보니, 강가가 쓸쓸하구나. 나무도 오히려 이와 같거늘, 사람이 어찌 감당하리오!"

　　배담은 오랫동안 경탄하며 그가 훗날 반드시 문단의 주인이 될 것임을 알았다.

---

84) 운(韻)을 바꾸어 : 인용한 구절은 〈고수부(枯樹賦)〉의 맨 마지막 부분으로, 본래는 "석년종류(昔年種柳), 의의한남(依依漢南). 금간요락(今看搖落), 처창강담(悽愴江潭). 수유여차(樹猶如此), 인하이감(人何以堪)"인데, "남(南)"·"담(潭)"·"감(堪)"이 배담의 '담(談)' 자와 같은 운부(韻部)에 속하는 글자이기 때문에 즉석에서 같은 뜻을 지닌 "음(陰)"·"심(潯)"·"임(任)"으로 바꾸어 읊은 것이다.

소정은 총명함이 남달리 뛰어나서 하루에 수천 언을 외웠다. 비록 읽고 외우는 것은 귀신같았지만 부친 소괴(蘇瓌)는 가르침을 지극히 엄격하게 했는데, 그에게 늘 푸른 베저고리를 입고 침상 아래에 엎드리게 해서 정강이를 드러내 놓고 회초리를 맞게 했다. 또 소괴는 늘 소정을 마구간에서 지내게 하면서 품팔이꾼들과 함께 섞여서 일하게 했다. 하루는 어떤 손님이 소괴를 찾아왔다가 대청마루에서 기다리고 있었는데, 소정이 빗자루를 안고 마당을 종종걸음으로 지나가다가 글이 적혀 있는 종이를 떨어뜨렸다. 손님이 주워서 보았더니 곤륜노(昆侖奴)를 읊은 시였으며 내용은 이러했다.

"손가락은 열 덩이의 먹이요, 귀는 두 개의 숟가락이라네."

손님은 마음속으로 이를 뛰어나다고 생각했다. 한참 후에 소괴가 나와서 손님과 오랫동안 담소를 나누었는데, 손님은 담소하던 끝에 그 시를 읊으면서 아울러 그 시를 떨어뜨린 아이의 모습도 얘기했다. 손님은 그 아이가 소괴의 아들임을 알고 놀라 일어나 소괴에게 축하했다. 소괴는 이때부터 점점 그를 친애하게 되었다. 마침 어떤 사람이 소괴에게 바친 토끼를 처마 아래에 매달아 두었는데, 소괴가 소정을 불러 그것을 읊어 보게 했더니 소정이 즉시 시를 지어 올렸다.

"토끼가 죽어 난간에 쓰러지니, 가져와 대나무 장대에 걸어 두었네. 밝은 거울로 한번 비춰 보니, 달 속에 보이는 것과 무엇이 다르랴?"

소괴는 그 뛰어남에 크게 놀라며 곧바로 자식으로 예우해 주었다. [당나라] 현종(玄宗)이 내란을 평정하고 조서의 초안을 작성하려 했으나, 적당한 사람을 찾기가 매우 어려워서 소괴에게 상의했더니 소괴가 말했다.

"신의 아들 정이 민첩해서 시킬 만할 것입니다. 그러나 술을 좋아하니 다행히 취해 있지만 않다면 그 일을 감당하기에 충분할 것입니다."

현종은 급히 소정을 불러오라 명했으나, 소정이 당도했을 때는 숙취가 아직 풀리지 않아 대강 배알의 예를 갖추더니 대전 아래에서 토하고 말았다. 그러자 현종은 환관에게 그를 부축해 어전(御前)에 누이게 하고 친히 이불을 들어 그에게 덮어 주었다. 미 : 어디서 이렇게 인재를 아끼는 황제를 찾을 수 있겠는가? 소정이 깨어난 뒤에 종이를 주었더니 즉시 조서를 완성했는데, 문재(文才)가 거침없었고 문사(文詞)가 전아하면서도 미려했다. 현종이 크게 기뻐하면서 그의 등을 어루만지며 말했다.

"자식을 아는 것은 부모만 한 이가 없다고 하더니 이와 같단 말인가?"

이로 인해 현종은 소정을 중시했으며, 크게 등용하리라

마음을 먹었다. 위사립(韋嗣立)이 중서령(中書令)에 임명되자, 소괴가 임명 조서를 작성하면서 소정이 그 문장을 짓고 설직(薛稷)이 글씨를 썼는데, 당시 사람들은 그들을 "삼절(三絶)"이라 했다.

소정이 겨우 말을 할 수 있을 무렵에 경조윤(京兆尹)이 소괴의 집에 들렀다가 소정에게 '윤(尹)' 자에 대해 읊어 보라고 했더니 소정이 이렇게 읊었다.

"소[丑]는 비록 발이 있지만, 거북이 등딱지[甲]는 온전한 몸이 아니네. 그대[君]를 보니 입[口]이 없으니, 긔(伊)를 아는 사람[人]이 드무네."

소괴는 동명관(東明觀)의 도사 주언운(周彦雲)과 평소 왕래했는데, 주언운이 당시 스승을 위해 비석을 세우려 하면서 소괴에게 말했다.

"내 일을 이루려면 상군(相君: 재상 소괴)의 아들들을 번거롭게 하고자 하니, 오랑(五郞)이 비문을 짓고 육랑(六郞)이 글씨를 쓰고 칠랑(七郞)이 비석에 새기면 좋겠소."

소괴는 크게 웃으면서 입으로는 말하지 않았으나 마음속으로는 그 타당함에 감복했다. 소괴의 아들 중에서 소정은 다섯째이고 소선(蘇詵)이 여섯째이며 소빙(蘇氷)이 일곱째였는데, 소선은 팔분서(八分書)에 뛰어났다.

경룡(景龍) 2년(708)에 내란이 막 평정되었을 때, 소정은 중서사인(中書舍人)에 제수되어 태극전(太極殿)의 후각(後

閣)에서 근무했다. 당시 소정은 아직 젊었고 처음으로 중임(重任)을 맡았는데, 각종 문서와 조서가 쌓여 있고 썼다 하면 수만 자에 달했다. 때때로 어떤 이는 그가 일을 제대로 처리하지 못할까 봐 걱정했는데, 소정은 손으로 쓰고 입으로 부르면서 털끝만큼의 실수도 없었다. 주서(主書: 문서 담당 관리) 한예(韓禮)와 담자양(譚子陽)은 [소정이 작성한] 조서의 초안을 옮겨 적으면서 자주 소정에게 말했다.

"공(公)께서는 좀 천천히 하십시오. 저희들이 미처 따라 쓰지 못하겠으니 팔목이 부러질까 걱정입니다."

중서령(中書令) 이교(李嶠)가 이를 보고 말했다.

"사인(舍人: 소정)의 생각은 마치 솟아나는 샘과 같으니, 우리가 헤아릴 수 있는 바가 아니다."

평: 《송창록(松窓錄)》을 살펴보니, 중종(中宗)이 한번은 재상 소괴와 이교의 아들을 불러 접견했는데, 두 아들은 모두 어린 나이였다. 황상이 아주 후하게 선물을 하사하면서 두 아이에게 말하길, "너희들은 마땅히 공부한 책을 기억하고 있을 터이니, 나에게 아뢸 만하다고 생각하는 것을 말해 보아라"라고 했다. [소괴의 아들인] 소정이 곧바로 대답하길, "'나무가 먹줄을 따르면 바르게 되고 군후(君侯)가 간언을 따르면 성명(聖明)해진다'[85]입니다"라고 했다. 이교의 아들은 그 이름을 잊어버렸는데 그도 나아가 아뢰길, "'아침

에 물을 건너는 사람의 정강이를 잘라 보고 현인의 심장을 갈라 본다'[86]입니다"라고 했다. 그러자 황상이 말하길, "소괴에게는 아들이 있지만 이교에게는 자식이 없도다"라고 했다.

蘇頲年五歲, 裴談過其父, 頲方在, 乃試誦庾信〈枯樹賦〉. 將及終篇, 避談'字, 因易其韻曰: "昔年移柳, 依依漢陰. 今看搖落, 凄愴江潯. 樹猶如此, 人何以任!" 談駭嘆久之, 知其他日必主文章也.
頲聰悟過人, 日誦數千言. 雖記覽如神, 而父瓌訓勵嚴至, 常令衣青布襦, 伏於床下, 出其脛受榎楚. 又常處頲於馬廄中, 與傭保雜作. 一日, 有客詣瓌, 假於廳事, 頲擁篲趨庭, 遺墮文書. 客取視之, 乃咏昆侖奴詩也, 其詞云: "指頭十挺墨, 耳朵兩張匙." 客心異之. 久而瓌出, 與客淹留, 客笑語之餘, 因咏其詩, 並言形貌. 既知是瓌子, 驚起稱賀. 瓌自是稍親之. 適有人獻瓌兔, 懸於廡下, 乃召頲咏之, 頲立呈詩曰: "兔子死蘭彈, 持來掛竹竿. 試將明鏡照, 何異月中看?" 瓌大驚奇, 驟加顧禮. 及玄宗既平內難, 欲草制書, 甚難其人, 謀之於瓌, 瓌曰: "臣男頲敏捷可使. 然嗜酒, 幸免沾醉, 足了

---

85) 나무가 먹줄을 따르면 바르게 되고 군후(君侯)가 간언을 따르면 성명(聖明)해진다 : 《서경(書經)》〈상서(商書)·열명(說命) 상〉에 나오는 구절.

86) 아침에 물을 건너는 사람의 정강이를 잘라 보고 현인의 심장을 갈라 본다 : 《서경》〈주서(周書)·태서(泰誓) 하〉에 나오는 구절.

其事." 玄宗遽命召來, 至時宿醒未解, 粗備拜舞, 嘗醉嘔殿下. 命中人扶臥於御前, 玄宗親爲擧衾以覆之. 眉: 那得此憐才皇帝? 旣醒, 授簡, 立成, 才藻縱橫, 詞理典贍. 玄宗大喜, 撫其背曰: "知子莫若父, 有如此耶?" 由是器重, 已注意於大用矣. 韋嗣立拜中書令, 瓌署官誥, 頲爲之辭, 薛稷書, 時人爲之"三絶".

頲才能言, 有京兆尹過瓌, 命頲咏'尹'字, 乃曰: "丑雖有足, 甲不全身. 見君無口, 知伊少人." 瓌與東明觀道士周彦雲素相往來, 周時欲爲師建立碑碣, 謂瓌曰: "成某事, 不過煩相君諸子, 五郎文, 六郎書, 七郎致石." 瓌大笑, 口不言而心服其公. 瓌子頲第五, 詵第六, 冰第七, 詵善八分書.

景龍二年, 初定內難, 頲爲中書舍人, 在太極後閣. 時尙年少, 初當劇任, 文詔塡委, 動以萬計. 時或憂其不濟, 而頲手操口對, 無毫釐差失. 主書韓禮・譚子陽轉書詔草, 屢謂頲曰: "乞公稍遲. 禮等書不及, 恐手腕將廢." 中書令李嶠見之, 曰: "舍人思若涌泉, 嶠等所不及也."

評: 按《松窓錄》: 中宗常召宰相蘇瓌・李嶠子進見, 二子皆童年. 上賜與甚厚, 因語二兒曰: "爾宜憶所通書, 可爲奏吾者言之矣." 頲卽應之曰: "'木從繩則正, 后從諫則聖.'" 嶠子忘其名, 亦進曰: "'斮朝涉之脛, 剖賢人之心.'" 上曰: "蘇瓌有子, 李嶠無兒."

* 이 고사는 《태평광기》 권169 〈지인(知人)・배담(裵談)〉, 권174 〈준변・소정〉, 권175 〈유민・소정〉, 권201 〈재명(才名)・소정〉, 권493 〈잡록・소괴이교자(蘇瓌李嶠子)〉에 실려 있다.

24-35(0598) 유안

유안(劉晏)

출《명황잡록》

 [당나라] 현종(玄宗)이 근정루(勤政樓)에 행차해 크게 연악(宴樂)을 베풀자 수많은 기녀들이 나열해 있었다. 당시 유안은 신동(神童)으로서 비서성정자(秘書省正字 : 전적 문자 교감 담당 관원)로 있었는데, 겨우 열 살에 모습은 비록 초라했지만 총명함이 출중했다. 현종이 그를 근정루의 주렴 아래로 부르자, 양귀비(楊貴妃)가 그를 무릎 위에 앉혀 놓은 채 세수시키고 머리를 빗겨 주고 분과 눈썹먹을 발라 주었다. 현종이 유안에게 물었다.

 "경은 정자관(正字官)이 되어 몇 글자나 바로잡았는가?"

 유안이 말했다.

 "천하의 글자를 모두 바로잡았으나, 오직 '붕(朋)' 자만 아직 바로잡지 못했습니다." 협 : '명(明)' 자는 《홍무정운(洪武正韻)》에 "붕(朋)"이라 되어 있다.

 양귀비가 또 그에게 왕대낭(王大娘)이 장대를 이고 있는 광경을 읊게 했다. 당시 교방(敎坊)의 왕대낭이라는 자는 100척이나 되는 장대를 머리에 이는 묘기에 뛰어났는데, 장대 위에 영주산(瀛州山)과 방장산(方丈山) 모양의 나무 산을 설치하고 진홍색 부절(符節)을 든 아이에게 그 사이를 들락날락하면서 계속해서 노래하고 춤추게 했다. 유안은 곧바로 시를 지어 말했다.

"누각 앞에서 온갖 기예 펼치며 신기한 재주 다투는데, 오직 장대만이 신묘한 경지에 올랐네. 고운 비단옷 입은 여자에게 그런 힘이 있으리라 누가 생각했겠는가? 그런데도 장대가 가볍다고 불평하며 사람까지 더 태웠네."

현종과 양귀비 및 여러 비빈들이 한참 동안 즐겁게 웃어서 그 소리가 밖에까지 들렸다. 그래서 현종은 그에게 상아홀(象牙笏)과 황문포(黃文袍)를 하사하라고 명했다.

玄宗御勤政樓, 大張樂, 羅列百妓. 時劉晏以神童爲秘書正字, 方十歲, 形狀獰劣, 而聰悟過人. 玄宗召於樓中簾下, 貴妃置於膝上, 爲施粉黛, 與之巾櫛. 玄宗問晏曰: "卿爲正字, 正得幾字?" 曰: "天下字皆正, 唯'朋'字未正得." 夾: '明'字, 《正韻》作"朋".87) 貴妃復令咏王大娘戴竿. 時敎坊有王大娘者, 善戴百尺竿, 竿上施木山, 狀瀛州·方丈, 令小兒持絳節, 出入其間, 歌舞不輟. 晏應聲曰: "樓前百戲競爭新, 唯有長竿妙入神. 誰謂¹綺羅翻有力? 猶自嫌輕更著人." 玄宗

---

87) '명'자('明'字), 《정운》작"붕"(《正韻》作"朋") : 이 6자는 저본에 본문으로 처리되어 있는데, 《태평광기》의 해당 고사에는 이 6자가 없다. 문맥상 풍몽룡의 협주(夾注) 문장이라고 판단되므로 협주로 처리했다.

與貴妃及諸嬪御歡笑移時, 聲聞於外. 因命牙笏及黃文袍以賜之.

* 이 고사는 《태평광기》 권175 〈유민·유안〉에 실려 있다.
1 알(謁):《태평광기》명초본에는 "위(謂)"라 되어 있는데, 문맥상 타당하다.

24-36(0599) 임걸

임걸(林傑)

출《민천명사전(閩川名士傳)》

　　임걸은 자가 지주(智周)다. 다섯 살 때 부친 임숙(林肅)이 그를 데리고 선군(仙君) 왕패(王霸)[88]의 제단에 갔다가 장난삼아 물었다.

　　"얘야, 이 제단을 읊을 수 있겠니?"

　　그러자 임걸이 말로 읊조렸다.

　　"날개 달린 신선은 이미 구름길로 돌아갔으니, 연단 화로는 풀숲에서 모두 부서져 스러졌네. 천 년 세월에 언제 돌아올지 알지 못하는데, 공연히 세상 사람들은 옛 제단만 쓸고 있네."

　　그의 부친은 경이로워했으며, 이때부터 달마다 지을 시를 과제로 내주었더니 얼마 되지 않아 권축(卷軸)에 가득했

---

88) 왕패(王霸) : 당나라의 도사. 북제(北齊) 때 장강을 건너 민(閩) 땅으로 들어가서 서쪽 교외에 살면서 이산(怡山)에 우물을 파고 연단해 황금을 만들었는데, 흉년이 들면 그 황금으로 쌀을 사서 빈민을 구제했다고 한다. 덕종(德宗) 정원(貞元) 연간(785~805)에 그가 살던 집에 충허궁(沖虛宮)을 짓고 제사를 지냈다.

다. 다음 해에 그가 지은 시를 중승(中丞) 당부(唐扶)에게 바쳤더니, 당부가 자제들에게 그를 학당으로 맞이해 오게 했다. 그때가 마침 칠석날이어서 당(堂) 앞에서 걸교제(乞巧祭)89)를 지냈는데, 그로 인해 임걸에게 걸교시(乞巧詩)를 짓게 했더니 임걸이 붓을 들어 이렇게 썼다.

"칠석날 오늘 아침에 푸른 하늘을 보니, 견우와 직녀가 은하수 다리 건너고 있었네. 집집마다 가을 달 바라보며 걸교제를 지내니, 몇 만 가닥이나 되는 붉은 실을 모두 바늘귀에 꿴다네."

당부가 깜짝 놀라며 말했다.

"진정 신동이로다!"

임걸은 또한 금(琴)과 바둑 및 초서(草書)와 예서(隸書)에도 뛰어났는데, 이 모두는 본래부터 타고난 것이었지 스승에게서 전수받은 것이 아니었다. 당부가 손님과 바둑을 두다가 간혹 온 판국이 패하게 될 경우 바둑판을 싸서 아무도 건드리지 못하게 한 뒤에 임걸을 오게 해서 이어서 바둑을 마저 두게 하면, 임걸은 반드시 묘수를 찾아내서 종종 승리를 뒤집곤 했는데, 그 수가 곡진하고 오묘해서 당시 사람

---

89) 걸교제(乞巧祭) : 칠월칠석에 부녀자들이 견우와 직녀 두 별에게 길쌈과 바느질을 잘하게 해 달라고 비는 제사. 이때 바늘귀 꿰기 시합을 했다.

들은 신선이 그를 도와준다고 생각했다. 나중에 임걸은 다시 사부(詞賦) 창작에 힘써서 자못 명성을 날렸다. 임걸은 아홉 살 때 대부(大夫) 노정(盧貞)과 상시(常侍) 여직(黎直)을 배알했는데, 모두 그를 가상히 여기고 칭찬했다. 얼마 후 빈객들을 만나던 날에 연회 자리에서 시어사(侍御使) 이원(李遠)과 지사(支使 : 절도사의 속관) 조용(趙容)은 그의 명성을 익히 알고 있었기 때문에 잠시도 그를 놓아주지 않았다. 미 : 사대부들에게 이런 문객이 있다면 노산인(老山人 : 나이 든 문인)이 어느 곳에 발을 들일 수 있겠는가? 그의 〈화조지사영여지시(和趙支使咏荔枝詩 : 조 지사가 여지를 읊은 시에 화답하며)〉가 특히 훌륭했는데 다음과 같다.

"금쟁반에 붉은 과실 따서 늘어놓고, 붉은 껍질 벗겨 옥장(玉獎)을 마시네."

부사(副史) 정입(鄭立)이 〈기동전(奇童傳)〉을 짓고 제사(制使 : 천자의 칙사) 유중(劉重)이 서문을 지어 임걸에게 주었다. 임걸은 17세가 되자 금(琴)과 책을 꾸려서 장차 서쪽으로 떠나려고 결심했다. 얼마 지나지 않아 날씨가 맑고 상쾌한 7월의 어느 아침에 서당(書堂) 앞으로 갑자기 기이한 향기가 짙게 퍼지며 기이한 소리가 맑게 들려왔다. 집안사람들이 문밖으로 나와 살펴보니 두 마리 학이 울면서 허공을 돌아 내려왔는데, 눈 같은 깃털에 붉은 머리를 하고서 마당을 돌아다녔다. 임걸은 기뻐하며 붓을 놓고 마당 앞으로 뛰어내려 가 그중 한 마리를 안았다. 그의 부친은 깜짝 놀라며 좋은 조짐이 아닐 것이라고 걱정하면서 어서 놓아주라고 했는데, 잠시 후 학은 허공으로 솟구쳐 날아갔다. 그날 저녁에 임걸은 병에 걸려 며칠 만에 죽었다. 미 : 귀양 온 신선이 아니라면 이런 숙혜(夙慧 : 어린이의 총명한 지혜)는 없을 것이다.

林傑, 字智周. 五歲時, 父肅攜之至王仙君霸壇, 戱問 : "童子能咏是乎?" 傑遂口占云 : "羽客已歸雲路去, 丹爐草木盡彫殘. 不知千載歸何日, 空使時人掃舊壇." 父驚異之, 自此月課所爲, 未幾盈軸. 明年, 遂獻唐中丞扶, 唐命子弟延入學院. 時會七夕, 堂前乞巧, 因試乞巧詩, 傑援毫曰 : "七夕今朝看碧霄, 牽牛織女渡河橋. 家家乞巧望秋月, 穿盡紅絲幾萬條." 唐驚曰 : "眞神童也!" 傑又精於琴棋及草隷書, 俱自天然, 不假師受. 唐因與賓從棋, 或全局輸者, 令罩之勿觸, 取童子來, 繼終其事, 傑必指踪出奇, 往往返勝, 曲盡玄妙, 時謂神助. 後復業詞賦, 頗振聲聞. 至九歲, 謁盧大夫貞·黎常侍直, 無不嘉獎. 尋就賓見日, 在宴筵, 李侍御遠·趙支使容, 深所知仰, 不捨斯須. 眉 : 士大夫有此門客, 令老山人何處設足? 〈和趙支使咏荔枝詩〉尤佳, 云 : "金盤摘下排朱果, 紅穀開時飮玉漿." 鄭副史立作〈奇童傳〉, 劉制使重爲序, 以貽之. 至年十七, 方結束琴書, 將決西邁. 無何, 七月中, 一旦天氣澄爽, 書堂前忽有異香氛氳, 奇音響亮. 家人出戶觀, 見雙鶴嘹唳, 盤空而下, 雪翎朱頂, 徘徊庭際. 傑欣然捨筆, 躍下庭前, 抱得一隻. 其父驚訝, 恐非嘉兆, 令促放, 逡巡溯空而去. 及夕, 傑得疾, 數日而終. 眉 : 非謫仙無此夙慧.

* 이 고사는 《태평광기》 권175 〈유민·임걸〉에 실려 있다.

24-37(0600) 고정

고정(高定)

출《국사보》

고정은 정공(貞公) 고영(高郢)의 아들이다. 일곱 살 때 《상서(尙書)》를 읽다가 〈탕서(湯誓)〉에 이르러 부친에게 물었다.

"어째서 신하로서 군주를 벌한 것입니까?"

부친이 대답했다.

"천명(天命)에 응하고 인도(人道)에 따른 것이었다."

그가 또 물었다.

"천명을 따르면 조상신에게서 상을 받고 천명을 따르지 않으면 사직신에게 죽임을 당하는데, 어찌 인도를 따른 것이겠습니까?"

부친은 대답할 수 없었다.

高定, 眞公[1]郢之子. 年七歲, 讀《尙書》至〈湯誓〉, 問父曰 : "奈何以臣伐君?" 答曰 : "應天順人." 又問曰 : "用命賞於祖, 不用命戮於社, 豈是順人?" 父不能對.

* 이 고사는 《태평광기》 권175 〈유민·고정〉에 실려 있다.
1 진공(眞公) : 《구당서(舊唐書)》〈고영전(高郢傳)〉에는 "정공(貞公)"이라 되어 있는데 타당하다.

24-38(0601) 이덕유

이덕유(李德裕)

출《북몽쇄언》

이덕유는 재주가 탁월해서 [당나라] 헌종(憲宗)이 그를 칭찬하며 무릎 위에 앉혀 주었다. 부친 이길보(李吉甫)가 매번 동료들에게 이를 자랑하자, 재상 무원형(武元衡)이 이덕유를 불러 말했다.

"너는 집에서 무슨 책을 좋아하느냐?"

무원형은 이덕유의 뜻을 알아볼 생각이었지만 이덕유는 응답하지 않았다. 다음 날 무원형이 이길보에게 그 일을 자세히 일러 주자, 이길보가 돌아가서 이덕유를 질책했더니 이덕유가 말했다.

"무 공(武公 : 무원형)은 황제를 보필하는 사람인데 나라를 다스리고 음양을 조화시키는 것은 묻지 않고 무슨 책을 읽는지 물었습니다. 책이란 성균감(成均監 : 국자감)이나 예부(禮部)에서 담당하는 직무입니다. 그 말씀이 타당치 않기 때문에 응답하지 않았던 것입니다." 미 : 이 아이는 뜻이 자신의 몸보다 크다.

이길보가 이를 다시 무원형에게 일러 주었더니 무원형은 크게 부끄러워했다.

李德裕神俊, 憲宗賞之, 坐於膝上. 父吉甫每誇於同列, 武相元衡召之, 謂曰:"吾子在家, 所嗜何書?" 意欲探其志也, 德裕不應. 翌日, 元衡具告吉甫, 吉甫歸責之, 德裕曰:"武公身爲帝弼, 不問理國調陰陽, 而問所讀書. 書者, 成均禮部之職也. 其言不當, 所以不應." 眉:此兒志大於身. 吉甫復告, 元衡大慚.

* 이 고사는 《태평광기》 권175 〈유민·이덕유〉에 실려 있다.

24-39(0602) 최현

최현(崔鉉)

위국공(魏國公) 최현은 최원략(崔元略)의 아들로, 아이였을 때부터 시를 잘 지었다. 한번은 부친을 따라 한황(韓滉)을 방문했는데, 한황이 횃대 위의 매를 가리키며 그에게 읊어 보라고 했다. 최현은 잠시 생각한 뒤에 시를 지어 올렸다.

"마음은 하늘가에 있지만 몸은 횃대 위에 있나니, 날아오르고 싶으나 방법이 없네. 만 리 밖 푸른 하늘도 단번에 오를 것이지만, 날 풀어 줄 사람이 누구인지 모르겠네."

한황은 더욱 기특해하면서 감탄하며 말했다.

"이 아이는 앞길이 구만리라고 이를 만하도다!"

崔魏公鉉, 元略之子也, 童時爲詩. 隨父訪韓公滉, 滉指架上鷹令咏焉. 略佇思, 遂進曰: "天邊心性架頭身, 欲擬飛騰未有因. 萬里碧霄終一去, 不知誰是解縧人." 滉益奇之, 嘆曰: "此兒可謂前程萬里也!"

* 이 고사는 《태평광기》 권175 〈유민・최현〉에 실려 있는데, 출전이 "《남초신문(南楚新聞)》"이라 되어 있다.

24-40(0603) 이하

이하(李賀)

출《척언》·《선실지(宣室志)》

    이하(李賀)는 자가 장길(長吉)이며 당나라 제왕(諸王)의 후손이다. 일곱 살 때 장단가(長短歌)[90)]로써 도성에서 명성을 날렸다. 당시 한유(韓愈)와 황보식(皇甫湜)은 이하가 지은 시를 뛰어나다고 여겼지만 그 사람에 대해서는 알지 못했다. 때마침 그의 부친인 이진숙[李瑨肅 : 이진숙(李晉肅)이라고도 함]의 거처를 알려 준 사람이 있었기에 두 사람은 나란히 말을 타고 그 집을 찾아가서 이진숙에게 아들을 만나게 해 달라고 청했다. 잠시 후에 총각머리의 소년이 연꽃 무늬 옷을 입고 나왔는데, 두 사람은 믿어지지 않아 면전에서 시험 삼아 시 한 편을 짓게 했다. 이하는 흔쾌히 명을 받들어 붓을 잡고 먹을 적셔 마치 주위에 아무도 없는 것처럼 자신만만하게 시를 지었는데, 제목은 〈고헌과(高軒過)〉였다. 두 사람은 그것을 읽어 보고 크게 놀라며 마침내 자신들이 타고 왔던 말에 이하를 태우고 말고삐를 나란히 한 채 거

---

90) 장단가(長短歌) : 장단구(長短句). 시구의 길이가 일정하지 않은 시가를 말한다.

처로 돌아와서 친히 이하의 머리를 묶어 주었다.91) 이하는 약관의 나이가 되기 전에 친상을 당했다. 그래서 나중에 진사시(進士試)에 응시했는데, 어떤 사람이 이하가 가휘(家諱)를 피하지 않았다고92) 비방하자 한문공(韓文公 : 한유)이 특별히 〈변휘[辨諱 : 휘변(諱辯)]〉 한 편을 지었다. 결국 그는 24세에 태상시(太常寺)의 관리로 생을 마쳤다. 그의 모친 정씨(鄭氏)는 슬픔을 스스로 풀지 못했는데, 어느 밤 꿈에 이하가 평상시처럼 찾아와서 모친에게 아뢰었다.

"저는 죽은 것이 아닙니다. 상제께서 근자에 도읍을 월포(月圃)로 옮기면서 새로운 궁을 짓고 '백요(白瑤)'라 명명했습니다. 제가 문장으로 이름을 날리고 있기 때문에 저와 다른 문사 몇 명을 불러 함께 〈신궁기(新宮記)〉를 짓게 했습니다. 상제께서는 또 응허전(凝虛殿)을 짓고 저희들에게 악장(樂章)을 짓게 했습니다. 지금 저는 신선의 한 사람이 되어 매우 즐겁게 지내고 있으니, 어머니께서는 걱정하지 마시기

---

91) 머리를 묶어 주었다 : 원문은 "속발(束髮)". 옛날에 남자 아이가 15세 전후가 되면 머리를 한 갈래로 묶고 대학(大學)에 들어갔다. 여기서는 학문의 길로 들어섰음을 뜻한다.

92) 가휘(家諱)를 피하지 않았다고 : '가휘'는 자기의 부모나 조상의 이름을 부르는 것을 꺼려 피하는 일, 또는 그 피하는 이름을 말한다. 이하는 부친 이름이 진숙(瑨肅)이므로 '진(瑨)'과 음이 같은 진사(進士) 시험에 응시해서는 안 된다고 주장한 것이다.

바랍니다."

　모친은 깨어나 그 꿈을 매우 이상하다고 여겼으며, 이때부터 슬픔이 다소 줄어들었다.

　평 : 《극담록(劇談錄)》을 살펴보니, 원진(元稹)은 젊은 나이에 [명경과에] 급제하고 나서 이하와 교분을 맺고자 했다. 하루는 원진이 예물을 가지고 이하의 집을 찾아갔는데, 이하가 그의 명함을 보고 만나 주지 않은 채 하인을 시켜 그에게 말하길, "명경 급제자가 무슨 일로 이하를 보러 왔소?"라고 했다. 원진은 부끄럽고 분해하면서 물러갔다. 그 후에 원진은 좌습유(左拾遺)로서 제책(制策)에 급제해 나날이 요직을 맡아 예부낭중(禮部郎中)에 이르렀는데, 이하의 가휘가 진(晉)이므로 진사에 응시해서는 안 된다고 논의했다. 이하는 또한 경박하다고 해서 당시 사람들에게 배척받았으므로, 결국 어려운 환경에 처해 끝내 명성을 이루지 못했다. 아! 이하는 바로 상제의 사신(詞臣 : 문학 시종신)이었으니, 어찌 인간 세상에서 과거(科擧)의 명성을 얻을 수 있었겠는가?

李賀, 字長吉, 唐諸王孫也. 年七歲, 以長短之歌名動京師. 時韓愈與皇甫湜賢賀所業, 而未知其人. 會有以其父瑨肅行止言者, 二公因連騎造門, 請其子. 旣而總角荷衣而出, 二公不之信, 因面試一篇. 賀承命欣然, 操觚染翰, 旁若無人, 仍目曰〈高軒過〉. 二公覽之, 大驚, 遂以所乘馬, 命聯鑣而還所居, 親爲束髮. 年未弱冠, 丁內艱. 他日擧進士, 或謗賀不避家諱, 文公特著〈辨諱〉一篇. 卒於太常官, 年二十四. 其先夫人鄭氏哀不自解, 一夕夢賀來, 如平生時, 白夫人曰: "某非死也. 上帝近者遷都於月圃, 構新宮, 命曰'白瑤'. 以某榮於詞, 故召某與文士數輩, 共爲〈新宮記〉. 帝又作疑¹虛殿, 使某輩纂樂章. 今爲神仙中人, 甚樂, 願夫人無以爲念." 夫人寤, 甚異其夢, 自是哀少解.

評: 按《劇談錄》: 元稹少年及第, 欲交結於賀. 一日執贄造門, 賀覽刺不接, 使僕者謂曰: "明經擢第, 何事來看李賀?" 稹慚憤而退. 其後自左拾遺制策登科, 日當要路, 及爲禮部郎中, 因議賀祖諱晉, 不合應擧. 賀亦以輕薄爲時輩所排, 遂致撼軻, 竟不成名. 嗚呼! 賀乃上帝之詞臣, 豈人間可得而科名者哉?

* 이 고사는 《태평광기》 권202 〈연재(憐才)·한유(韓愈)〉와 권49 〈신선·이하〉에 실려 있다.

1 의(疑) : 《태평광기》에는 "응(凝)"이라 되어 있는데, 문맥상 보다 타당하다.

24-41(0604) 노덕연

노덕연(路德延)

    노덕연은 담주(儋州) 사람인 재상 노암(路岩)의 조카로, 어려서부터 시를 잘 지었다. 그가 학사(學舍)에 있을 때 일찍이 시험 삼아 〈파초시(芭蕉詩)〉를 지었다.

    "한 줄기 영묘한 싹은 기이하고, 천연의 성품은 허허로워라. 잎사귀는 비스듬히 줄 그어 놓은 종이와 같고, 꽃술은 거꾸로 말아 놓은 책과 같네."

    시가 완성되자 다음 날 도성에 전해졌는데, 때마침 노담주(路儋州 : 노암)가 사건에 연루되어 주살되었기 때문에 노덕연은 오랫동안 뜻을 펼치지 못했다. [당나라] 광화(光化) 연간(898~901) 초에야 비로소 과거에 급제해 좌습유(左拾遺)에 제수되었는데, 때마침 하중절도사(河中節度使) 주우겸(朱友謙)이 그를 장서기(掌書記)로 초징해 상당히 예우했지만, 노덕연은 성품이 경박하고 교만해서 행동이 대부분 다른 사람을 거슬렸다. 주우겸이 차츰 그에 대한 예우를 거두자, 노덕연은 〈해아시(孩兒詩)〉 50운(韻)을 지어 주우겸을 풍자했다. 주우겸은 이를 듣고 대노해서 술 취한 그를 황하에 빠뜨려 죽였다. 그 시는 사실 훌륭한 작품으로 다음과 같다.

"마음과 자태는 하늘이 주신 그대로, 복숭앗빛 분홍으로 물든 양 뺨 고와라. 길 가던 사람도 모두 쳐다보고, 처음 말 건 사람도 대부분 어여삐 여겼네. 팔은 표주박처럼 포동포동하고, 피부는 비단보다도 부드럽네. 긴 머리는 이마를 살짝 덮고, 나눠 땋은 머리는 어깨에까지 내려오네. 속세의 미련 없이 한가로이 거닐고, 지선(地仙)이라 자처하며 자유롭게 노니네. 붉은 평상 위에서 아전들을 줄 세우고, 화려한 당 앞에서 길 비켜라 호령하네. 곡조 모아 양류[楊柳 : 악부(樂府) 〈절양류(折楊柳)〉]를 노래하고, 소리 모아 채련(採蓮 : 연꽃 춤)을 추네. 방죽 거닐며 가랑비 맞고, 거리 돌아다니며 가벼운 안개 쫓네. 여린 대나무 꺾어 말로 타고, 갓 피어난 부들 흔들어 채찍으로 삼네. 어린 꾀꼬리는 황금 굴대에 묶어 두고, 발바리는 채색 줄에 매어 끌고 다니네. 학을 껴안아 청도(晴島)로 돌아가고, 거위를 몰아 난천(暖泉)으로 들어가네. 버들꽃을 눈인 양 다투어 장난치고, 느릅나무 잎을 돈처럼 함께 주워 담네. 주석 거울은 가슴에 걸어 놓고, 은구슬은 귀에 달아 놓았네. 머리는 푸른 송골매처럼 감싸 매고, 소매는 꺾은 산뽕나무 가지처럼 걷어 올리네. 술은 느긋하게 단사(丹砂)로 데우고, 차는 바삐 소옥(小玉)으로 끓이네. 번번이 수화(壽花 : 장수를 비는 꽃) 따다 꽂고, 때때로 자수 바늘 빌려 바늘귀에 꿰네. 보석 상자에 팥 넣어 두고, 화장 경대에 비취 비녀 담아 두네. 짧은 도포를 요 자리로 깔고,

구겨진 두건을 털신발 위에 씌우네. 삼성(三聖 : 문왕·무왕·주공)이 달리고 있는 그림을 펼쳐 보고, 칠현(七賢 : 죽림칠현)이 웃고 있는 병풍을 펼쳐 보네. 품에 안은 푸른 은행은 작고, 이마에 드리운 초록 연잎은 둥그네. 놀라 흘리는 눈물은 비단옷을 적시고, 앙증맞게 흘리는 침은 비단옷을 더럽히네. 책에 싫증 나자 미인을 가까이하고, 약을 싫어해 머뭇거리며 꾀부리네. 반짝이는 난새 그린 휘장을 희롱하고, 봉황새 수놓은 이불 감추네. 손가락으로 영사(迎使)의 북[93]을 두드리고, 젓가락으로 새신(賽神)의 현[94]을 튕기네. 주렴을 흔드니 물고기 모양 고리가 움직이고, 쟁(箏)을 밀치니 기러기발이 한쪽으로 치우치네. 바둑판엔 새로 줄 그려 넣고, 피리엔 부족한 구멍 뚫네. 고민하던 손님은 비로소 단잠에 들고, 놀라던 스님은 반쯤 선정에 드네. 거미 찾아 지붕의 기왓장까지 뒤지고, 참새 찾아 누각의 서까래를 두루 살피네. 과일 던지기 놀이에 바삐 입을 벌리고, 장구(藏鉤) 놀이[95]에 마구 주먹을 꺼내네. 밤에는 나뉘어 나뭇등걸을 에

[93) 영사(迎使)의 북 : 민간에서 징을 울리고 북을 치면서 신을 맞아들이는 풍속을 말한다.

94) 새신(賽神)의 현 : 가을걷이가 끝난 뒤 마을의 수호신에게 굿하는 풍속을 말한다.

95) 장구(藏鉤) 놀이 : 전통 놀이 가운데 하나로, 몇 명씩 편을 나누어

워싸고, 아침에는 모여서 그네를 타네. 대나무 꺾어 진흙으로 만든 제비 장식하고, 실을 연결해 종이 연을 날리네. 서로 뽐내며 물레방아 돌리고, 서로 따라서 바람을 부네. 붉은 비단 잘라서 작은 깃발 만들고, 푸른 편지지 잘라서 멋진 책 만드네. 멀리는 비둘기 잡는 그물을 펼치고, 낮게는 파리 잡는 새총을 쏘네. 때때로 길(吉)한 말을 하고, 곳곳에서 노래를 전하네. 어깨를 살짝 구부려 창을 가리고, 팔을 서로 맞대어 길을 막네. 봄 길에서 풀싸움하고, 늦게 파종한 밭에서 공을 차네. 버드나무 옆에서 나른하게 혼자 앉아 있고, 꽃 아래서 곤히 잠을 자네. 울타리 가에 몰래 숨어 까치 기다리고, 섬돌 옆에 엎드려 메뚜기 소리 듣네. 곁가지로 춤추는 나비 잡고, 구부러진 나무로 우는 매미 잡네. 평탄한 섬을 재빨리 기어오르고, 깎아지른 절벽을 민첩하게 오르네. 고운 이끼엔 수레 자국 드물고, 깊이 쌓인 눈엔 신발 흔적 온전히 남아 있네. 동굴에서 피어나는 구름을 보고 다투어 가리키고, 하늘에 떠오르는 달을 보고 함께 소리 지르네. 개미집 찾아 길을 파내고, 벌집 찾느라 섬돌을 쑤시네. 나무꾼의 노래 깊은 산골에 울려 퍼지고, 생황의 소리 먼 하천에까지 떠내려가네.

각 편의 한 사람이 손에 고리나 반지 등을 감추면 상대편에서 어느 사람의 손에 그것이 있는지 알아맞히는 놀이다.

나무 쌓아 집 만들고, 흙 반죽해 쟁반 만드네. 돌 쌓아 위험한 높은 돈대 만들고, 벽돌 쌓아 위태로운 높은 탑 만드네. 갑자기 이웃집 나무에 올라, 훌쩍 뛰어 뒤 연못의 배에 오르네. 항탁(項橐)96)이 스승이 되던 때, 감라(甘羅)97)가 재상이 되던 해라네. 시절을 밝히는 것은 바야흐로 덕에 있나니, 권하건대 그대는 미치광이 짓 좀 그만하시라."

路德延, 儋州岩相之猶子也, 數歲能爲詩. 居學舍中, 嘗試〈芭蕉詩〉曰: "一種靈苗異, 天然體性虛. 葉如斜界紙, 心似倒抽書." 詩成, 翌日傳於都, 會儋州坐事誅, 故德延久不能振. 光化初, 方就擧擢第, 尋授左拾遺, 會河中節度使朱友謙辟掌書記, 頗禮待之, 而德延性浮慢, 動多忤物. 友謙稍解體. 德延乃作〈孩兒詩〉五十韻以刺之. 友謙聞而大怒, 因醉沉之黃河. 詩實佳作也, 詩曰: "情態任天然, 桃紅兩頰鮮. 乍行人共看, 初語客多憐. 臂膊肥如瓠, 肌膚軟勝綿. 長頭纔覆額, 分角漸垂肩. 散誕無塵慮, 逍遙占地仙. 排衙朱楊上, 喝道畫堂前. 合調歌楊柳, 齊聲踏採蓮. 走堤衝細雨, 奔

---

96) 항탁(項橐) : 춘추 시대의 신동으로, 일곱 살 때 공자(孔子)의 스승이 되었다고 전해진다.

97) 감라(甘羅) : 전국 시대 진(秦)나라의 책사로, 열두 살 때 조왕(趙王)을 설득해서 다섯 성을 진나라에 바치고 섬기도록 했는데, 그 공으로 상경(上卿 : 재상에 해당함)에 임명되고 전지(田地)와 저택을 하사받았다.

巷趁輕烟. 嫩竹乘爲馬, 新蒲掉作鞭. 鸜雛金旋繫, 猧子彩絲牽. 擁鶴歸晴島, 驅鵝入暖泉. 楊花爭弄雪, 楡葉共收錢. 錫鏡當胸掛, 銀珠對耳懸. 頭依蒼鶻裹, 袖學柘枝搢. 酒殢丹砂暖, 茶催小玉煎. 頻邀壽花挿, 時乞繡針穿. 寶匣拏紅豆, 妝奩拾翠鈿. 短袍披案褥, 劣帽戴靴氈. 展畫趨三聖, 開屛笑七賢. 貯懷靑杏小, 垂額綠荷圓. 驚滴沾羅淚, 嬌流汚錦涎. 倦書饒婭姹, 憎藥巧遷延. 弄帳鸞綃暎, 藏衾鳳結纏. 指敲迎使鼓, 筋拔賽神弦. 簾拂魚鉤動, 箏推雁柱偏. 棋圖添路畫, 笛管欠聲鐫. 惱客初酣睡, 驚僧半入禪. 尋蛛窮屋瓦, 探雀遍樓椽. 拋果忙開口, 藏鉤亂出拳. 夜分圍榾柮, 朝聚打鞦韆. 折竹裝泥燕, 添絲放紙鳶. 互誇輪水磑, 相效放風旋. 旗小裁紅絹, 書幽截碧箋. 遠鋪張鴿網, 低控射蠅弦. 吉語時時道, 謠歌處處傳. 匿窓肩乍曲, 遮路臂相連. 鬪草當春徑, 爭球出晩田. 柳旁慵獨坐, 花底困橫眠. 等鵲潛籬畔, 聽蛩伏砌邊. 傍枝拈舞蝶, 隈樹捉鳴蟬. 平島跨蹻上, 層崖涅捷緣. 嫩苔車跡小, 深雪履痕全. 競指雲生岫, 齊呼月上天. 蟻窠尋徑巇, 蜂穴繞階塡. 樵唱回深嶺, 笙歌下遠川. 疊材爲屋木, 和土作盤筵. 險砌高臺石, 危挑峻塔磚. 忽升鄰舍樹, 踊上後池船. 項橐稱師日, 甘羅作相年. 明時方在德, 勸爾減狂顚."

* 이 고사는 《태평광기》 권175 〈유민·노덕연〉에 실려 있다.

24-42(0605) 혼감

혼감(渾瑊)

출《국사보》

　　태사(太師) 혼감은 열한 살 때 부친 혼석(渾釋)을 따라 방동(防冬 : 동절기에 변방을 방위하는 일)에 나섰는데, 삭방절도사(朔方節度使) 장제구(張齊丘)가 그를 놀리며 물었다.

　　"유모도 데려왔느냐?"

　　혼감은 그해에 도탕(跳盪 : 적이 싸울 준비를 하기 전에 공격해 쳐부숨)의 공을 세웠고, 2년 후에는 석보성(石堡城)을 빼앗고 용구도(龍駒島)를 수복하는 데 모두 뛰어난 공을 세웠다. 미 : 소년 장수다.

渾太師瑊, 年十一, 隨父釋之防冬, 朔方節度張齊丘戲問 : "將乳母來否?" 其年, 立跳盪功, 後二年, 拔石堡城, 收龍駒島, 皆有奇效. 眉 : 少年將.

* 이 고사는《태평광기》권174〈유민·혼감〉에 실려 있다.

권25 문장부(文章部) 재명부(才名部)

문장(文章)

25-1(0606) 사조

사조(謝朓)

출《담수》

　　양(梁)나라 고조(高祖 : 무제)는 진군(陳郡) 사람 사조의 시를 존중해 늘 말했다.

　　"사흘 동안 사조의 시를 읽지 않으면 입 냄새가 느껴진다."

　　평 : 이상하게도 지금 사람들은 입 냄새가 많은데, 누가 사 공(謝公 : 사조)의 시를 읽으려 하는가?

梁高祖重陳郡謝朓詩, 常曰 : "不讀謝詩三日, 覺口臭."
評 : 怪道今人多口過, 何人肯讀謝公詩?

* 이 고사는 《태평광기》 권198 〈문장·사조〉에 실려 있다.

25-2(0607) 유신

유신(庾信)

출〈조야첨재〉

양(梁)나라의 유신이 남조(南朝)에서 처음 북조(北朝)에 도착했을 때 북방의 문사(文士)들 가운데 그를 얕보는 사람이 많았는데, 유신이 〈고수부(枯樹賦)〉를 꺼내 보여 주었더니 그 후로는 감히 험담하는 자가 없었다. 당시 온자승(溫子升)이 〈한릉산사비(韓陵山寺碑)〉를 지었는데, 유신은 비문을 읽더니 그 문장을 베껴 두었다. 남조 사람들이 유신에게 물었다.

"북방의 문사들은 어떻습니까?"

유신이 말했다.

"오직 한릉산에 있는 돌 한 조각만 함께 언급할 가치가 있습니다. 설도형(薛道衡)과 노사도(盧思道)는 붓을 쥐는 법을 조금 깨쳤을 뿐이고, 그 나머지는 나귀가 울고 개가 짖는 듯 귀를 시끄럽게 할 뿐입니다."

梁庾信從南朝初至北方, 文士多輕之, 信出〈枯樹賦〉示之, 自後無敢言者. 時溫子升作〈韓陵山寺碑〉, 信讀而寫其本. 南人問信曰: "北方士何如?" 信曰: "唯有韓陵山一片石堪共語. 薛道衡·盧思道少解把筆, 自餘驢鳴狗吠, 聒耳而已."

* 이 고사는 《태평광기》 권198 〈문장 · 유신〉에 실려 있다.

25-3(0608) 노사도

노사도(盧思道)

출《계안록》

  위(魏:북위)나라 고조(高祖:효문제)의 산릉(山陵:황제의 능침)이 완공되자, 황제가 조서를 내려 위수(魏收)·조효징(祖孝徵)·유적(劉逖)·노사도 등에게 각각 만가(挽歌) 10수씩을 짓게 했으며, 상서령(尙書令) 양준언(楊遵彦)이 평가했다. 위수는 4수가 뽑혔고 조효징과 유적은 각각 2수씩 뽑혔는데, 노사도 혼자만 8수나 뽑혔기 때문에 당시 사람들이 그를 "팔영노랑(八咏盧郞)"이라 불렀다.

魏高祖山陵旣就, 詔令魏收·祖孝徵·劉逖·盧思道等, 各作挽歌詞十首, 尙書令楊遵彦詮之. 魏收四首, 祖·劉各二首, 而思道獨取八首, 故時人號"八咏盧郞".

* 이 고사는《태평광기》권253〈조초(嘲誚)·이음(李憯)〉에 실려 있다.

25-4(0609) 노조린

노조린(盧照鄰)

출《조야첨재》

범양(范陽) 사람 노조린은 자가 승지(升之)다. 그는 약관의 나이에 등왕부(鄧王府)의 전첨(典簽: 문서 담당 관리)에 임명되었으며, 등왕부의 문서는 모두 그에게 맡겨졌다. 등왕부에는 12수레 분량의 서적이 있었는데, 노조린은 그것을 훑어본 후 그 내용을 대략 기억할 수 있었다. 그 후 노조린은 익주(益州) 신도현위(新都縣尉)가 되었으며, 임기가 끝난 후에는 촉(蜀) 땅을 두루 돌아다니면서 세상에 얽매이지 않은 채 시를 짓고 술을 마셨다. 그래서 세상에서는 "왕(王: 왕발)·양(楊: 양형)·노(盧: 노조린)·낙(駱: 낙빈왕)"으로 병칭했는데, 노조린이 그 말을 듣고 말했다.

"왕발(王勃)의 뒤에 있는 것은 기쁘지만 낙빈왕(駱賓王)의 앞에 있는 것은 부끄럽다." 미: 일설에는 "낙빈왕의 앞에 있는 것은 부끄럽고 양형(楊炯)의 뒤에 있는 것은 창피하다"라고 했다고 한다.

范陽盧照鄰, 字升之. 弱冠拜鄧王府典簽, 王府書記一以委之. 王有書十二車, 照鄰披覽, 略能記憶. 後爲益州新都縣尉, 秩滿, 婆娑於蜀中, 放曠詩酒. 故世稱"王·楊·盧·駱",

照鄰聞之曰:"喜居王後, 恥在駱前." 眉 : 一說"愧在駱前, 恥居楊後".

* 이 고사는《태평광기》권198〈문장 · 노조린〉에 실려 있다.

25-5(0610) 왕유

왕유(王維)

출《국사보》

    당(唐)나라의 왕유는 불교를 좋아했기 때문에 자를 마힐(摩詰)이라 했으며 성품이 고상했다. 그는 망천(輞川)에 있는 송지문(宋之問)의 별장을 얻었는데, 산수가 빼어났으며 지금의 청량사(淸涼寺)가 그곳이다. 왕유는 시(詩)로 명성을 얻었지만 다른 사람의 구절을 취하길 좋아했다. 예를 들어 [〈종남별업(終南別業)〉의] "물이 끝나는 곳까지 가서, 앉은 채 구름이 일어날 때를 바라보네"라는 구절은 바로 《함영집(含英集)》에 실려 있는 시이고, [〈적우망천장작(積雨輞川莊作)〉의] "드넓은 논에는 백로가 날고, 무성한 나무 그늘에선 꾀꼬리가 노래하네"라는 구절은 바로 이가우(李嘉佑)의 시다.

唐王維好釋氏, 故字摩詰, 性高致. 得宋之問輞川別業, 山水勝絶, 今淸涼寺是也. 維有詩名, 然好取人章句. 如"行到水窮處, 坐看雲起時", 乃《含英集》中詩也, "漠漠水田飛白鷺, 陰陰夏木囀黃鸝", 乃李嘉佑詩.

* 이 고사는 《태평광기》 권198 〈문장·왕유〉에 실려 있다.

25-6(0611) 원화 연간의 승려
원화사문(元和沙門)
출《척언》

당(唐)나라 원화(元和) 연간(806~820)에 장안(長安)에 한 스님이 있었는데, 그는 다른 사람의 문장에서 잘못된 부분을 잘 지적했으며, 특히 [이전 시인들의 시와] 어의(語意)가 서로 일치하는 부분을 잘 잡아냈다. 장적(張籍)은 그 일에 자못 화가 나서, 더욱 고심하며 찾고 찾다가 다음과 같은 구절[98]을 생각해 냈다.

"오래도록 남을 전송하던 곳에서, 집 떠나던 때를 떠올리네."

장적은 곧장 스님을 찾아가서 자랑하며 말했다.

"이 구절은 틀림없이 선배들의 시의(詩意)와 일치하지 않을 것입니다!"

스님이 웃으며 말했다.

"다른 사람이 이미 말했습니다."

장적이 말했다.

---

98) 다음과 같은 구절 : 인용한 구절은 장적의 〈계북여사(薊北旅思)〉[〈송원인(送遠人)〉이라고도 함]의 일부다.

"이전에 어떤 사람이 있었습니까?"

스님이 차분하게 읊조렸다.

"다른 집에 핀 복사꽃 오얏꽃을 보며, 후원(後園)의 봄을 떠올리네."

이에 장적은 손뼉을 치며 크게 웃었다.

唐元和中, 長安有沙門, 善病人文章, 尤能捉語意相合之處. 張籍頗恚之, 冥搜愈切, 思得句曰: "長因送人處, 憶得別家時." 徑往誇揚, 乃曰: "此應不合前輩意也!" 僧笑曰: "有人道了." 籍曰: "向有何人?" 僧冷吟曰: "見他桃李發, 思憶後園春." 籍因撫掌大笑.

* 이 고사는 《태평광기》 권198 〈문장・원화사문〉에 실려 있다.

25-7(0612) 이한과 양빙

이한 · 양빙(李翰 · 楊憑)

출《국사보》 출《전재》

당(唐)나라의 이한은 문장이 비록 기세가 드높고 시원스러웠지만, 구상할 때는 몹시 고심했다. 그는 만년에 양적(陽翟)에 머물면서 늘 읍령(邑令:현령) 황보증(皇甫曾)에게서 음악을 구했는데, 구상이 막히면 악기를 연주했고 정신이 충만해지면 문장을 지었다.

당나라의 경조윤(京兆尹) 양빙은 삼 형제가 모두 문장을 잘 지었고 학문에 각고의 노력을 했다. 이들은 간혹 정원의 돌에 함께 앉아 한 편의 문장을 같이 지었는데, 서리가 옷깃과 소매에 쌓이더라도 문장을 완성한 후에야 그만두었다.

唐李翰, 文雖宏暢, 而思甚苦澀. 晚居陽翟, 常從邑令皇甫曾求音樂, 思涸則奏樂, 神全則綴文.
唐京兆尹楊憑, 兄弟三人皆能文, 爲學甚苦. 或同賦一篇, 共坐庭石, 霜積襟袖, 課成乃已.

* 이 고사는 《태평광기》 권198 〈문장 · 이한〉과 〈양빙〉에 실려 있다.

25-8(0613) 왕복치

왕복치(王福畤)

출《어사대기》

　　당(唐)나라의 왕복치는 집안 대대로 재주와 학문을 지녔으며, 아들 왕면(王勔)·왕거(王勮)·왕발(王勃)이 모두 문장으로 천하에 이름을 떨쳤다. 왕복치는 한완(韓琬)의 부친과 오랜 친분이 있었다. 그는 최씨(崔氏)와 결혼해서 아들 왕권(王勸)을 낳았는데, 일찍이 한완의 부친에게 편지를 보내 말했다.

　　"면·거·발의 문장은 모두 빼어난데, 근래에는 막내의 글도 나쁘지 않은 것 같습니다."

　　한완의 부친이 답장했다.

　　"[진(晉)나라의] 왕무자[王武子 : 왕제(王濟)]에게는 말을 좋아하는 기벽이 있었는데, 명공(明公 : 왕복치)에게는 자식을 자랑하는 기벽이 있으니, 왕씨 집안의 기벽이 너무 많은 게 아닙니까? 마땅히 문장을 보고 나서야 정할 수 있을 따름입니다."

　　그래서 왕복치는 아들들의 문장을 보냈는데, 한완의 부친은 명사들과 함께 그들의 문장을 읽어 보고 말했다.

　　"이런 아들만 낳는다면 진실로 또한 자랑할 만합니다."

唐王福畤, 世有才學, 子勔・勮・勃俱以文筆著天下. 福畤與韓琬父有舊, 及婚崔氏, 生子勸¹, 嘗致書韓父曰:"勔・勮・勃文章並淸俊, 近小者復似不惡." 韓復書曰:"王武子有馬癖, 明公有譽兒癖, 王氏之癖, 無乃多乎? 要當見文章, 方可定耳." 福畤乃致諸子文章, 韓與名人閱之, 曰:"生子若是, 信亦可誇."

* 이 고사는 《태평광기》 권249 〈회해(詼諧)・왕복치〉에 실려 있다.

1 권(勸): 왕복치는 면(勔)・거(勮)・발(勃)・조(助)・소(勁)・갈(劼)・권(勸) 일곱 아들을 두었는데, 요절한 왕갈을 제외하고 나머지는 모두 문명(文名)이 있었다. 한편 《태평광기》 명초본에는 "발(勃)"이라 되어 있다.

25-9(0614) 당 덕종

당덕종(唐德宗)

출《두양잡편》

당나라 덕종은 매번 조회에 임할 때마다 사방에 은거하면서 학술·직언·극간(極諫)의 자질을 갖춘 선비를 초징하라는 어명을 자주 내렸다. 이로 말미암아 문장을 지어 과거에 응시하려는 사람이 대궐에 가득했다. 황상이 여러 차례 친히 시험을 주관했기 때문에 청탁의 길이 막혔다. 이때에는 문학의 지위가 높아지고 공정한 도리가 크게 펼쳐졌으며, 벼슬아치들은 모두 어질고 유능한 인재를 추천하는 일에 뜻을 두었다. 황상은 선정전(宣政殿)에서 제과(制科: 황제가 친히 주재하는 임시 과거 시험)를 시험할 때, 간혹 문장에 잘못된 부분이 있으면 붓에 먹을 듬뿍 묻혀 지웠고, 어지(御旨)에 부합하는 문장이 있으면 발을 돋우며 낭송했다. 다음 날 황상은 곧장 그 문장을 재상과 학사들에게 보여 주며 말했다.

"이들은 모두 짐의 문생(門生)이오."

공경대부를 비롯한 모든 신하들 가운데 황상의 문장 감식력에 탄복하지 않는 이가 없었다. 굉사과(宏詞科)에 응시한 독고수(獨孤綬)는 〈방훈상부(放馴象賦: 길들인 코끼리를 놓아준 일에 대해 기술한 부)〉라는 시제(試題)에 답안을 제출했는데, 황상은 그것을 보고 한참 동안 감탄하면서 그 구절을 낭송했다.

"조정의 법도와 신의에 감화했으니, 반드시 그들이 바친 공물을 받네. 만물 가운데 본성을 거스르는 것이 있으면, 지극한 인(仁)으로 감화하네."

황상은 독고수를 크게 칭찬하고 특별히 그를 3등으로 급제시켰다. 이전에 대종(代宗) 때 문단국(文單國: 진랍국(眞臘國), 지금의 캄보디아 북부)에서 길들인 코끼리 32마리를 누차 바쳤는데, 황상은 이들을 모두 형산(荊山) 남쪽에 놓아주게 했다. 독고수는 진상한 코끼리를 받은 일을 비판하지 않고 코끼리를 놓아준 일에 대해서도 허물하지 않았으므로, 황상은 그가 거취를 안다고 여겨 칭찬했던 것이다.

唐德宗每臨朝, 多令徵四方丘園有學術直言極諫之士. 由是題筆貢藝者滿於闕下. 上多親自考試, 故絶請託之門. 是時文學相高, 公道大振, 得路者咸以推賢進善爲意. 上試制科於宣政殿, 或有乖謬者, 卽濃點筆抹之, 或稱旨者, 翹足朗吟. 翌日, 卽遍示宰臣學士曰: "此皆朕門生也." 公卿大夫已下, 無不服上藻鑒. 宏詞獨孤綬試〈放馴象賦〉, 及進其本, 上覽, 稱嘆久之, 因吟其詞云: "化之式孚, 則必愛[1]乎來獻. 物或違性, 斯用感於至仁." 上甚嘉之, 故特書第三等. 先是代宗朝, 文單國累進馴象三十有二, 上悉令放於荊山之南. 而綬不斥受獻, 不傷放棄, 上賞爲知去就也.

* 이 고사는 《태평광기》 권198 〈문장·당덕종〉에 실려 있다.
1 애(愛) : 《태평광기》 명초본에는 "수(受)"라 되어 있는데, 문맥상 보다 타당하다.

25-10(0615) 한굉

한굉(韓翃)

출《본사시(本事詩)》

　　당(唐)나라의 한굉은 젊었을 때 재명(才名)을 지니고 있었다. 후희일(侯希逸)이 치청절도사(淄靑節度使)로 있을 때 한굉은 그의 종사(從事)가 되었다. 그 후로 벼슬을 그만두고 10년 동안 한가롭게 지내다가, 이면(李勉)이 이문(夷門: 개봉(開封))을 진수했을 때 다시 막료로 임명되었다. 당시 한굉은 이미 나이가 들었고 동료들은 모두 신진 후배들이어서 한굉을 알지 못했으므로 모두 그를 "악시한굉(惡詩韓翃: 졸렬한 시인 한굉)"이라 불렀다. 협: 억울하도다! 한굉은 이를 몹시 못마땅해하며 자주 병을 핑계로 집에 머물렀다. 오직 명사로 알려진 말직의 위 순관(韋巡官)만이 한굉과 가까이 지냈다. 어느 날 한밤중에 위 순관이 급하게 문을 두드리자 한굉이 나가서 그를 만났는데, 위 순관이 축하하며 말했다.

　　"원외(員外: 한굉)께서는 가부낭중(駕部郎中)에 제수되어 지제고(知制誥)를 맡게 되셨습니다."

　　한굉이 깜짝 놀라며 말했다.

　　"필시 그런 일이 있을 리가 없으니 분명 착오일 것이네."

위 순관이 자리로 다가가서 말했다.

"지제고에 결원이 생겨서 중서성(中書省)에서 후보자 명단을 두 번이나 올렸으나 폐하께서 낙점하지 않으시기에 다시 청했더니, 폐하께서 어필(御筆)로 '한굉에게 수여하라'는 비답(批答)을 내리셨다고 합니다."

당시 한굉과 성명이 같은 사람이 강회자사(江淮刺史)로 있었으므로 다시 두 사람을 함께 올렸더니, 덕종이 친히 붓을 들어 적었다.

"봄을 맞은 성안에 꽃이 날리지 않는 곳이 없고, 한식날에 부는 동풍에 궁중의 버드나무 흔들리네. 해 저문 한궁(漢宮)에 촛불을 전하니, 가벼운 연기는 오후(五侯)의 집으로 흩어져 들어가네."

그러고는 비답을 내렸다.

"이 시를 지은 한굉에게 수여하라."

위 순관이 다시 축하하며 말했다.

"이것은 원외의 시가 아닙니까?"

한굉이 말했다.

"맞네. 틀림이 없네."

唐韓翃少負才名. 侯希逸鎭靑淄, 翃爲從事. 後罷府, 閑居十年, 李勉鎭夷門, 又署爲幕吏. 時韓已遲暮, 同職皆新進後生, 不能知韓, 共目爲"惡詩韓翃". 夾: 寃哉! 翃殊不得意, 多辭疾在家. 唯末職韋巡官者, 亦知名士, 與韓獨善. 一日夜將牛, 韋叩門急, 韓出見之, 賀曰:"員外除駕部郎中, 知制誥." 韓愕然曰:"必無此事, 定誤矣." 韋就座曰:"制誥闕人, 中書兩進名, 御筆不點出, 又請之, 御筆批曰:'與韓翃.'" 時有與翃同姓名者, 爲江淮刺史, 又具二人同進, 御筆書曰:"春城無處不飛花, 寒食東風御柳斜. 日暮漢宮傳臘燭, 輕烟散入五侯家." 批云:"與此韓翃." 韋又賀曰:"此非員外詩耶?" 韓曰:"是. 不誤矣."

* 이 고사는《태평광기》권198〈문장·한굉〉에 실려 있다.

25-11(0616) 융욱

융욱(戎昱)

출《운계우의》

당(唐)나라 헌종(憲宗) 황제 때 북적(北狄)이 변경을 빈번하게 침략하자 대신들이 상주해 의논했다.

"옛날의 화친에는 다섯 가지의 이로움이 있었지만 천금의 비용은 들지 않았습니다."

황제가 말했다.

"근자에 시를 잘 짓지만 성씨가 조금 낯선 한 공경이 있다고 들었는데 누구요?"

재상이 대답했다.

"아마도 포자허(包子虛)나 냉조양(冷朝陽)일 것입니다."

그러나 모두 아니었다. 황제가 마침내 시를 읊었다.

"산 위엔 푸른 소나무요 길 위엔 먼지, 구름과 진흙이 어찌 서로 친할 수 있겠는가? 세상에서는 모두들 준마가 수척해짐을 싫어하지만, 오직 임금께서는 빈천한 와룡(臥龍)을 버리지 않으시네. 천금으로도 성품을 바꿀 수는 없으니, 선비가 한번 승낙한 후에는 자신의 몸을 바친다네. 서생이 감격하지 않는다고 말하지 말라, 작은 마음으로도 은인에게 보답할 것이라네."

측근 신하가 대답했다.

"이것은 융욱의 시입니다. 경조윤(京兆尹) 이난(李鑾)이 자신의 딸을 융욱에게 시집보내려 하면서 그에게 성을 바꾸라고 했으나 융욱이 고사했습니다."

황제가 기뻐하며 말했다.

"짐이 또 그의 〈영사(咏史)〉 한 수를 기억하고 있는데, 이 사람이 만약 살아 있다면 바로 낭주자사(郎州刺史)를 수여하겠노라. [낭주에 있는] 무릉도원(武陵桃源)이라면 시인의 감흥에 걸맞을 것이다."

그 〈영사〉 시는 다음과 같다.

"한(漢)나라의 찬란한 역사에서, 졸렬한 계책은 화친이었네. 사직(社稷)은 명철한 군주에게 달린 법인데, 나라의 안위(安危)를 여인[99]에게 맡겼구나. 어찌 능히 아름다운 용모로, 오랑캐의 먼지를 잠재우려 했단 말인가? 지하에 누운 천 년 전의 신하 가운데, 누가 나라를 보좌한 신하인가?"

황제가 웃으며 말했다.

"위강(魏絳)[100]의 공은 어찌 그리 나약한가!"

---

99) 여인 : 전한 원제(元帝) 때의 후궁으로, 흉노와 화친하기 위해 흉노왕에게 시집간 왕소군(王昭君)을 말한다.

100) 위강(魏絳) : 춘추 시대 진(晉)나라의 신하로, 도공(悼公)에게 융적(戎狄)과 화친하면 다섯 가지의 이로움이 있다고 설득했다.

조정 대신들은 마침내 북적과 화친하자는 논의를 멈추었다.

唐憲皇以北狄頻侵邊境, 大臣奏議:"古者和親有五利而無千金之費." 帝曰:"比聞有一卿, 能爲詩而姓氏稍僻, 是誰?" 宰相對曰:"恐是包子虛·冷朝陽." 皆不是也. 帝遂吟曰:"山上靑松陌上塵, 雲泥豈合得相親? 世路盡嫌良馬瘦, 唯君不棄臥龍貧. 千金未必能移性, 一諾從來許殺身. 莫道書生無感激, 寸心還是報恩人." 侍臣對曰:"此是戎昱詩也. 京兆尹李鑾擬以女嫁昱, 令其改姓, 昱固辭焉." 帝悅曰:"朕又記得〈咏史〉一篇, 此人若在, 便與郞州刺史. 武陵桃源, 足稱詩人之興咏." 其〈咏史〉詩云:"漢家靑史內, 計拙是和親. 社稷依明主, 安危託婦人. 豈能將玉貌, 便欲靜胡塵? 地下千年骨, 誰爲輔佐臣?" 帝笑曰:"魏絳之功, 何其懦也!" 廷臣遂息和戎之論.

* 이 고사는 《태평광기》 권198 〈문장·융욱〉에 실려 있다.

25-12(0617) 유공권

유공권(柳公權)

출《척언》

　유공권은 [당나라] 무종(武宗) 때 조정의 관리로 있었다. 황상이 일찍이 한 빈궁에게 오래도록 화를 냈다가 얼마 후에 그녀를 다시 불러들이고는 유공권에게 말했다.

　"짐은 이 사람을 미워하지만 만약 학사(學士 : 유공권)가 시를 한 수를 짓는다면 마땅히 화가 풀어질 것이오."

　그리고는 어전의 촉전(蜀箋)101)을 보고 급히 그에게 주었다. 그러자 유공권은 조금도 망설이지 않고 절구(絶句) 한 수를 완성했다.

　"사리를 분간 못해 지난날에 주상의 성은을 거슬렀다가, 기꺼이 적막하게 장문(長門)102)을 지켰네. 오늘 아침 뜻밖에도 군왕께서 돌아봐 주시니, 다시 초방(椒房)103)에 들어

---

101) 촉전(蜀箋) : 촉 지방에서 나는 최고 품질의 종이.

102) 장문(長門) : 한나라 때의 궁전 이름. 사마상여(司馬相如)가 무제(武帝)의 진 황후(陳皇后)를 위해 〈장문부(長門賦)〉를 지어 무제의 총애를 되찾게 했다.

103) 초방(椒房) : 초방전(椒房殿). 후비(后妃)가 거처하는 궁전을 말

가 눈물 자국 닦네." 미 : 천근(淺近)하지만 진솔하다.

무종은 크게 기뻐하며 유공권에게 채색 비단 200필을 하사하고, 그 빈궁에게 앞으로 나아가 그에게 감사의 절을 올리게 했다.

柳公權, 武宗朝在內庭. 上嘗怒一宮嬪久之, 旣而復召, 謂公權曰 : "朕怪此人, 然若得學士一篇, 當釋然也." 目御前蜀箋, 逼授之. 公權略不佇思, 而成一絶曰 : "不分前時忤主恩, 已甘寂寞守長門. 今朝却得君王顧, 重入椒房拭淚痕." 眉 : 淺而眞. 上大悅, 錫錦彩二百匹, 令宮人上前拜謝之.

* 이 고사는 《태평광기》 권174 〈준변 · 유공권〉에 실려 있다.

한다.

25-13(0618) 이단

이단(李端)

출《국사보》

    당(唐)나라의 곽애(郭曖)는 승평 공주(昇平公主)에게 장가든 후에 문사(文士)들을 성대하게 불러 모아 즉석에서 시를 지었는데, 승평 공주가 휘장 안에서 그 광경을 지켜보았다. 이단은 연회 중에 시를 완성했는데, "순령(荀令)"과 "하랑(何郞)"의 구절104)을 사람들이 절묘하다고 칭송했다. 어떤 사람이 미리 구상한 것이라고 말하자 이단이 말했다.

    "다른 운(韻)으로 짓겠습니다."

    그러자 전기(錢起)가 말했다.

    "청컨대 제 성[錢]으로 운을 삼으시지요."

---

104) "순령(荀令)"과 "하랑(何郞)"의 구절 : 이단의 〈증곽부마(贈郭駙馬)〉란 시 가운데 "훈향순령편련소(熏香荀令偏憐少), 부분하랑불해수(傅粉何郞不解愁)" 두 구절을 말한다. '순령'과 '하랑'은 삼국 시대 위나라의 대신(大臣)이자 현학가(玄學家)인 순찬(荀粲)과 하안(何晏)을 말한다. 순찬은 대장군 조홍(曹洪)의 딸에게 장가들었는데 애처가로 유명했으며, 몸에 좋은 향을 지니길 좋아해 그가 앉았던 자리는 며칠 동안 향기가 남았다. 하안은 조조(曹操)의 딸인 금향 공주(金鄕公主)에게 장가들었으며, 화장하길 좋아해 분을 손에서 놓지 않았다.

이단의 시에 다시 "금랄(金埒)"과 "동산(銅山)"의 구절105)이 있자, 곽애가 크게 기뻐하며 그에게 명마와 황금과 비단을 주었다. 이 연회에서는 이단이 장중을 휘어잡았다. 승상(丞相) 왕진(王縉)이 유삭(幽朔) 지방을 진수하러 떠날 때의 송별연에서는 한굉(韓翃)이 장중을 휘어잡았고, 승상 유안(劉晏)이 강회(江淮) 지방을 순시하러 떠날 때의 송별연에서는 전기가 장중을 휘어잡았다.

唐郭曖尙昇平公主, 盛集文士, 卽席賦詩, 公主帷而觀之. 李端中宴詩成, 有"荀令"·"何郞"之句, 衆稱絶妙. 或謂宿構, 端曰: "願賦一韻." 錢起曰: "請以起姓爲韻." 復有"金埒"·"銅山"之句, 曖大喜, 出名馬金帛爲贈. 是會也, 端擅場. 送丞相王縉之鎭幽朔, 韓翃擅場, 送丞相劉晏之巡江淮, 錢起擅場.

* 이 고사는 《태평광기》 권198 〈문장·이단〉에 실려 있다.

105) "금랄(金埒)"과 "동산(銅山)"의 구절 : 역시 이단의 〈증곽부마〉란 시 가운데 "신개금랄간조마(新開金埒看調馬), 구사동산허주전(舊賜銅山許鑄錢)" 두 구절을 말한다. '금랄'은 동전으로 둘러친 바자울이란 뜻이다. 진(晉)나라의 왕제(王濟)는 무제의 딸 상산 공주(尙山公主)에게 장가들어 극도의 호사를 부렸는데, 땅을 사들여 그 둘레를 동전으로 둘러친 바자울을 치고 그 안에서 말타기와 활쏘기를 즐겼다. '동산'은 구리 광산이란 뜻이다. 한나라 문제(文帝)의 총신(寵臣)인 등통(鄧通)은 촉군(蜀郡)의 동산을 하사받고 동전을 주조할 수 있다는 윤허를 받아 등씨전(鄧氏錢)이 세상에 유포되었다.

25-14(0619) 배도

배도(裵度)

출《인화록(因話錄)》

 당(唐)나라 헌종(憲宗)이 배도에게 옥대(玉帶)를 하사했는데, 배도는 죽음에 임해 이를 다시 바쳤다. 문인(門人)이 표문을 지었으나 모두 배도의 마음에 들지 않았다. 그래서 배공(裵公 : 배도)은 자제에게 붓을 들게 하고 구술했다.

 "내부(內府 : 황궁의 창고)의 보물은 선조(先朝)에서 하사하신 것입니다. 그러나 감히 이를 지하로 가져갈 수 없으며, 또한 인간 세상에 남겨 둘 수도 없습니다."

 이 말을 들은 사람들은 그 간결하고 절실하면서도 번잡하지 않음에 탄복했다.

唐憲宗以玉帶賜裵度, 臨薨却進. 門人作表, 皆不如意. 公令子弟執筆, 口占曰 : "內府之珍, 先朝所賜. 旣不敢將歸地下, 又不合留在人間." 聞者嘆其簡切而不亂.

* 이 고사는 《태평광기》 권198 〈문장 · 배도〉에 실려 있다.

25-15(0620) 백거이

백거이(白居易)

출《유한고취》·《운계우의》

백거이는 막 태어나서 아직 말을 할 수 없었을 때에도 '지(之)'와 '무(無)' 두 글자를 묵묵히 알았는데, 유모가 시험해 보았더니 100번을 가리켜도 틀리지 않았다. 말을 할 수 있게 되자 책을 열심히 읽어서, 대여섯 살에는 성운(聲韻)을 알았고 열다섯 살에는 시부(詩賦)에 뜻을 두었다. 백거이는 스물일곱 살에 진사시(進士試)에 응시했는데, [당나라] 정원(貞元) 16년(800)에 중서사인(中書舍人) 고영(高郢)이 공위(貢闈 : 과거)를 관장할 때 시험을 봐서 단번에 급제했으며, 이듬해에는 발췌과(拔萃科)에 갑과(甲科)로 급제했다. 이로 말미암아 그가 지은 〈습성상근원(習性相近遠)〉·〈구현주(求玄珠)〉·〈참백사(斬白蛇)〉 등의 부(賦)가 당시의 모범이 되었다.

백거이가 과거에 응시하러 도성에 왔을 때 자신이 지은 시권(詩卷)을 가지고 저작랑(著作郞) 고황(顧況)을 찾아갔는데, 고황이 그의 성명을 보고 백 공(白公 : 백거이)을 찬찬히 바라보더니 말했다.

"백미(白米)값이 한창 비싸서 머물려[居] 해도 쉽지[易]

않을 것이네."

그러고는 시권을 펼쳤는데 그 첫 수가 다음과 같았다.

"들판에 가득한 풀들은, 해마다 시들었다 다시 무성해지네. 들에 불을 놓아도 다 태우지 못하니, 봄바람 불면 다시 자라나네."

고황은 도리어 찬탄하며 말했다.

"이런 시를 짓다니 머무는 것이 쉽겠네!"

고황이 백거이를 칭찬한 덕분에 그의 명성이 크게 떨쳐졌다.

백거이에게 노래를 잘 하는 번소(樊素)와 춤을 잘 추는 소만(小蠻)이라는 기녀가 있었는데, 일찍이 다음과 같은 시를 지었다.

"앵두 같은 번소의 입, 버들 같은 소만의 허리."

백거이는 이미 나이가 지긋해졌지만 소만은 한창 풍만하고 고왔으므로, 〈양류사(楊柳詞)〉를 지어 자신의 심정을 담았다.

"홀로 선 나무에 봄바람 불어 수만 가지 흔들리니, 어린 싹은 황금보다 반짝이고 실보다 여리구나. 영풍방(永豊坊) 안의 동남쪽 모퉁이에, 종일토록 사람 없으니 누구에게 부탁할 것인가?"

선종(宣宗) 때에 이르러 국악(國樂 : 궁정 악사)이 〈양류사〉를 노래하자 황상이 물었다.

"누구의 사인가? 영풍방은 어디에 있는가?"

좌우 신하들이 자세히 대답하자, 황상은 마침내 동쪽[낙양]으로 사자를 보내 영풍방의 버드나무 두 그루를 가져와서 궁중에 심으라고 명했다. 미: 풍류를 아는 천자다. 백거이는 황상이 자신의 이름을 알고 있고 또한 풍아(風雅: 시문)를 좋아한다는 사실에 감동해 다시 시 한 수를 지었는데, 그 마지막 구절이 이러했다.

"분명히 알겠나니 이후의 천문(天文)에는, 유수(柳宿: 28수 가운데 하나)의 빛 속에 두 별이 더해지겠네."

나중에 백거이는 소주자사(蘇州刺史)에 제수되어 삼협(三峽)으로부터 강을 따라 임지로 갔다. 당시 자귀현(秭歸縣)의 번지일(繁知一)은 백거이가 장차 무산(巫山)을 지나갈 것이라는 소식을 듣고 먼저 신녀사(神女祠)의 회벽에 큰 글씨로 이렇게 써 놓았다.

"소주자사는 지금의 재자(才子)이니, 무산에 도착하면 틀림없이 시를 지으리라. 고당(高唐)의 신녀(神女)106)에게 말씀 전하니, 서둘러 운우(雲雨)를 걷고 아름다운 시를 기다리시라."

---

106) 고당(高唐)의 신녀(神女): 전국 시대 초(楚)나라 회왕(懷王)이 무산(巫山) 고당관(高唐觀)의 신녀를 만나 양대(陽臺)에서 운우(雲雨)의 정을 나누었다고 한다.

백거이는 그 시가 적혀 있는 곳을 보고 기분이 좋아져서 번지일을 초청해 말했다.

　"역양(歷陽) 사람 낭중(郞中) 유우석(劉禹錫)은 3년 동안 백제성(白帝城)을 다스렸는데, 이곳에서 시를 짓고자 했으나 겁이 나서 짓지 않았소. 그는 벼슬을 그만두고 이곳을 지나다가 1000여 수의 시를 모두 없애고 오직 4수만 남겨 놓았소. 그 4수는 바로 고금의 절창(絶唱)이니 후인들은 함부로 시를 지어서는 안 될 것이오. 심전기(沈佺期)의 시[107]는 이러하오. '무산은 험준해서 끝이 보이지 않고, 중첩한 봉우리의 모습은 신기하기만 하네. 어두운 골짜기엔 비바람이 일 듯하고, 아득한 벼랑은 귀신의 형상일세. 밝은 달 떠오른 삼협의 새벽, 조수 가득한 구강(九江)의 봄. 양대(陽臺)의 나그네에게 묻는다면, 응당 꿈속의 그 사람을 알리라.' 미 : 심전기의 시가 으뜸이다. 왕무긍(王無兢)의 시는 이러하오. '신녀가 고당관(高唐觀)으로 향하면, 무산에는 석양이 내리네. 이리저리 서성이며 비를 뿌리더니, 아름다운 신녀는 형왕(荊王 : 초 회왕)을 따르네. 번쩍이는 벼락은 강물 앞으로 떨어지고, 천둥소리는 삼협 바깥까지 길게 퍼지네. 어느덧 구

---

107) 심전기(沈佺期)의 시 : 제목은 〈무산고(巫山高)〉다. 다음 세 수의 시도 제목이 같다.

름은 개어 간 곳 없으니, 누대는 새벽에 짙푸르기만 하네.' 이단(李端)의 시는 이러하오. '무산의 열두 봉우리, 모두 푸른 하늘 가운데 솟아 있네. 휘감아 도는 구름은 태양을 가리고, 부슬거리며 내리는 비는 바람을 품었네. 처량한 원숭이 울음소리 강 저편까지 들리고, 저녁의 나무 빛깔은 하늘까지 맞닿았네. 근심스레 고당관으로 향하면서, 천 년 동안 초(楚)나라 궁궐 바라보네.' 황보염(皇甫冉)의 시는 이러하오. '무협(巫峽)에서 파동(巴東)을 바라보니, 저 멀리 무산 절반이 허공에 솟아 있네. 구름은 신녀의 누대를 감싸고, 비는 초왕의 궁궐에 내리네. 아침저녁으로 샘물 떨어지는 소리 들리고, 겨울에도 여름에도 나무의 색은 한결같네. 차마 들어 줄 수 없는 처량한 원숭이 울음소리만, 유독 이 깊은 가을 속에 담겨 있네.'"

백거이는 4수의 시를 읊은 후에 번생(繁生 : 번지일)과 함께 강을 건넜으며, 결국 시를 짓지 않았다.

평 : 이백(李白)은 황학루(黃鶴樓)에서 시를 짓지 않았고,[108] 유우석과 백거이는 무산에서 시를 짓지 않았으니, 옛

---

108) 이백(李白)은 황학루(黃鶴樓)에서 시를 짓지 않았고 : 당나라의 시인 최호(崔顥)가 무창(武昌)을 유람하다가 황학루에 올라 〈황학루〉라는 천하의 절창을 남겼는데, 나중에 이백이 황학루에 올라 시를 지으

사람이 훌륭한 말씀에 감복하며 마음을 비움이 이와 같다.

유우석이 재상 이덕유(李德裕)를 배알하고 물었다.
"근자에 백거이의 문집을 얻으셨습니까?"
이덕유가 대답했다.
"그가 누차 내게 보여 준 것을 따로 보관해 두라고 했는데, 아직 한 번도 들춰 보질 않았네. 오늘 그대에게 보여 주겠네."
가져와서 보았더니 상자 가득 들어 있었는데, 먼지가 뽀얗게 쌓여 있었다. 이덕유는 백거이의 문장을 펼쳤다가 다시 말아 놓으며 유우석에게 말했다.
"나는 이 사람을 못마땅하게 여긴 지 오래되었으니, 그 문장을 어찌 굳이 볼 필요가 있겠는가? 내 마음을 바꾸게 될까 봐 두려워서 읽고 싶지 않네."
그가 재사(才士)를 억누름이 이와 같았다.

평 : 보지 않으면 그만이지만 한번 보면 반드시 마음을 바꾸게 되니, 이는 바로 진정으로 재사를 중시한 것이며 정말로 재사를 억누르려 한 것은 아니다.

려다가 최호의 시를 보고 그만두었다고 한다.

白居易始生，未能言，默識'之'·'無'二字，乳媼試之，能百指而不誤．既能言，讀書勤敏，五六歲識聲韻，十五志詩賦．二十七舉進士，貞元十六年，中書舍人高郢掌貢闈，居易求試，一舉擢第．明年，拔萃甲科．由是〈習性相近遠〉·〈求玄珠〉·〈斬白蛇〉等賦，爲時楷式．

初應舉至京，以詩謁著作顧況，況睹姓名，熟視白公曰："米價方貴，居亦弗易."乃披卷，首篇曰："離離原上草，一歲一枯榮．野火燒不盡，春風吹又生."却嗟賞曰："道得個語，居卽易矣！"因爲延譽，聲名大振．

白居易有妓樊素善歌，小蠻善舞，嘗爲詩曰："櫻桃樊素口，楊柳小蠻腰."年旣高邁，而小蠻方豐艷，因〈楊柳詞〉以託意曰："一樹春風萬萬枝，嫩於金色軟於絲．永豐坊裏東南角，盡日無人屬阿誰？"及宣宗朝，國樂唱是詞，上問："誰詞？永豐在何處？"左右具以對，遂因東使，命取永豐柳兩枝，植於禁中．眉：風流天子．白感上知其名，且好尙風雅，又爲詩一章，其末句云："定知此後天文裏，柳宿光中添兩星."後除蘇州刺史，自峽沿流赴郡．時秭歸縣繁知一聞居易將過巫山，先於神女祠粉壁大署之曰："蘇州刺史今才子，行到巫山必有詩．爲報高唐神女道，速排雲雨候淸詞."居易睹題處悵然，邀知一至曰："歷陽劉郞中禹錫，三年理白帝，欲作一詩於此，怯而不爲．罷郡經過，悉去千餘詩，但留四章而已．此四章者，乃古今之絕唱也，後人造次不合爲之．沈佺期詩曰：'巫山險不極，合沓狀奇新．暗谷疑風雨，幽崖若鬼神．月明三峽曙，潮滿九江春．爲問陽臺客，應知入夢人.'眉：沈詩爲冠．王無兢詩曰：'神女向高唐，巫山下夕陽．徘徊作行雨，婉孌逐荊王．電影江前落，雷聲峽外長．霽雲無處所，臺館曉蒼蒼.' 李端詩曰:'巫山十二重, 皆在碧空中. 回合雲藏日, 霏微雨帶風. 猿聲寒渡水, 樹色暮連空. 愁向高唐去, 千秋見楚宮.' 皇甫冉詩曰:'巫峽見巴東, 迢迢出半空. 雲藏神女館, 雨到楚王宮. 朝暮泉聲落, 寒暄樹色同. 清猿不可聽, 偏在九秋中.'" 白居易吟四篇詩, 與繁生同濟, 而竟不爲.

評:李白不題黃鶴樓, 劉·白不題巫山, 古人服善, 心虛如此.

劉禹錫謁李相德裕問曰:"近曾得白居易文集否?" 德裕曰:"累有相示, 別令收貯, 然未一披. 今日爲吾子覽之." 及取看, 而箱篚盈溢, 塵土蒙覆. 旣啓而復卷之, 謂禹錫曰:"吾於此人不足久矣, 其文章何必覽焉? 恐回吾心, 所以不欲看覽." 其抑才也如此.

評:不覽則已, 一覽必回心矣, 此乃眞正重才, 眞正不肯抑才者.

* 이 고사는 《태평광기》 권175 〈유민·백거이〉, 권170 〈지인(知人)·고황(顧況)〉, 권198 〈문장·백거이〉, 권244 〈편급(褊急)·이덕유(李德裕)〉에 실려 있는데, 출전이 〈유민·백거이〉는 "원진 〈장경집서〉(元稹〈長慶集序〉)", 〈지인·고황〉은 "《유한고취》", 〈문장·백거이〉는 "《운계우의》", 〈편급·이덕유〉는 "《북몽쇄언(北夢瑣言)》"이라 되어 있다.

25-16(0621) 장호

장호(張祜)

출《운계우의》

당(唐)나라의 백거이(白居易)가 처음 항주자사(杭州刺史)가 되었을 때 모란꽃을 수소문하라고 명했는데, 오직 개원사(開元寺)의 승려 혜징(惠澄)이 도성 부근에서 모란을 구해 와서 막 절의 정원에 심었으며 다른 곳에는 없었다. 당시 춘색이 한창 깊어진 터라 혜징은 기름칠한 장막을 그 위에 덮어 놓았다. 서응(徐凝)이 그 전에 이런 시를 지었다.

"이 꽃은 남쪽 땅에는 심기 어렵다고 알고 있는데, 부끄럽게도 스님이 한가한 틈에 마음 써서 심었네. 바다제비는 어여쁨을 알고 자주 곁눈질하나, 말벌은 아직 알아보지 못하고 배회하네. 작약은 부질없이 자라나 괜스레 시샘하고, 장미는 몹시 부끄러워 감히 꽃을 피우지 못하네. 오직 붉은 두건 같은 몇 봉오리만, 향기 머금은 채 오로지 사인(舍人 : 백거이) 오기만 기다리네."

백거이는 개원사를 찾아가 꽃을 구경했는데, 때마침 서응이 부춘현(富春縣)에서 왔기에 서응에게 함께 술을 취하도록 마시고 돌아가자고 했다. 그때 장호가 배를 저어 그곳에 도착했는데, 매우 자유분방해 보였다. 장호와 서응 두 사람은 각자 자신이 수석으로 추천되기를 바랐는데 백거이가 말했다.

"두 군(君)의 문장은 마치 염파(廉頗)와 백기(白起)가 쥐구멍에서 싸우듯이[109] 승부가 단번에 결정될 것이오."

마침내 〈장검의천외부(長劍依天外賦)〉와 〈여하산성기시(餘霞散成綺詩)〉로 시험했는데, 시험을 마치고 해송(解送)[110]할 때 백거이는 서응을 장원으로 하고 장호를 차석으로 했다. 그러자 장호가 말했다.

"저의 시에 '지세는 아득하게 높은 산이요, 강은 관중(關中)을 비껴 흐르네'라는 구절이 있는데, 많은 선비들이 진(陳)나라 후주(後主)의 '해와 달의 빛은 천자의 덕이요, 산과 강의 웅장함은 황제의 거처네'라는 구절과 비슷하다고 여기지만, 이는 다만 예전의 명성을 따른 것일 뿐입니다."

또 장호의 〈제금산사(題金山寺)〉라는 시에 "나무 그림자는 흐르는 물에 비치고, 종소리는 양쪽 강 언덕에서 들리네"

---

109) 염파(廉頗)와 백기(白起)가 쥐구멍에서 싸우듯이 : 이른바 "양서투혈(兩鼠鬪穴)"을 말한다. 좁은 구멍에서 두 마리의 쥐가 싸우면 용감한 쥐가 이긴다는 뜻이다. 염파는 전국 시대 조(趙)나라의 장군이고, 백기는 진(秦)나라의 장수다.

110) 해송(解送) : 과거 제도 중 주부(州府)에서 치르는 해시(解試)에서 상위로 선발해 도성의 예부시(禮部試)에 참가하도록 보내는 것을 말한다. 해시의 장원을 해원(解元)이라 한다.

라는 구절이 있는데, 비록 기무잠(綦毋潛)이 "탑 그림자는 푸른 한수(漢水)에 걸려 있고, 종소리는 흰 구름과 어우러지네"라는 구절을 짓긴 했지만, 이 구절은 훌륭하지 않다. 백거이는 또 장호의 〈궁사(宮詞)〉 4구가 모두 대우가 맞긴 하지만 충분히 훌륭하다고 여기지 않았으며, 서생(徐生 : 서응)이 "고금에 흰 명주 날리듯 오래도록 이어지니, 한 줄기 경계가 푸른 산빛을 깨뜨리는구나"라고 읊은 것만 못하다고 생각했다. 그러자 장호가 탄식하며 말했다.

"영욕은 얽히고설켜 있으니 또한 어찌 정해진 일이겠는가!"

그러고는 마침내 노래를 부르며 떠나갔으며, 서응도 뱃전을 두드리며 돌아갔다. 이때부터 두 사람은 종신토록 편안하게 한가로이 지내면서 향시(鄕試)도 보지 않았다.

나중에 두목(杜牧)이 추포(秋浦)를 다스릴 때 장호와 시와 술을 나누는 친구가 되었는데, 장호의 〈궁사〉를 읊길 몹시 좋아했다. 두목은 또한 장호가 전당(錢塘 : 항주)에 있었을 때 백거이가 장호를 비난했다는 것을 알고 일찍이 그 일을 부당하다고 여겼다. 그래서 두목은 시 두 수를 지어 장호를 추켜세웠는데 이러했다.

"그 누가 장 공자(張公子 : 장호)처럼, 천 수의 시로 만호후(萬戶侯)를 깔볼 수 있겠는가?"

또 이러했다.

"어찌하여 고향은 삼천 리나 떨어져 있는데, 부질없이 부르는 노래는 육궁(六宮)에 가득한가?"

장호의 시 〈궁사〉는 다음과 같다.

"고향은 삼천 리 떨어져 있고, 깊은 궁궐에서 이십 년이라. 〈하만자(何滿子)〉 한 곡조에, 두 줄기 눈물이 그대 앞에 떨어지네."

이는 장호 자신도 만족한 시였다. 두목은 또 그의 논저에서 말했다.

"근래의 원진(元稹)과 백거이는 음란하고 문란한 말을 하길 좋아해 부박한 시풍을 조장하고 있지만, 나는 지위가 낮아 그들을 법으로 다스릴 수 없어서 한스럽다."

이것은 또한 장호를 편들려고 한 말일 뿐이다. 미: 이는 단지 과격한 말이다. 만약 두목이 높은 지위에 있었다면 필시 원진과 백거이를 차마 다스리지 못했을 것이니, 다만 찬황공(贊皇公: 이덕유(李德裕))이 백낙천(白樂天: 백거이)을 대한 것을 보면 바로 알 수 있다.

唐白居易初爲杭州刺史, 令訪牡丹花, 獨開元寺僧惠澄近於京師得之, 始植於庭, 他處未之有也. 時春景方深, 惠澄設油幕覆其上. 白[1]先題詩曰: "此花南地知難種, 慚愧僧閑用意栽. 海燕解憐頻睥睨, 胡蜂未識更徘徊. 虛生芍藥徒勞妬, 羞殺玫瑰不敢開. 唯有數苞紅蠟在, 含芳祇待舍人來." 尋到寺看花, 會徐凝自富春來, 乃命徐同醉而歸. 時張祜榜舟而至, 甚若疏誕. 然二生各希首薦, 白曰: "二君論文, 若廉·白之鬪鼠穴, 勝負在一戰也." 遂試〈長劍依天外賦〉·〈餘霞散成綺詩〉, 試訖解送, 以凝爲元, 祜次之. 張曰: "祜詩有'地勢遙尊嶽, 河流側讓關', 多士以陳後主'日月光天德, 山河壯帝居', 此徒有前名矣." 又祜〈題金山寺〉詩曰: "樹影中流見, 鐘聲兩岸聞." 雖綦毋潛云: "塔影掛青漢, 鐘聲和白雲." 此句未爲佳也. 白又以祜〈宮詞〉四句之中皆數對, 何足奇乎? 然無徐生云: "今古長如白練飛, 一條界破靑山色." 祜嘆曰: "榮辱糾紛, 亦何常也!" 遂行歌而邁, 凝亦鼓枻而歸. 自是二生終身偃仰, 不隨鄕試矣. 後杜牧守秋浦, 與張祜爲詩酒之交, 酷吟祜詞. 亦知錢塘之歲, 白有非祜之論, 嘗不平之. 乃爲詩二首以高之, 曰: "誰人得似張公子, 千首詩輕萬戶侯?" 又云: "如何故國三千里, 虛唱歌詞滿六宮?" 張詩曰: "故國三千里, 深宮二十年. 一聲〈何滿子〉, 雙淚落君前." 此爲祜得意之語也. 牧又著論, 言: "近有元·白者, 喜爲淫言媟語, 鼓扇浮囂, 吾恨方在下位, 未能以法治之." 斯亦佐祖於祜耳. 眉: 此特過激之語. 若牧在上位, 必不忍治元·白, 但看贊皇之於樂天便知.

* 이 고사는 《태평광기》 권199 〈문장·두목(杜牧)〉에 실려 있다.

1 백(白): 문맥상 "서응(徐凝)"으로 고치는 것이 타당하다. 아래의 시는 서응의 〈제개원사모란(題開元寺牧丹)〉의 전문이다. 《태평광기》에는 "모란자차동월분이종지야(牡丹自此東越分而種之也). 회서응자부춘래(會徐凝自富春來), 미지백(未知白)"이라 되어 있다.

25-17(0622) 천교의 나그네
천교유인(天嶠遊人)
출《운계우의》

 등선객(鄧先客)이라는 자는 집안 대대로 나라의 도사(道師)가 되어 자복(紫服 : 3품관의 관복)을 하사받았다. 그가 죽자 도성에서 마고산(麻姑山)으로 돌아가 장사 지냈는데, 시해(尸解 : 속세의 육신을 벗고 신선이 되는 것)했다고 했다. 산골짜기가 수려하고 기이한 초목이 많았기에 문인들이 그곳을 지나갈 때면 반드시 감흥이 일어나 시를 읊었으니, 그 시가 몇천 수에 달했다. 어느 날 갑자기 한 젊은이가 우연히 절구(絶句) 한 수를 지었는데, 성명은 밝히지 않고 단지 '천교유인'이라고만 했다. 그 후로 등선객의 명성은 그 시로 인해 점차 쇠미해졌다. 그 시는 이러했다.

 "학은 지초(芝草)밭에서 늙어 가고 닭은 닭장 속에 있으니, 상청(上淸)[111]이 어찌 속진과 같으랴? 밝은 대낮에 우화등선했다고 하던데, 무슨 일로 인간 세상에 빈궁(殯宮 : 무덤)이 있나?"

---

111) 상청(上淸) : 도가의 하늘 가운데 하나로, 옥청(玉淸)·태청(太淸)과 함께 삼청(三淸) 중 하나다.

有鄧先客者, 累代爲國道師, 錫紫服. 洎死, 自京歸葬於麻姑山, 云是尸解也. 山谷旣秀, 草木多奇, 詞人經過, 必當興咏, 幾千首矣. 忽有少年, 偶題一絶, 不言姓字, 但云"天嶠遊人". 鄧氏之名, 因斯稍減. 詩曰: "鶴老芝田鷄在籠, 上淸那與俗塵同? 旣言白日升仙去, 何事人間有殯宮?"

* 이 고사는 《태평광기》 권199 〈문장·천교유인〉에 실려 있다.

25-18(0623) 담수

담수(譚銖)

출《운계우의》

진낭(眞娘)은 [당나라] 오국(吳國: 소주)의 미인으로, [남제(南齊)] 전당(錢唐: 항주)의 미인 소소소(蘇小小)에 비견되었다. 그녀는 죽은 후에 오궁(吳宮) 옆에 장사 지내졌는데, 행인들이 다투어 시를 지어 무덤의 나무에 적어 놓았기에 비늘이 모인 것처럼 즐비했다. 나중에 오문(吳門: 소주)의 거자(擧子) 담수가 절구(絶句) 한 수를 지었다.

"무구산(武丘山: 호구산(虎丘山)] 아래에 무덤이 쌓여 있는데, 소나무와 측백나무가 적막해 슬프기 짝이 없네. 무슨 일로 세상 사람들은 미인만 좋아해, 진낭의 무덤에만 유독 시를 적는가?"

이때부터 행인들이 점차 붓을 멈추었다.

眞娘者, 吳國之麗也, 比於錢唐蘇小小. 死葬吳宮之側, 行客競爲詩, 題於墓樹, 櫛比鱗臻. 有吳門擧子譚銖, 書一絶云: "武丘山下冢累累, 松柏蕭條盡可悲. 何事世人偏重色, 眞娘墓上獨題詩?" 自是行人稍息筆矣.

* 이 고사는 《태평광기》 권199 〈문장·담수〉에 실려 있다.

25-19(0624) 마외파의 시

마외시(馬嵬詩)

출《궐사(闕史)》·《서정시(抒情詩)》

마외불당(馬嵬佛堂)은 양귀비(楊貴妃)가 목을 맨 곳이다. 그 후로 재사(才士)들이 그곳을 지나가면서 지은 시는 이루 다 기록할 수 없을 정도였는데, 모두 미인의 서글픔과 원망이 사람의 마음을 아프게 한다는 것이었다. 비록 곡조가 애달프고 가사가 청신하다 할지라도 이러한 뜻에서 벗어나는 글은 없었다. 승상(丞相) 정전(鄭畋)이 봉상현(鳳翔縣)의 종사(從事)로 있을 때 이런 시[〈마외파(馬嵬坡)〉]를 지었다.

"숙종(肅宗)이 말 머리 돌렸을 때 양귀비는 죽었나니, 비와 구름 사라지고 해와 달이 새롭게 떠올랐네. 결국 성조 천자(聖朝天子: 현종)의 일이긴 하지만, 경양궁(景陽宮)의 우물112)에 또 어떤 사람이 빠질런고?" 미 : 이전의 평가를 잘 뒤집었다.

이를 본 사람들은 진실로 나라에 도움이 되는 글귀라고

---

112) 경양궁(景陽宮)의 우물 : 진(陳)나라의 후주(後主) 진숙보(陳叔寶)가 수(隋)나라 군대를 피해 숨은 우물.

여겼다.

당(唐)나라 희종(僖宗)이 [황소의 난을 피해] 촉(蜀) 땅으로 몽진(蒙塵)했을 때, 어떤 시인이 마외역(馬嵬驛)에 이런 시를 적었다.

"마외의 안개 낀 버들은 옛 모습 그대로인데, 난여(鸞輿 : 어가)가 촉 땅으로 행차했다 돌아가는 걸 다시 보는구나. 황천 아래의 아만(阿蠻 : 양귀비의 아명)은 응당 할 말 있으리니, 이번에는 더 이상 양귀비를 원망하게 하지 마시라." 미 : 또 뒤집었다.

이름은 밝히지 않았는데, 어떤 사람은 시랑(侍郎) 적귀창(狄歸昌)의 시라고 했다.

馬嵬佛堂, 楊妃縊所. 邇後才士經過, 賦咏不可勝紀, 皆以紅淒碧怨, 令人傷悲. 雖調苦詞淸, 無逃此意也. 丞相鄭畋爲鳳翔從事日, 題詩曰:"肅宗回馬楊妃死, 雲雨雖亡日月新. 終是聖朝天子事, 景陽宮井又何人?" 眉 : 善翻案. 觀者以爲眞輔國之句.
唐僖宗幸蜀, 有詞人於馬嵬驛題詩云:"馬嵬烟柳正依依, 重見鸞輿幸蜀歸. 泉下阿蠻應有語, 這回休更怨楊妃." 眉 : 又翻. 不出名氏, 或云侍郎狄歸昌詩.

* 이 고사는 《태평광기》 권199 〈문장·정전(鄭畋)〉과 권200 〈문장·적귀창(狄歸昌)〉에 실려 있다.

25-20(0625) 이위

이위(李蔚)

출《서정시》

당(唐)나라의 승상(丞相) 이위가 회남(淮南)을 진수하고 있을 때, 포의(布衣) 시절부터 평소 교분이 있던 손 처사(孫處士)가 1000리를 멀다 하지 않고 곧장 찾아오자, 이위는 한 달 내내 그를 머물게 했다. 하루는 손 처사가 떠나겠다고 고하자, 이위는 옛 친분을 돈독히 여겨 회하(淮河)를 유람하며 송별연을 베풀었다. 배가 다리 밑을 지나갈 때 파도가 급하게 몰아치자, 뱃사공이 배를 돌리면서 상앗대를 들어 물을 치다가 기녀의 옷을 흠뻑 적셨다. 이위가 크게 노해 사공에게 벌을 내리려 했더니, 손 처사가 손을 모으고 나아가 말했다.

"이 분에 넘치는 전별연 때문에 생긴 일이니 이는 저의 잘못입니다."

그러면서 붓과 벼루를 청해 〈유지사(柳枝詞)〉를 지었다.

"이마 반쪽은 황금빛 비단옷에 살짝 가려져 있고, 옥비녀 끝엔 우아한 봉황 한 쌍 날고 있네. 분부를 따르다가 물벼락에 비단 치마 젖었지만, 그래도 아침에 구름으로 왔다가 저녁에 비 되어 돌아간다113) 말할 수 있으리."

이위는 시를 보고 마음이 풀어져 즐겁게 웃으면서 악사에게 그 사를 노래하게 했으며, 날이 저물 때까지 즐겁게 마셨다.

唐丞相李蔚鎭淮南日, 有布素之交孫處士, 不遠千里, 徑來修謁, 蔚浹月留連. 一日告發, 李敦舊分, 遊河祖送. 過於橋下, 波瀾迅激, 舟子回跋, 擧篙刺水, 濺濕妓衣. 李大怒, 將加罪, 處士拱而前曰 : "緣玆寵餞, 是某之過." 因請筆硯, 作 〈柳枝詞〉曰 : "半額微黃金縷衣, 玉搔頭裊鳳雙飛. 從敎水濺羅裙濕, 還道朝來行雨歸." 李覽之, 釋然歡笑, 命伶人唱其詞, 樂飮至暮.

* 이 고사는 《태평광기》 권200 〈문장·이위〉에 실려 있다.

113) 아침에 구름으로 왔다가 저녁에 비 되어 돌아간다 : 옛날 초(楚)나라 회왕(懷王)이 운몽택(雲夢澤)을 유람하다가 피곤해서 고당관(高唐觀)에서 잠이 들었을 때 꿈속에서 신녀(神女)를 만나 즐겁게 놀았는데, 신녀가 자신은 "무산(巫山)의 남쪽에 살고 있으며" "아침에는 구름이 되어 다니고" "저녁에는 비가 되어 내린다"고 했다는 고사를 차용한 것이다.

25-21(0626) 주광물

주광물(周匡物)

출《민천명사전》

주광물은 자가 기본(幾本)이고 장주(漳州) 사람으로, 당(唐)나라 원화(元和) 12년(817)에 진사에 급제했다. 처음에 주광물은 집이 가난해 걸어서 과거에 응시하러 갔는데, 세파에 시달려 실의에 빠졌으며 품고 있는 재주를 알아줄 사람을 만나지 못했다. 그는 도중에 전당강(錢塘江)을 건너게 되었는데, 배를 빌릴 돈이 부족해서 오래도록 강을 건널 수 없었기에 공관에 이런 시를 적어 놓았다.

"만 리나 되는 망망한 천참(天塹 : 천연의 요새)114)은 아득하기만 하니, 진시황(秦始皇)은 어찌하여 다리를 놓지 않았는가? 전당강 어귀에서 돈[錢]이 없어 건너지 못하고, 서릉(西陵)의 하루 두 차례 조수에 가로막혔네."

군목(郡牧 : 군수)이 출타했다가 이 시를 보고 나루터 관리에게 죄를 물었다. 지금도 천하의 나루터에서는 여전히 이 시가 전해져 읊어지고 있다. 뱃사공이 감히 과거 응시자

---

114) 천참(天塹) : 천연의 요새. 교통에 지장을 주는 천연적인 하천을 말한다. 여기서는 전당강을 가리킨다.

에게 돈을 받지 못하는 것은 이때부터 비롯했다.

周匡物, 字幾本, 漳州人, 唐元和十二年及第. 初周以家貧, 徒步應擧, 落魄風塵, 懷刺不偶. 路經錢塘江, 乏僦船之資, 久不得濟, 乃於公館題詩云:"萬里茫茫天塹遙, 秦皇底事不安橋? 錢塘江口無錢過, 又阻西陵兩信潮." 郡牧出見之, 乃罪津吏. 至今天下津渡, 尙傳此詩諷誦. 舟子不敢取擧選人錢, 自此始.

* 이 고사는 《태평광기》 권199 〈문장 · 이위〉에 실려 있다.

25-22(0627) **왕파**

왕파(王播)

출《척언》

당(唐)나라의 왕파는 어렸을 때 집이 가난해서 일찍이 양주(揚州) 혜조사(惠照寺)의 목란원(木蘭院)에 기거하면서 스님을 따라 절밥을 먹었다. 그러나 나중에 스님들은 그를 싫어하고 업신여겨 식사를 마친 후에 종을 쳤다. 24년 후에 왕파는 높은 지위에 있다가 조정을 나와 [회남절도사(淮南節度使)로서] 그 지방(양주)을 다스리게 되자 예전에 노닐던 곳을 방문했다. 이전에 그가 시를 적고 이름을 써 놓았는데, 그 시들이 모두 푸른 비단으로 덮여 있었다. 왕파는 그것에 이어서 절구(絶句) 두 수를 지었다.

"삼십 년 전 이 사원에서 노닐었는데, 목란꽃 핀 사원이 새로 지어졌었네. 지금 다시 예전에 다니던 곳에 와 보니, 나무는 늙어 꽃이 피지 않고 스님은 백발이 되었네."

"불당에 올라 독경 마치고 각자 승방으로 돌아간 뒤, 부끄럽게도 사리(闍黎 : 스님)[115]는 식사한 후에 종을 쳤었네.

---

115) 사리(闍黎) : 사리(闍梨)・사리(闍利)라고도 한다. 범어(梵語) '아사리(阿闍黎 : Ācārya)'의 줄임말로 고승(高僧)을 뜻한다. 여기서는 그

삼십 년 동안 내 글이 먼지로 뒤덮여 있더니, 지금에야 비로소 푸른 비단으로 덮이게 되었네." 미 : 얼마나 감상에 젖었겠는가! 또 전기(傳奇)에서 이 일을 차용해 여몽정(呂蒙正) 고사를 지었다.

唐王播少孤貧, 嘗客揚州惠照寺木蘭院, 隨僧齋食. 後厭怠, 乃齋罷而後擊鐘. 後二紀, 播自重位, 出鎭是邦, 因訪舊遊, 向之題名, 皆以碧紗罩其詩. 播繼以二絶句曰 : "三十年前此院遊, 木蘭花發院新修. 如今再到經行處, 樹老無花僧白頭." "上堂未¹了各西東, 慚愧闍黎飯後鐘. 三十年來塵撲面, 如今始得碧紗籠." 眉 : 多少傷感! 又傳奇借作呂蒙正事.

* 이 고사는 《태평광기》 권199 〈문장·왕파〉에 실려 있다.
1   미(未) : 《태평광기》 명초본에는 "이(已)"라 되어 있는데, 문맥상 보다 타당하다.

냥 스님을 가리킨다.

25-23(0628) 주경여

주경여(朱慶餘)

출《운계우의》

　　당(唐)나라의 주경여는 수부낭중(水部郞中) 장적(張籍)을 만나 지음(知音)이 되었는데, 장적은 주경여의 신구 시편 여러 권을 달라고 해서 그것들을 읊으면서 고쳐 26수만 남겼다. 장적은 그것을 품속에 안고 다니면서 그를 추천하며 칭찬했다. 당시 사람들은 장적의 높은 명성 때문에 그 시를 베껴 적고 읊지 않는 사람이 없었으며, 주경여는 마침내 과거에 급제했다. 처음에 주경여는 오히려 겸손하게 사양하면서 〈규의(閨意)〉 한 편을 지어 장적에게 바쳤는데 이러했다.

　　"신혼 방에 어젯밤 붉은 촛불 꺼지고, 날이 밝길 기다려 당(堂) 앞에서 시어른께 절하네. 화장 마치고 낮은 소리로 남편에게 묻노니, 그린 눈썹의 진하기가 유행에 맞는지요?"

　　장적이 그 시에 화답했다.

　　"월(越)나라 미녀[서시(西施)]가 갓 단장하고 나와 가슴 움켜쥐니, 스스로 곱고 아름다운 줄 알고 다시 나지막이 읊조리네. 제(齊)나라 비단도 인간 세상에서 귀한 축에 끼지 못하니, 한 곡의 채릉가(採菱歌 : 마름 딸 때 부르는 노래)만이 만금(金)에 해당하네."

이로 말미암아 주경여의 시명(詩名)이 해내에 널리 전해졌다.

唐朱慶餘遇水部郞中張籍知音, 索慶餘新舊篇什數通, 吟改祇留二十六章. 籍置於懷抱而推贊之. 時人以籍重名, 無不繕錄諷咏, 遂登科第. 初慶餘尙爲謙退, 作〈閨意〉一篇, 以獻張曰 : "洞房昨夜停紅燭, 待曉堂前拜舅姑. 妝罷低聲問夫婿, 畫眉深淺入時無?" 籍酬之曰 : "越女新妝出鏡[1]心, 自知明艷更沈吟. 齊紈未足人間貴, 一曲菱歌敵萬金." 由是朱之詩名流於海內.

* 이 고사는 《태평광기》 권199 〈문장 · 주경여〉에 실려 있다.
1 경(鏡) : 《태평광기》 명초본에는 "봉(奉)"이라 되어 있는데, 문맥상 타당하다.

25-24(0629) 두순학

두순학(杜荀鶴)

출《북몽쇄언》

당(唐)나라의 두순학이 일찍이 연구(聯句) 하나를 읊었다.

"헌 옷은 거친 풀솜으로 막고, 새 술은 대나무 체로 거르네."

어떤 이가 이를 위장(韋莊)에게 얘기했더니 위장이 말했다.

"나라면 '인장은 금자물쇠로 잠그고, 주렴은 옥갈고리로 거네'라고 하겠소."

위장은 나중에 [오대십국] 서촉(西蜀 : 전촉)에서 재상이 되었다.

唐杜荀鶴嘗吟一聯云:"舊衣灰絮絮, 新酒竹篘篘." 或話於韋莊, 莊曰:"我道'印將金鎖鎖, 簾用玉鉤鉤.'" 莊後西蜀爲相.

* 이 고사는《태평광기》권200〈문장·두순학〉에 실려 있다.

25-25(0630) 한정사

한정사(韓定辭)

출《북몽쇄언》

당(唐)나라의 한정사가 진주절도사(鎭州節度使) 왕용(王鎔)의 서기(書記)로 있을 때, 연수(燕帥) 유인공(劉仁恭)을 예방하러 갔다가 빈관에서 묵었다. 유인공이 시험 삼아 그의 막객 마욱(馬彧)에게 그를 접대하라고 명하자, 마욱이 시를 지어 한정사에게 주었다.

"수림(燧林)116) 의 향긋한 풀을 줄곧 생각하며, 종일토록 서로 손잡고 화려한 높은 누각에 올랐네. 이별한 후로 권무산(罐嶅山)117) 위에서 바라보며, 때때로 왕자교(王子喬)를 만나는 그대를 부러워하네."

마욱의 시가 비록 빼어났지만 그 의도는 한정사의 학문을 시험해 보는 데 있었다. 한정사도 앉은자리에서 이렇게 응수했다.

---

116) 수림(燧林) : 서왕모(西王母)가 연 소왕(燕昭王)과 함께 수림에서 노닐면서 염제(炎帝)의 불 피우는 방법을 얘기했다고 한다.

117) 권무산(罐嶅山) : 주 영왕(周靈王)의 태자 왕자교(王子喬)가 이 산에서 학을 타고 하늘로 올라가 신선이 되었다고 전해진다.

"숭하대(崇霞臺) 위의 선객(仙客), 치룡(癡龍)을 알 만큼 학식이 가장 많네. 훌륭한 덕을 지닌 군자는 은필(銀筆)로 기술하고, 아름다운 글은 설아(雪兒)에게 주어 노래 부르게 할 만하네."

좌중의 여러 빈객들은 경탄하며 그 오묘한 시구를 칭찬하지 않는 이가 없었지만, 또한 그 은필이라는 편벽한 전고를 궁금해했다. 나중에 마욱이 다시 연수의 명을 받들어 답례로 상산왕(常山王: 왕용)을 예방하러 갔더니, 왕용이 또한 한정사에게 공관에서 마욱을 접대하라고 명했다. 당시 전전(轉轉)이라는 기녀가 한정사의 총애를 받고 있었는데, 매번 주연이 있을 때면 마욱이 그녀를 자주 쳐다보자 한정사가 말했다.

"저는 옛날에 진 문공(晉文公)이 계외[季隗: 진 문공의 부인인 숙외(叔隗)의 누이동생]를 조최(趙衰)에게 보낸 일과 손백부[孫伯符: 손책(孫策)]가 소교[小喬: 손책의 첩인 대교(大喬)의 누이동생]를 주공근[周公瑾: 주유(周瑜)]에게 내려 준 일을 좋아했으니, 이는 대개 아름다운 여인으로 이름난 사람을 받들게 하는 즐거움 때문입니다. 다만 이 기녀가 당신처럼 어진 이의 돌아봄을 제대로 받들지 못할까 염려하니, 원컨대 시를 한 수 내려서 그녀에게 당신을 모실 수 있도록 하십시오." 미: 논조가 새롭다.

마욱은 붓을 들어 거침없이 문장을 써내〈전전부(轉轉

賦)〉를 지었다. 그 문장이 매우 아름다워서 마침내 원근에 전해졌다. 마욱이 조용히 한정사에게 설아와 은필의 전고에 대해 묻자 한정사가 말했다.

"옛날에 양(梁)나라 원제(元帝)는 상동왕(湘東王)으로 있던 시절에 공부하고 글쓰기를 좋아해서, 항상 충신과 의사 및 아름다운 문장을 지은 자를 기록했습니다. 그것을 기록하는 붓에 세 가지 등급이 있었는데, 어떤 것은 붓대를 금과 은으로 장식했고 어떤 것은 반죽(斑竹)으로 되어 있었습니다. 충성과 효성이 완전한 사람은 금필로 쓰고, 덕행이 빼어난 사람은 은필로 썼으며, 문장이 아름다운 사람은 반죽필로 썼습니다. 그래서 상동왕의 명성이 강표(江表 : 강동)에 떨쳐졌습니다. 설아는 이밀(李密)의 애첩으로 가무에 능했는데, 이밀은 매번 빈객과 막료의 문장 중에서 뛰어나게 아름다워서 마음에 드는 것이 있으면, 즉시 설아에게 주어서 음률에 맞춰 노래 부르게 했습니다."

마욱이 다시 치룡의 출처[118]를 묻자 한정사가 말했다.

---

118) 치룡의 출처 : 옛날에 어떤 사람이 낙양의 한 동굴에 떨어졌는데, 그곳에서 커다란 양의 수염에 맺혀 있는 진주를 사람들이 따서 먹는 것을 보았다. 나중에 그 사람이 동굴에서 나와서 장화(張華)에게 물었더니, 장화가 그곳은 지선(地仙)이 사는 선관(仙館)이고 커다란 양은 치룡이라고 대답했다고 한다.

"그건 장화(張華)의 고사입니다."

한정사가 또 권무산에 대해 묻자 마욱이 말했다.

"그건 수군(隋君)의 고사입니다만 어찌 겸손히 물어보실 것까지 있겠습니까?"

이로 말미암아 두 사람은 서로 감복하면서 교분을 맺고 떠났다.

唐韓定辭爲鎭州王鎔書記, 聘燕帥劉仁恭, 舍於賓館. 命試幕客馬彧[1]延接, 馬有詩贈韓曰: "燧林芳草綿綿思, 盡日相携陟麗譙. 別後嶱嵃山上望, 羡君時復見王喬." 彧詩雖淸秀, 然意在徵其學問. 韓亦於座上酬之曰: "崇霞臺上神仙客, 學辦癡龍藝最多. 盛德好將銀筆述, 麗詞堪與雪兒歌." 座內諸賓靡不欽訝稱妙句, 然亦疑其銀筆之僻也. 他日, 彧復持燕帥之命, 答聘常山, 亦命定辭接於公館. 時有妓轉轉者, 韓之所眷也, 每當酒席, 彧頻目之, 韓曰: "昔愛晉文公分季隗於趙衰, 孫伯符輟小喬於公瑾, 蓋以麗色可奉名人之歡. 但慮倡姬不勝賢者之顧, 願垂一咏, 俾得奉之." 彧: 論新. 或援筆, 文不停綴, 作〈轉轉賦〉. 其文甚美, 遂傳於遠近. 彧從容問韓以雪兒・銀筆之事, 韓曰: "昔梁元帝爲湘東王時, 好學著書, 常記錄忠臣義士及文章之美者. 筆有三品, 或以金銀雕飾, 或用斑竹爲管. 忠孝全者用金管書之, 德行淸粹者用銀筆書之, 文章贍麗者以斑竹書之. 故湘東之譽, 振於江表. 雪兒者, 李密之愛姬, 能歌舞, 每見賓僚文章有奇麗入意者, 卽付雪兒協音律以歌之." 又問癡龍出處, 定辭曰: "此張華事也." 定辭亦問嶱嵃之山, 彧曰: "此隋君故事, 何謙光而下問?" 由是兩相悅服, 結交而去.

* 이 고사는 《태평광기》 권200 〈문장·한정사〉에 실려 있다.
1 혹(或) : 금본 《북몽쇄언(北夢瑣言)》에는 "욱(彧)"이라 되어 있는데 타당하다. 이하도 마찬가지다.

25-26(0631) 설수 등

설수등(薛收等)

출《담빈록》·《척언》·《북몽쇄언》

당(唐)나라의 설수는 진왕부(秦王府 : 태종 이세민의 왕부)에 있었는데, 격문과 노포문(露布文)이 대부분 설수에게서 나왔다. 불러 주는 문장이 민첩해서 모두 미리 지어 놓은 것 같았는데, 말 위에서 곧바로 완성하면서도 일찍이 고친 적이 없었다.

호초빈(胡楚賓)은 민첩하게 글을 지었는데, 매번 술을 마시고 반쯤 취한 후에 붓을 잡았다. 고종(高宗)은 매번 호초빈에게 글을 짓게 할 때마다 반드시 금잔에 술을 담아 마시라고 한 뒤에 바로 그 잔을 그에게 하사했다.

왕거(王劇)는 강주(絳州) 사람이다. 개원(開元) 연간(713~741)에 중서사인(中書舍人)에 임명되었다. 이전에 오왕(五王)[119]이 출각(出閣)[120]할 때 같은 날 책봉을 받았

---

[119] 오왕(五王) : 현종(玄宗)의 다섯 형제인 양황제(讓皇帝) 영왕(寧王) 이헌(李憲), 혜장 태자(惠莊太子) 신왕(申王) 이휘(李撝), 혜문 태자(惠文太子) 기왕(岐王) 이범(李範), 혜선 태자(惠宣太子) 설왕(薛王) 이업(李業), 수왕(隋王) 이융제(李隆悌)를 말한다.

는데, 담당 관리가 책문(冊文)을 가져오는 것을 잊어버렸다가 문무백관이 반열에 서고 나서야 비로소 의례에 빠진 것이 있음을 알았다. 왕거는 하급 관리 다섯 명을 불러 각각 붓을 잡게 하고 자기가 구술하는 것을 나누어 받아쓰게 했는데, 순식간에 책문을 모두 끝마쳤다.

당나라의 부재(符載)는 자가 후지(厚之)이며 촉군(蜀郡) 사람이다. 위고(韋皐)가 촉(蜀)을 진수(鎭守)할 때 그를 지사(支使 : 절도사의 속관)로 초징했다. 위고가 일찍이 이십사화(二十四化)121)에서 제사를 지낼 때 부재에게 재사(齋詞 : 제문)를 지어 달라고 청했다. 그때 부재는 마하지(摩訶池)에서 위고를 모시고 술을 마시고 있었는데, 자리에서 일어나 손을 씻더니 하급 관리 12명에게 벼루를 받들게 하고 각각에게 두 제문씩 나누었다. 그러고는 마하지 사이를 천천히 거닐면서 그들에게 자기가 구술하는 것을 받아쓰게 했다. 그 민첩함이 이와 같았다.

---

120) 출각(出閣) : 황자(皇子)가 번왕(藩王)으로 나가는 것을 말한다.
121) 이십사화(二十四化) : 24치(治)를 말한다. '치'는 도교의 포교 중심지로, 천지신명에게 제사 지내고 도교의 일을 처리하는 곳이다. 한나라 때 장도릉(張道陵)이 만든 오두미도(五斗米道)에서 촉중(蜀中)에 24치를 세웠는데, 상중하로 나누어 각각 8치씩을 두었다.

唐薛收在秦府, 檄書露布多出於收. 占辭敏速, 皆同宿構, 馬上卽成, 曾無點竄.

胡楚賓屬文敏速, 每飲酒半酣而後操筆. 高宗每令作文, 必以金杯盛酒, 令飲, 便以杯賜之.

王勵, 絳州人. 開元中, 任中書舍人. 先是五王出閣, 同日受冊, 有司忘載冊文, 百官在列, 方知缺禮. 勵召小吏五人, 各執管, 口受分寫, 一時俱畢.

唐符載, 字厚之, 蜀郡人. 韋皐鎭蜀, 辟爲支使. 皐嘗於二十四化設醮, 請撰齋詞. 於時陪飲於摩訶池, 載離席盥潄, 命小吏十二人捧硯, 人分兩題. 緩步池間, 各授口占. 其敏速也如此.

* 이 고사는 《태평광기》 권174 〈준변·설수〉와 〈호초빈〉·〈왕거〉, 권198 〈문장·부제〉에 실려 있다.

무신유문(武臣有文) 부(附)

25-27(0632) 조경종

조경종(曹景宗)

출《본전》

양(梁)나라의 조경종은 여러 차례 전공을 세워 우위장군(右衛將軍)으로 초징되었다. 나중에 북위(北魏)의 군대를 격파하고 철군해 돌아오자, 황제(무제)가 화광전(華光殿)에서 연회를 베풀면서 연구(聯句)를 지었다. 좌복야(左僕射) 심약(沈約)이 운에 맞추어 연구를 지었는데, 조경종은 운을 얻지 못했기에 심기가 불편했다. 황제가 말했다.

"경은 재주가 아주 많으니 어찌 시 하나에 매달리는가?"

하지만 조경종은 이미 술에 취했기에 시를 짓겠다고 계속해서 청했다. 무제가 '경(競)'과 '병(病)' 두 자로 운을 삼아 지으라고 명하자, 조경종은 붓을 들어 곧바로 완성했다.

"떠날 때는 아녀자들이 슬퍼했으나, 돌아올 때는 피리와 북소리 다투어 울리네. 길 가는 사람에게 물어보나니, 곽거병(霍去病)[122]과 비교해서 어떠하오?"

무제는 기뻐하고 칭찬해 마지않으면서 마침내 그의 작위

---

[122] 곽거병(霍去病) : 한나라 때의 명장으로, 여섯 차례 흉노를 정벌해 명성을 떨쳤다.

를 공(公)으로 높여 주었다.

梁曹景宗累立軍功, 徵爲右衛將軍. 後破魏軍振旅, 帝於華光殿宴飮聯句. 左僕射沈約賦韻, 景宗不得韻, 意色不平. 帝曰:"卿伎能甚多, 何在一詩?" 景宗已醉, 求作不已. 詔令賦'競'·'病'兩字, 景宗操筆便成曰:"去時兒女悲, 歸來笳鼓競. 借問行路人, 何如霍去病?" 帝欣賞不已, 於是進爵爲公.

* 이 고사는 《태평광기》 권200 〈무신유문·조경종〉에 실려 있다.

25-28(0633) 고앙

고앙(高昂)

출《담수》

북제(北齊)의 고앙은 자가 오조(敖曹)다. 그는 담력이 출중하고 풍채가 남달랐다. 그의 부친 고차동[高次同 : 고익(高翼)]이 엄한 스승을 구해 가르쳤지만, 고앙은 스승의 가르침을 따르지 않고 오로지 말을 치달려 돌아다니기만 하면서 매번 말했다.

"남자라면 마땅히 천하를 휘어잡으면서 스스로 부귀를 얻어야지, 어느 누가 단정히 앉아 책이나 보다가 늙어 빠진 박사가 되겠는가?"

그의 부친은 그의 기세등등하고[昂藏] 오만방자함[敖曹]을 따서 이름과 자로 삼았다. 동위(東魏) 말에 [북제] 신무제(神武帝)를 따라 기의해서 패업(霸業)을 이루자, 시중(侍中)·사도(司徒)에 제수되고 서남도대도독(西南道大都督)을 겸임했다. 고오조는 시 짓기를 몹시 좋아했는데, 그 시가 우아하고 자못 운치 있어서 당시 사람들이 칭송했다. 일찍이 그가 군대에 있을 때 상주자사(相州刺史) 손등(孫騰)에게 〈행로난(行路難)〉을 지어 주었다.

"갑옷 입고 오래도록 말 몰며 쉴 수 없으니, 엿새 밤낮으로 세 끼니만 먹었네. 처음에는 호뢰(虎牢)의 정장(亭長)이 될 거라고 말하더니, 다시 하교(河橋)의 북쪽으로 배치되었네. 머리 돌려 절망하고 또 쓸쓸해하니, 슬픔에 흘러내리는 눈물 스스로 참아 내네."

또 〈정행시(征行詩)〉를 지었다.

"농종양(瓏種羊 : 서역에서 들어온 양) 천 마리, 샘에는 술 백 병이 연이어 있네. 아침마다 산을 에워싸고 사냥하고, 밤마다 신부(新婦)를 맞이하네." 미 : 부(婦)는 음이 부(阜)다.

얼마 후에 그의 동생 고계식(高季式)이 제주자사(齊州刺史)가 되자, 고오조는 역졸을 보내 술을 권하며 시를 선사했다.

"그대 아끼고 그대 그리워 죽을 것 같으니, 천상과 인간 세상에서 비할 데 없네. 바닷가에서 말달려 노는 사슴 쏘고, 바위 위에 비껴 앉아 우는 꿩도 쏘았지. 옛날에 방백(方伯)은 삼공(三公) 되길 바랐으나, 지금의 사도(司徒 : 고오)는 자사(고계식)를 부러워하네."

나머지 시도 아주 많다.

평 : 《계안록(啓顔錄)》에 고오조의 〈잡시(雜詩)〉 3수가 실려 있다. "무덤은 땅의 악삭(握槊)[123]이고, 별자리는 하늘의 바둑이라네. 단지를 여니 단지가 입을 벌린 듯하고, 자리를 마니 평상의 가죽을 벗긴 듯하네." "송별하고 또 송별하

며, 다리 앞까지 송별하네. 두 눈 그득 쌓인 눈물, 가슴 가득 누르기 어려운 시름." "복숭아나무엔 털 난 탄환 열리고, 표주박엔 빨랫방망이 자라네. 담장 기우니 벽의 배가 불룩하고, 강이 어니 강물에 거죽 생겨나네." 사람들이 전해서 웃음거리로 삼았지만, 그래도 장타유(張打油)124)가 지을 수 있는 것은 아니다.

北齊高昂, 字敖曹. 膽力過人, 姿彩殊異. 其父次同爲求嚴師敎之, 昂不遵師訓, 專事馳騁, 每言:"男兒當橫行天下, 自取富貴, 誰能端坐讀書, 作老博士也?" 其父以其昂藏敖曹, 故名字之. 東魏末, 從神武起義, 因成霸業, 除侍中司徒, 兼西南道大都督. 而敖曹酷好爲詩, 雅有情致, 時人稱焉. 常從軍, 與相州刺史孫騰作〈行路難〉曰:"卷甲長驅不可息, 六日六夜三度食. 初時言作虎牢停, 更被處置河橋北. 回首絶望便蕭條, 悲來雪涕還自抑." 又有〈征行詩〉曰:"瓏種千口羊, 泉連百壺酒. 朝朝圍山臘, 夜夜迎新婦." 眉:婦, 音阜. 頃之, 其弟季式爲齊州刺史, 敖曹發驛以勸酒, 乃贈詩曰:"憐

---

123) 악삭(握槊) : 옛 노름의 일종으로 쌍륙(雙六)과 비슷하다. 두 사람이 주사위를 던져 나온 숫자대로 말을 움직여 먼저 상대편의 궁에 들어가면 이긴다.

124) 장타유(張打油) : 당나라 개원(開元) 연간에 평측(平仄)과 압운(押韻)에 구애받지 않고 풍자시를 짓는 데 뛰어났다고 알려진 시인. 후대에 평측과 압운에 맞지 않는 비속한 시를 타유시(打油詩)라고 한다.

君憶君停欲死, 天上人間無可比. 走馬海邊射遊鹿, 偏坐石上彈鳴雉. 昔時方伯願三公, 今日司徒羨刺史." 餘篇甚多.
評:《啓顔錄》載高敖曹〈雜詩〉三首, 云:"冢子地握粱, 星宿天圍棋. 開罐甕張口, 卷席床剝皮." 又:"相送重相送, 相送至橋頭. 培堆兩眼淚, 難按滿胸愁." 又:"桃生毛彈子, 瓠長棒槌兒. 牆欹壁凸肚, 河凍水生皮." 人傳以爲笑, 然亦非張打油可辦.

* 이 고사는《태평광기》권200〈무신유문·고앙〉에 실려 있다.

25-29(0634) 왕지흥

왕지흥(王智興)

출《극담록(劇談錄)》

 당(唐)나라의 시중(侍中) 왕지흥이 처음 서주절도사(徐州節度使)가 되었을 때, 걸출한 무예와 지략으로 세상에 뛰어난 명성을 날렸다. 그가 막부(幕府)를 열고 나서 초징한 사람은 모두 명사들이었다. 하루는 종사(從事)들이 사원(使院: 절도사의 관부)에 모여 술을 마시며 시를 지으려고 했는데, 왕지흥이 그 소식을 듣고 호군(護軍)들을 불러 모두 오라고 했다. 종사들은 붓과 먹을 치우고 술과 안주를 차려 그들을 영접했다. 한참 후에 왕지흥이 물었다.

 "방금 전에 판관(判官)과 제현(諸賢)이 시를 지으려 한다는 말을 들었는데, 어찌하여 나를 보고 그만두는 것이오?"

 왕지흥은 급히 붓과 벼루를 도로 가져오게 하고 고운 종이 몇 폭을 자리 위에 펼쳐 놓게 했다. 빈객들은 서로 의혹을 품었지만 무리 지어 술잔을 들고 연회를 즐겼다. 왕지흥이 다시 말했다.

 "본래 여러분의 시작(詩作)을 보려 한 것이지, 술 마시는 데 뜻을 둔 게 아니오."

 그때 하급 관리가 종이와 붓을 왕 공(王公: 왕지흥)의 앞에 가져다 놓자, 종사들이 예의를 차리며 읍양(揖讓)했다. 왕지홍이 말했다.

"나는 무예로 출세한 무장이니 일찍이 문장에 마음을 둔 적이 없었소. 오늘 삼가 영걸들을 모시게 되었으니 사양 않고 내 어리석은 재간을 펼쳐 보이겠소."

그러고는 종이를 끌어다가 붓을 들고 순식간에 썼다.

"삼십 년 동안 무인으로 지낸 이 늙은 건아에게, 이제야 낭관(郎官)들이 시를 지어 보라 하네. 강남의 꽃과 버들은 그대들이 읊는다지만, 변방의 연기와 먼지는 내가 잘 안다네."

온 좌중이 이를 보니 경탄해 마지않았다. 당시 문인 장호(張祜)도 그 자리에 참석했는데 감군(監軍)이 그에게 말했다.

"이런 성대한 일을 보고도 어찌 말씀이 없을 수 있겠소?"

그러자 장호가 즉석에서 시를 지어 바쳤다.

"십 년 동안 명을 받들어 변방을 진수했으니, 효성스런 절개와 충성스런 규범 둘 다 남음이 있네. 장수로서 훌륭한 군정을 펼치는 외에, 이능(李陵 : 한나라 때의 명장)의 시구와 우군(右軍 : 왕희지)의 서법을 겸비한 줄을 누가 믿으랴?"

왕지홍이 이를 보고 웃으며 말했다.

"칭찬이 과분하오."

좌우에서 어떤 사람이 말했다.

"서생의 무리는 아첨에만 힘씁니다." 협: 무슨 말인가?

왕지흥이 그 사람을 꾸짖으며 말했다.

"누군가 내 잘못을 말한다면 너희가 또 긍정하겠느냐? 장수재(張秀才 : 장호)는 해내의 명사이니 어찌 쉽게 얻을 수 있다 하겠느냐?"

왕지흥은 장호를 수십 일 동안 머물게 했다가 떠날 때 비단 1000필을 선물했다.

唐侍中王智興, 初爲徐州節度使, 武略英特, 有命世之譽. 幕府旣開, 所辟皆是名士. 一旦, 從事於使院會飮, 將賦詩, 王聞之, 乃召護軍俱至. 從事因屛去翰墨, 但以杯盤迎接. 良久, 問曰: "適聞判官與諸賢作詩, 何得見某而罷?" 遽令却取筆硯, 以彩箋數幅陳席上. 衆賓相與持疑, 俟行觴擧樂. 復曰: "本來欲觀製作, 非以飮酒爲意." 時小吏亦以箋翰置於王公之前, 從事禮爲揖讓. 王曰: "某韜鈐發跡, 未嘗留心章句. 今日陪奉英髦, 不免亦陳愚懇." 於是引紙援毫, 頃刻而就云: "三十年來老健兒, 剛被郎官遣作詩. 江南花柳從君詠, 塞北烟塵我自知." 四坐覽之, 驚嘆無已. 時文人張祜亦預此筵, 監軍謂之曰: "觀玆盛事, 豈得無言?" 祜卽席爲詩以獻云: "十年受命鎭方隅, 孝節忠規兩有餘. 誰信將壇嘉政外, 李陵章句右軍書?" 智興覽之笑曰: "襃飾過當." 左右或言: "書生之徒, 務爲諂佞." 夾: 何說? 智興叱之曰: "有人道我惡, 汝輩又肯否? 張秀才海內名士, 豈云易得?" 駐留數旬, 臨岐, 贈絹千匹.

* 이 고사는 《태평광기》 권200 〈무신유문·왕지흥〉에 실려 있다.

25-30(0635) 고숭문과 고병

고숭문 · 고병(高崇文 · 高騈)

출《북몽쇄언》· '사반(謝蟠)《잡설(雜說)》'

 당(唐)나라의 재상 고숭문은 본래 계문(薊門) 출신의 용맹한 장수로, 유벽(劉闢)을 토벌한 공으로 서천절도사(西川節度使)에 제수되었다. 하루는 큰 눈이 내릴 때 종사(從事)들이 눈을 감상하며 시를 읊고 있었는데, 고숭문이 갑자기 술자리에 와서 웃으며 말했다.

 "제군들이 스스로 즐기는 자리에 이 비루한 사람은 부름을 받지 못했소. 이 비루한 사람이 무인이기는 하지만 그래도 눈을 읊은 시가 하나 있소."

 그러고는 읊었다.

 "숭문은 무예만 숭상하고 문예는 숭상하지 않아, 창 들고 변새로 나가 종군한 지 오래되었네. 흡사 호인(胡人)이 나는 기러기를 쏘아 맞혀, 흰 털이 공중에서 분분히 떨어지는 것 같네."

 당시 사람들은 그를 북제(北齊)의 고오조[高敖曹 : 고앙(高昂)]에 비견했다. 태위(太尉) 고병(高騈)이 바로 그의 손자다.

 고병은 평소 뛰어난 문재(文才)를 지니고 있었는데, 당나라 말에 훈구 대신으로서 문장을 잘 짓는 사람으로는 고병이 으뜸이라고들 말했다. 그의 〈언회시(言懷詩)〉는 다음과 같다.

"한스럽게도 오랑캐를 평정할 계책이 부족한데, 부끄럽게도 장수의 자리에 임명되었네. 손에 든 금도끼는 무겁고, 몸에 걸친 철갑옷은 차갑네. 성스러운 천자를 보좌하긴 쉬우나, 깊은 성은에 보답하긴 어렵네. 세 변경이 아직 안정되지 않았으니, 어찌 감히 곧장 관직을 그만두겠는가?" 미 : "숲에서 언제 한 사람이라도 본 적이 있는가?"125)라는 구절의 조롱에 대한 해명이라 할 수 있다.

그의 〈이녀묘시(二女廟詩)〉는 다음과 같다.

"순(舜)임금이 남쪽으로 순행 떠나 돌아오지 않으니, 두 왕비126)의 깊은 원망 물안개 사이에 맺혔네. 당시에 진주 같

---

125) 숲에서 언제 한 사람이라도 본 적이 있는가? : 당나라 영철 상인(靈澈上人)의 〈동림사수위단자사(東林寺酬韋丹刺史)〉라는 시에 "만나는 사람마다 모두 관직을 그만두고 떠나겠다고 말하지만, 숲에서 언제 한 사람이라도 본 적이 있는가?(相逢盡道休官去, 林下何曾見一人)"라는 구절이 있다.

126) 두 왕비 : 순임금의 후비(后妃)인 아황(娥皇)과 여영(女英). 요(堯)임금의 두 딸로 순임금에게 시집갔는데, 순임금이 남쪽으로 순행했다가 창오(蒼梧)에서 죽자 상강(湘江)에 이르러 눈물을 흘리고 강에 빠져 수신(水神)이 되었으며, 그때 흘린 눈물이 대나무에 얼룩져서 반죽(斑竹)

은 눈물 얼마나 흘렸는지, 지금까지도 대나무에 여전히 얼룩져 있네."

또 그의 〈영설(咏雪)〉은 다음과 같다.

"육출화(六出花 : 눈의 별칭)가 바람에 실려 문 안으로 들어올 제, 긴 대나무가 옥가지로 변하는 것을 앉아서 보네. 잠시 후 높은 누대에 올라 바라보니, 인간 세상의 험한 갈림길을 모두 덮어 버렸네." 미 : 참신하다.

唐相高崇文, 本薊門驍將也, 以討劉闢功, 授西川節度使. 一旦大雪, 諸從事吟賞有詩, 崇文遽至飮席, 笑曰 : "諸君自爲樂, 殊不見顧鄙夫. 鄙夫武人, 亦有一咏雪詩." 乃口占曰 : "崇文崇武不崇文, 提戈出塞舊從軍. 有似胡兒射飛雁, 白毛空裏落紛紛." 時謂北齊斛曹之比. 太尉駢, 卽其孫也.
高駢雅有奇藻, 唐季言勳臣有文者, 駢其首焉. 其〈言懷詩〉曰 : "恨乏平戎策, 慚登拜將壇. 手持金鉞重, 身掛鐵衣寒. 主聖匡扶易, 恩深報效難. 三邊猶未靜, 何敢便休官?" 眉 : 可爲"林下何曾見一人?"句解嘲. 〈二女廟詩〉云 : "帝舜南巡去不還, 二妃幽怨水雲間. 當時珠淚垂多少, 直到而今竹尙斑."
又〈咏雪〉云 : "六出花飄入戶時, 坐看修竹變瓊枝. 逡巡好上高樓望, 蓋盡人間惡路歧." 眉 : 新.

* 이 고사는 《태평광기》 권200 〈무신유문·고숭문〉과 〈고병〉에 실려 있다.

이 되었다고 한다. 지금까지도 상죽(湘竹)은 반죽으로 유명하다.

재명(才名)

연재 부.
憐才附.

25-31(0636) 동방규와 심전기

동방규 · 심전기(東方虬 · 沈佺期)

출《국사이찬》

좌사(左史) 동방규는 매번 말했다.

"200년 후에 서문표(西門豹)[127]와 병칭(並稱)되길 바란다."

그는 특히 시에 뛰어났다. 그와 같은 시대 사람인 심전기도 시로 유명했는데, 연국공(燕國公) 장열(張說)이 일찍이 말했다.

"심씨(沈氏 : 심전기) 삼 형제의 시 중에서 모름지기 그래도 그의 시가 제일이다."

左史東方虬每云 : "二百年後, 乞與西門豹作對." 尤工詩. 同時沈佺期亦以詩著名, 燕公張說嘗曰 : "沈三兄詩, 直須還他第一."

* 이 고사는 《태평광기》 권201 〈재명 · 동방규〉에 실려 있다.

---

127) 서문표(西門豹) : 전국 시대 위(魏)나라 사람. 급한 성격을 다스리기 위해 늘 가죽을 차고서 자신을 경계했으며, 업현령(鄴縣令)으로 있을 때는 무당을 강물에 던져 하백취부(河伯取婦 : 매년 백성으로부터 많은 돈을 거둬 여자를 뽑아 하백에게 바치던 풍습)라는 폐습을 없앴다.

25-32(0637) 이옹

이옹(李邕)

출《담빈록》

 강하(江夏) 사람 이옹은 자사(刺史)로서 입계(入計)[128] 하러 도성에 갔다. 이옹은 평소 재망(才望)을 자부했지만, 자주 폄적당해 외직에 있었으므로 후배들이 그를 알지 못했기에 경락(京洛 : 낙양)의 길거리에서 사람들이 모여들어 구경하면서 그를 옛사람이라 여겼다. 미 : 생각해 보니 옛날에는 사람들이 재사(才士)를 좋아했지만, 지금 같으면 고관과 과거 급제자를 알아보려고 다툴 뿐이다. 또한 중사(中使 : 궁중에서 파견한 사신, 환관)가 방문해 그에게 새로 지은 문장을 구하기도 했지만, 다시 남에게 모함을 받아 결국 승진할 수 없었다. 천보(天寶) 연간(742~756) 초에 그는 북해태수(北海太守)가 되었는데, 성품이 호탕하고 사치스러워서 사소한 예절에 구애받지 않은 채 마음대로 사냥하면서 제멋대로 즐겼다. 나중에 유적(柳勣)이 하옥되었을 때 [병부시랑] 길온(吉溫)이 유

[128) 입계(入計) : 각 주(州)에서 매년 4~6월 사이에 해당 지역의 재정 통계를 내서 연말이나 그 이듬해 초에 상경해 상서성(尙書省)에 보고하는 일.

적에게 이옹을 연루시키게 한 탓에 조정에서 그의 공과(功過)에 대해 논의했는데, 길온이 후한 뇌물을 쓴 바람에 군(郡)에서 그를 처형하라고 판결했다. 이옹은 일찍부터 재명을 날렸으며 특히 비문(碑文)에 뛰어났는데, 그가 전후로 지은 비문이 수백 편이나 되었으며, 그로 인해 받은 재물도 수만금이나 되었다. 예로부터 문장을 팔아 재물을 얻은 자로는 이옹만 한 사람이 없었다.

평 : 이옹이 해주(海州)를 다스릴 때 일본국(日本國)의 사신이 왔는데, 일행이 모두 500명이었고 국서(國書)를 가져왔으며 10척의 배에 수백만 금에 달하는 보화가 실려 있었다. 이옹은 사신 일행을 관사에 머물게 하고 필요한 물건들을 넉넉히 준 뒤에 출입을 금했다. 그러고는 밤중에 배에 실려 있던 보화를 모두 빼앗고 그 배를 침몰시켰으며, 날이 밝은 후에 관사에 머물던 사람들에게 거짓말로 알리길, "어젯밤에 조수가 크게 밀려오는 바람에 일본국의 배가 모두 떠내려가서 어디로 갔는지 알 수 없습니다"라고 했다. 그러고는 그 일을 상주했다. 조정에서 이옹에게 칙서를 내려, 배 10척을 건조하고 노련한 뱃사람 500명을 딸려서 일본 사신을 그 나라로 돌려보내게 했다. 이옹은 배와 뱃사람을 모두 준비했는데, 사신이 출발하기 전에 뱃사람이 이옹에게 작별인사를 드리자 이옹이 말하길, "일본으로 가는 길이 아득히

머니 앞으로의 여정은 너희들 뜻대로 처리하도록 하라"라고 했다. 협 : 더 악독하다. 사신을 호송하는 사람들이 기뻐하며, 며칠 가다가 사신 일행이 무방비 상태인 것을 알고 밤에 그들을 모두 죽이고 돌아왔다. 이옹은 또 도망자 수백 명을 길러 그들에게 도처에서 재물을 약탈하게 했는데, 만약 일이 발각되면 그 사람을 죽여 버렸다. 이옹은 결국 제명에 죽지 못했는데, 너무 잔혹한 짓을 한 응보였다. 미 : 문인의 악랄한 행실이 이북해(李北海 : 이옹)에 이르러 극에 달했도다!

江夏李邕自刺史入計京師. 邕素負才名, 頻被貶斥在外, 後進不識, 京洛阡陌聚看, 以爲古人. 眉 : 想見古時人情好才, 若今日爭認尊官高第耳. 又中使臨問, 索其新文, 復爲人陰中, 竟不得進改. 天寶初, 爲北海太守, 性豪侈, 不拘細行, 馳獵縱逸. 後柳勣下獄, 吉溫令勣引邕, 議及休咎, 厚相賂遺, 就郡決殺之. 邕早擅才名, 尤長碑記, 前後所製, 凡數百首, 受納餽送, 亦至巨萬. 自古鬻文獲財, 未有如邕者.
評 : 邕之爲海州也, 日本國使者至, 凡五百人, 載國信, 有十船, 珍貨數百萬. 邕舍於館, 厚給所須, 禁其出入. 夜中, 盡取所載而沉其船, 旣明, 諷館人白云 : "昨夜海潮大至, 日本國船盡漂失, 不知所在." 於是以其事奏之. 敕下邕令造船十艘, 善水者五百人, 送日本使至其國. 邕旣具舟及水工, 使者未發, 水工辭邕, 邕曰 : "日本路遙, 前路任汝便宜從事." 夾 : 更毒. 送人喜, 行數日, 知其無備, 夜盡殺之, 遂歸. 邕又養亡命數百人, 所在攻劫, 事露則殺之. 後竟不得死, 酷濫之報也. 眉 : 文人無行, 至李北海極矣!

* 이 고사는 《태평광기》 권201 〈재명·이옹〉과 권243 〈탐(貪)·이옹〉에 실려 있다.

25-33(0638) 진자앙

진자앙(陳子昂)

출《독이지(獨異志)》

진자앙은 촉군(蜀郡) 야홍(射洪) 사람이다. 10년간 도성에서 살았지만 사람들에게 알려지지 않았다. 당시 동시(東市)에 호금(胡琴)을 파는 사람이 있었는데, 그 값이 백만 냥이나 되었다. 날마다 부귀한 사람들이 와서 둘러보았으나 아무도 그 이유를 판별해 내는 사람이 없었는데, 진자앙이 갑자기 군중 속에서 나와 주위의 사람들에게 말했다.

"돈 1000민(緡 : 1민은 1000냥)을 싣고 와서 살 만합니다."

사람들이 모두 놀라서 물었다.

"어디에 쓰렵니까?"

진자앙이 대답했다.

"내가 이 악기를 잘 탑니다."

한 호사가가 말했다.

"한번 들어 볼 수 있겠습니까?"

진자앙이 대답했다.

"나는 선양리(宣陽里)에 삽니다."

그러면서 자신의 집이 있는 곳을 가리키며 말했다.

"술도 차려 놓고 내일 왕림해 주시길 기다리겠으니, 또한 각자 이름난 선비들을 불러 함께 와 주신다면 행운이겠습니다."

다음 날 아침에 모여든 사람들이 모두 100여 명이나 되었으며, 모두 당시의 명예 높은 선비들이었다. 진자앙은 크게 주연을 베풀고 진수성찬을 차려 놓았다. 식사가 끝나자 진자앙은 호금을 들고 일어나더니 앞으로 나아가 말했다.

"촉 사람인 저 진자앙은 지은 글이 100두루마리나 있으나, 도성에 급히 와서 홍진 속에서 버둥대며 지내느라 사람들에게 알려진 바가 없습니다. 이 악기는 천한 악공이나 하는 일이니 어찌 제가 이것에 마음을 두겠습니까?"

그러고는 그것을 들어 부숴 버렸다. 대신 두루마리가 놓인 책상 두 개를 맞들고 나오게 해서 모인 사람들에게 골고루 나눠 주었다. 모인 사람들이 흩어지고 나서 하루 만에 그의 명성이 도성에 넘쳐 나게 되었다. 당시 무유의(武攸宜)가 건안왕(建安王)이 되어 진자앙을 기실(記室)로 삼았다. 진자앙은 나중에 습유(拾遺)에 임명되었다.

陳子昂, 蜀射洪人. 十年居京師, 不爲人知. 時東市有賣胡琴者, 其價百萬. 日有豪貴傳視, 無辨者, 子昂突出於衆, 謂左右 : "可輦千緡市之." 衆咸驚問 : "何用?" 答曰 : "余善此樂." 有好事者曰 : "可得一聞乎?" 答曰 : "余居宣陽里." 指其第處 : "並具有酒, 明日專候榮顧, 且各邀聞名者齊赴, 乃幸遇也." 來晨, 集者凡百餘人, 皆當時重譽之士. 子昂大張宴席, 具珍饈. 食畢, 起捧胡琴當前, 語曰 : "蜀人陳子昂有文百軸, 馳走京轂, 碌碌塵土, 不爲人所知. 此樂賦[1]工之役, 豈愚留心哉?" 遂擧而破之. 舁文軸兩案, 遍贈會者. 會旣散, 一日之內, 聲華溢都. 時武攸宜爲建安王, 辟爲記室. 後拜拾遺.

* 이 고사는 《태평광기》 권179 〈공거(貢擧)·진자앙〉에 실려 있다.
1 부(賦) : 《태평광기》에는 "천(賤)"이라 되어 있는데, 문맥상 보다 타당하다.

25-34(0639) 소영사와 이화

소영사 · 이화(蘇穎士 · 李華)

출《한림성사(翰林盛事)》출《척언》

소영사는 문장과 학술이 사림(詞林 : 문단)에서 으뜸이었으며 대단한 명성을 누렸지만, 재능이 묻혀 있어서 현달할 기회를 만나지 못했다. 일찍이 신라(新羅)의 사신이 와서 말했다.

"동이(東夷 : 신라)의 사민들은 소 부자(蘇夫子 : 소영사)를 국사(國師)로 모시길 원합니다." 미 : 선성(先聖 : 공자)이 동이에서 살고자 했던 까닭이다.

이화는 문학으로 명성이 높았는데, 당시 유양[維揚 : 양주부(揚州府)]을 진수하고 있던 진소유(陳少游)가 그의 명성을 특히 흠모했다. 어느 날 아침에 성문 관리가 이화가 양주부로 들어왔다고 보고하자, 진소유는 크게 기뻐하며 관잠(冠簪)을 꽂고 홀(笏)을 들고 그를 기다렸는데, 미 : 진소유는 어떤 사람이기에 이토록 재사(才士)를 중시하는가? 잠시 후에 성문 관리가 다시 아뢰었다.

"이미 소 공조(蕭功曹)를 방문했습니다."

소 공조는 소영사다.

蕭穎士, 文章學術, 俱冠詞林, 負盛名, 而湮沈不遇. 常有新羅使至, 云:"東夷士庶, 願請蕭夫子爲國師." 眉:先聖所以欲居夷也.

李華有文學, 時陳少游鎭維揚, 尤仰其名. 一旦, 城門吏報華入府, 少游大喜, 簮笏待之, 眉:陳少游何等人, 而重才猶爾? 少頃, 復白云:"已訪蕭功曹矣." 功曹, 穎士也.

* 이 고사는 《태평광기》 권164 〈명현(明賢)·소영사〉와 권201 〈재명·이화〉에 실려 있다.

연재(憐才) 부(附)

25-35(0640) 측천무후

천후(天后)

출《담빈록》

　측천무후(則天武后)가 용문(龍門)에 행차해 시종관들에게 시를 짓게 했다. 좌사(左史 : 기거랑) 동방규(東方虬)의 시가 먼저 완성되자, 측천무후는 비단 도포를 그에게 하사했다. 그러나 송지문(宋之問)의 시가 완성되자, 측천무후는 그의 시가 더 훌륭하다고 칭찬하면서 동방규에게 하사했던 비단 도포를 빼앗아 그에게 하사했다.

　평 : 다른 책을 살펴보니, 그 도포의 명칭은 만작포(萬鵲袍)다.

則天幸龍門, 令從官賦詩. 左史東方虬詩先成, 則天以錦袍賜之. 及宋之問詩成, 則天稱詞更高, 奪袍以賜之.
評 : 按他書, 此袍名萬鵲袍.

* 　이 고사는《태평광기》권202〈연재 · 천후〉에 실려 있다.

25-36(0641) 장건봉

장건봉(張建封)

출《국사보》

 최응(崔膺)은 천성이 몹시 경망했지만 장건봉은 그의 문장을 아껴서 빈객으로 대우해 주었다. 최응은 장건봉의 군영을 따라다녔는데, 최응이 한밤중에 고함을 지르는 바람에 군영을 놀라게 해서 군사들이 모두 화를 내며 그를 잡아먹으려고 하자 장건봉이 그를 숨겨 주었다. 이튿날 연회를 열었을 때 감군(監軍)이 말했다.

 "제가 상서(尙書 : 장건봉)와 약속할 일이 있으니, 피차간에 서로의 약속을 어겨서는 안 됩니다."

 장건봉이 말했다.

 "알겠소이다."

 감군이 말했다.

 "제게 청이 있는데, 최응을 내주십시오."

 장건봉이 말했다.

 "약속대로 하지요."

 잠시 뒤에 장건봉이 다시 말했다.

 "제게도 청이 하나 있는데, 최응을 돌려주시지요." 협 : 얼마나 절묘한가!

이에 온 좌중이 크게 웃었고, 최응은 화를 면할 수 있었다. 미 : 만약 지금 사람을 만났다면, 바로 최응을 바쳐서 남의 환심을 사려고 했을 것이다. 위태롭도다 최응이여! 어질도다 장건봉이여!

崔膺性狂, 張建封愛其文, 以爲客. 隨建封行營, 夜中大叫驚軍, 軍士皆怒, 欲食其肉, 建封藏之. 明日置宴, 監軍曰 : "某有與尙書約, 彼此不得相違." 建封曰 : "唯." 監軍曰 : "某有請, 請崔膺." 建封曰 : "如約." 逡巡, 建封又曰 : "某亦有請, 却請崔膺." 夾 : 何妙! 座中皆笑, 乃得免. 眉 : 若遇今人, 方獻崔膺以自媚矣. 危哉崔膺! 賢哉建封!

* 이 고사는 《태평광기》 권202 〈연재·장건봉〉에 실려 있다.

25-37(0642) 한유

한유(韓愈)

출《운계우의》·《국사보》

 이하(李賀)가 자신의 시(詩)를 가지고 이부시랑(吏部侍郎) 한유를 찾아갔는데, 한유는 당시 국자박사분사(國子博士分司)로 있었다. 한유는 그때 손님을 전송하러 나갔다가 돌아와서 너무 피곤했는데, 문인(門人)이 이하의 시권(詩卷)을 바치자 허리띠를 풀면서 슬쩍 읽어 보았더니, 맨 첫 편인 〈안문태수행(雁門太守行)〉은 이렇게 시작했다.

 "검은 구름이 성을 짓누르니 성이 무너지려 하고, 갑옷이 햇빛을 향하니 금빛 비늘이 벌어지네."

 한유는 다시 허리띠를 두른 뒤 급히 명해 이하를 불러들였다.

 한유가 후진들을 이끌어 주었기에 과거를 볼 때 투권(投卷)[129]하면서 도움을 청하는 이들이 많았다. 당시 사람들은

---

129) 투권(投卷) : 과거 응시자가 시험 보기 전에 자신이 지은 문장을 관계(官界)의 요로(要路)에 있는 실력자에게 보이는 것을 말한다. 처음 투고하는 것을 '행권(行卷)'이라 하고 재차 투고하는 것을 '온권(溫卷)'이라 했으며, 이러한 행위를 통틀어 '투권'이라 했다.

이들을 "한문 제자(韓門弟子)"라고 불렀다.

李賀以歌詩謁吏部韓愈, 時爲國子博士分司. 送客出, 歸極困, 門人呈卷, 解帶旋讀之, 首篇〈雁門太守行〉云 : "黑雲壓城城欲摧, 甲光向日金鱗開." 却揷帶, 急命邀之.
韓愈引致後輩, 爲擧科第, 多有投書請益者. 時人謂之"韓門弟子".

* 이 고사는 《태평광기》 권170 〈지인·한유〉와 권202 〈연재·한유〉에 실려 있다.

25-38(0643) 양경지

양경지(楊敬之)

출《상서고실(尙書故實)》

양경지는 재주 있는 사람을 아꼈는데, 일찍이 강표(江表 : 강남)의 항사(項斯)라는 선비를 알게 되어 그에게 이런 시를 보냈다.

"도처에서 보이는 시는 모두 훌륭하고, 그 풍모와 인품을 살펴보니 시보다 낫네. 평생 다른 사람의 장점을 감출 줄 모르니, 도처에서 만나는 사람마다 항사를 얘기하네."

이로 인해 항사는 마침내 좋은 성적으로 과거에 합격했다.

楊敬之愛才, 嘗知江表之士項斯, 贈詩曰 : "處處見詩詩總好, 及觀標格過於詩. 平生不解藏人善, 到處逢人說項斯." 因此遂登高科也.

* 이 고사는 《태평광기》 권202 〈연재·양경지〉에 실려 있다.

25-39(0644) 노조

노조(盧肇)

출《서정시》

왕요(王鐐)는 뛰어난 재주를 지니고 있었지만 여러 차례 과거에 낙방했다. 그래서 그의 문하생 노조 등이 춘관(春官: 예부)에 그를 공천(公薦)하며 말했다.

"함께한 맹세를 따르지 않으니 현자도 비방을 당하고, 재상이 땔나무를 짊어지니 뛰어난 신하도 꾸짖음을 당합니다."

그러고는 다음과 같은 왕요의 훌륭한 시〔〈감사(感事)〉〕를 칭송했다.

"돌 부딪쳐서 불을 얻기는 쉬우나, 사람 두드려서 그 마음 움직이기는 어렵네. 지금의 부귀한 사람들도, 예전에는 다른 부귀한 사람을 깊이 원망했지." 미 : 지금의 공천과 비교하면 어떠한가?

마침내 왕요는 명성이 널리 알려졌으며 과연 좋은 성적으로 과거에 급제했다.

王鐐富有才情, 數擧未捷. 門生盧肇等公薦於春官云 : "同盟不嗣, 賢者受譏, 相子負薪, 優臣致誚." 乃旌鐐嘉句曰 : "擊石易得火, 扣人難動心. 今日朱門者, 曾恨朱門深." 眉 :

比如今公薦何如? 聲聞譪然, 果擢上第.

* 이 고사는 《태평광기》 권202 〈연재 · 노조〉에 실려 있다.

25-40(0645) **최현**

최현(崔鉉)

출《북몽쇄언》

　　상서(尙書) 정우(鄭愚)는 광주(廣州) 사람으로 진사에 급제했다. 천성이 화려한 것을 좋아해서 비단으로 반소매 옷을 만들어 입었다. 위국공(魏國公) 최현이 형남(荊南)을 진수할 때, 정우는 광남절제(廣南節制 : 광남절도사)에 제수되어 부임하러 가는 길에 저궁(渚宮 : 호북성 강릉)을 거쳐야 했다. 정우는 진사가 되었을 때 자신의 문장을 가지고 위국공의 문하를 찾아간 적이 없었는데, 이때에 이르러 자신이 지은 문장을 들고 갔다. 위국공은 그것을 읽더니 매우 감탄하며 칭찬했다.

　　"진정 비단 반소매 옷을 입을 만하구나!"

鄭愚尙書, 廣州人, 擢進士第. 性好華, 以錦爲半臂. 崔魏公鉉鎭荊南, 鄭授廣南節制, 路由渚宮. 鄭爲進士時, 未嘗以文章及魏公門, 至是乃贄所業. 魏公覽之, 深加嘆賞曰 : "眞銷得錦半臂也!"

* 이 고사는《태평광기》권202〈연재·최현〉에 실려 있다.

25-41(0646) 두목

두목(杜牧)

출《당궐사》

　당(唐)나라의 중서사인(中書舍人) 두목은 젊었을 때 뛰어난 재주를 지녀서 붓을 대기만 하면 시를 지었다. 약관의 나이에 진사에 급제하고 다시 제과(制科)에 급제했다. 성격이 소탈하고 자유분방했다. 승상 우승유(牛僧孺)가 [회남절도사가 되어] 양주(揚州)를 진수할 때 두목을 장서기(掌書記)로 초징했다. 두목은 직임을 수행하는 것 외에는 오직 연회와 유람을 일삼았다. 양주는 경치가 좋은 곳이었는데, 매번 중성(重城)[130]에 저녁이 깃들면 기루(妓樓) 위로 늘 진홍 비단 갓을 씌운 수많은 등이 공중에서 휘황찬란하게 빛났으며, 9리에 걸친 30보 너비의 거리는 진주와 비취로 장식한 미인들로 가득해서 마치 선경(仙境)인 듯 아득했다. 두목은 항상 그곳을 드나들면서 하루도 거르는 저녁이 없었다. 또 가졸(街卒) 30명이 변복(變服)하고 두목의 뒤를 따라다니면서 몰래 그를 보호했는데, 이는 우승유의 비밀스런 명령이

---

130) 중성(重城) : 성장(城墻). 방어를 위해 성 둘레에 높고 견고하게 쌓은 담장.

었다. 미 : 우승유는 필경 재사(才士)를 아낀 것이니, 필경 첫 번째로 재사를 아낀 것이다. 그러나 두목은 사람들이 알지 못할 것이라고 스스로 생각하며 이렇게 수년을 지냈다. 나중에 두목이 시어사(侍御史)에 임명되자, 우승유는 중당(中堂)에서 전별연을 베풀어 주면서 그에게 주의를 주었다.

"시어사의 기개라면 앞으로 당연히 지극히 평탄한 길을 걷게 되겠지만, 풍류(風流)를 절제하지 못해서 혹시나 귀한 몸이 상할까 봐 늘 염려되오."

두목이 거짓으로 말했다.

"저는 다행히도 항상 스스로를 잘 단속하니 어르신께 걱정을 끼치지는 않을 것입니다."

우승유는 웃으면서 대답하지 않은 채 곧장 시동에게 명해 작은 책 상자 하나를 가져오게 해서 두목 앞에서 그것을 열었다. 그것은 바로 가졸들이 올린 비밀 보고서였는데, 수천 건에 달하는 문서에 모두 이렇게 적혀 있었다.

"어느 날 저녁에 두 서기(杜書記 : 두목)는 아무 집에 들렀는데 별일 없었습니다. 어느 날 저녁에 아무 집에서 술자리를 가졌는데 역시 별일 없었습니다."

두목은 그것을 대하고 너무 부끄러운 나머지 울면서 절하고 사죄했으며, 종신토록 그 일을 고맙게 여겼다. 그래서 우승유가 세상을 떠나자 두목이 그를 위해 묘지명을 지으면서 그의 훌륭함을 극찬했는데, 미 : 울지 않을 수 없었겠지만 묘지명은 찬미가 넘쳐 나도 허물이 아니다. 이는 우승유가 자신을 알아주었던 것에 대한 보답이었다.

唐中書舍人杜牧, 少有逸才, 下筆成咏. 弱冠擢進士第, 復捷制科. 性疏野放蕩. 會牛相僧孺出鎭揚州, 辟掌書記. 牧供職之外, 唯事宴遊. 揚州, 勝地也, 每重城向夕, 倡樓之上, 常有絳紗燈萬數, 輝羅耀烈空中, 九里三十步街中, 珠翠塡咽, 邈若仙境. 牧常出沒馳逐其間, 無虛夕. 復有卒三十人, 易服隨後, 潛護之, 僧孺之密敎也. 眉：僧孺畢竟愛才, 畢竟第一愛才. 而牧自謂人不知之, 如是且數年. 及徵拜侍御史, 僧孺於中堂餞, 因戒之曰："以侍御氣槪, 固當自極夷塗, 然常慮風情不節, 或至尊體乖和." 牧因謬曰："某幸常自檢守, 不至貽尊憂耳." 僧孺笑而不答, 卽命侍兒取一小書簏, 對牧發之. 乃街卒之密報也, 凡數十百, 悉曰："某夕, 杜書記過某家, 無恙. 某夕, 宴某家, 亦如之." 牧對之大慙, 因泣拜致謝, 終身感焉. 故僧孺之薨, 牧爲之志, 極言其美, 眉：不容不泣, 志卽溢美非過. 報所知也.

* 이 고사는 《태평광기》 권273 〈부인(婦人)·두목〉에 실려 있다.

었다. 미 : 우승유는 필경 재사(才士)를 아낀 것이니, 필경 첫 번째로 재사를 아낀 것이다. 그러나 두목은 사람들이 알지 못할 것이라고 스스로 생각하며 이렇게 수년을 지냈다. 나중에 두목이 시어사(侍御史)에 임명되자, 우승유는 중당(中堂)에서 전별연을 베풀어 주면서 그에게 주의를 주었다.

"시어사의 기개라면 앞으로 당연히 지극히 평탄한 길을 걷게 되겠지만, 풍류(風流)를 절제하지 못해서 혹시나 귀한 몸이 상할까 봐 늘 염려되오."

두목이 거짓으로 말했다.

"저는 다행히도 항상 스스로를 잘 단속하니 어르신께 걱정을 끼치지는 않을 것입니다."

우승유는 웃으면서 대답하지 않은 채 곧장 시동에게 명해 작은 책 상자 하나를 가져오게 해서 두목 앞에서 그것을 열었다. 그것은 바로 가졸들이 올린 비밀 보고서였는데, 수천 건에 달하는 문서에 모두 이렇게 적혀 있었다.

"어느 날 저녁에 두 서기(杜書記 : 두목)는 아무 집에 들렀는데 별일 없었습니다. 어느 날 저녁에 아무 집에서 술자리를 가졌는데 역시 별일 없었습니다."

두목은 그것을 대하고 너무 부끄러운 나머지 울면서 절하고 사죄했으며, 종신토록 그 일을 고맙게 여겼다. 그래서 우승유가 세상을 떠나자 두목이 그를 위해 묘지명을 지으면서 그의 훌륭함을 극찬했는데, 미 : 울지 않을 수 없었겠지만 묘지명은 찬미가 넘쳐 나도 허물이 아니다. 이는 우승유가 자신을 알아주었던 것에 대한 보답이었다.

唐中書舍人杜牧, 少有逸才, 下筆成咏. 弱冠擢進士第, 復捷制科. 性疏野放蕩. 會牛相僧孺出鎭揚州, 辟掌書記. 牧供職之外, 唯事宴遊. 揚州, 勝地也, 每重城向夕, 倡樓之上, 常有絳紗燈萬數, 輝羅耀烈空中, 九里三十步街中, 珠翠塡咽, 邈若仙境. 牧常出沒馳逐其間, 無虛夕. 復有卒三十人, 易服隨後, 潛護之, 僧孺之密敎也. 眉: 僧孺畢竟愛才, 畢竟第一愛才. 而牧自謂人不知之, 如是且數年. 及徵拜侍御史, 僧孺於中堂餞, 因戒之曰: "以侍御氣槪, 固當自極夷塗, 然常慮風情不節, 或至尊體乖和." 牧因謬曰: "某幸常自檢守, 不至貽尊憂耳." 僧孺笑而不答, 卽命侍兒取一小書簏, 對牧發之. 乃街卒之密報也, 凡數十百, 悉曰: "某夕, 杜書記過某家, 無恙. 某夕, 宴某家, 亦如之." 牧對之大慚, 因泣拜致謝, 終身感焉. 故僧孺之薨, 牧爲之志, 極言其美, 眉: 不容不泣, 志卽溢美非過. 報所知也.

* 이 고사는《태평광기》권273〈부인(婦人)·두목〉에 실려 있다.

태평광기초 5

엮은이 풍몽룡
옮긴이 김장환
펴낸이 박영률

초판 1쇄 펴낸날 2024년 11월 28일

커뮤니케이션북스(주)
출판등록 제313-2007-000166호(2007년 8월 17일)
02880 서울시 성북구 성북로 5-11
전화 (02) 7474 001, 팩스 (02) 736 5047
commbooks@commbooks.com
www.commbooks.com

ⓒ 김장환, 2024

지식을만드는지식은
커뮤니케이션북스(주)의 고전 출판 브랜드입니다.
이 책은 저작권자와 계약해 발행했으므로, 본사의 서면 허락 없이는
어떠한 형태나 수단으로도 이 책의 내용을 이용할 수 없습니다.

ISBN 979-11-7307-013-6 94820
979-11-7307-000-6 94820 (세트)

책값은 뒤표지에 있습니다.